一个人就一个人

刘同 —— 著

图书在版编目（CIP）数据

一个人就一个人 / 刘同著 .—北京：北京联合出版公司，2020.6（2020.8 重印）
ISBN 978-7-5596-4294-3

Ⅰ．①一… Ⅱ．①刘… Ⅲ．①散文集－中国－当代②短篇小说－小说集－中国－当代Ⅳ．① I217.2

中国版本图书馆 CIP 数据核字（2020）第 095396 号

一个人就一个人
作　　者：刘　同
出 品 人：赵红仕
责任编辑：夏应鹏

北京联合出版公司出版
（北京市西城区德外大街 83 号楼 9 层　100088）
河北鹏润印刷有限公司印刷　新华书店经销
字数 221 千字　880 毫米 ×1230 毫米　1/32　印张 10.25
2020 年 6 月第 1 版　2020 年 8 月第 3 次印刷
ISBN 978-7-5596-4294-3
定价：49.80 元

未经许可，不得以任何方式复制或抄袭本书部分或全部内容
版权所有，侵权必究
如发现图书质量问题，可联系调换。质量投诉电话：010-82069336

序 言

一个人就一个人

一个人就一个人——不是伤感，也不是执拗。我们的人生原本就是一个人。

我习惯睡觉前躺在床上，在脑子里放电影，放生活中的种种片段，如果是更为久远的事，那感觉就像是放一部有关人生的电影，并非大段剧情，而是细碎片段，杂但有共性。它们会让我突然停下来，思考"我这么做合适吗"。

这样的片段多了，就会发现原来我还蛮喜欢问自己问题的。

好在，这些问题中的绝大多数都已经有了答案。

"这件事要告诉对方吗？"我担心对方知道实情后的反应。

"自己能和他成为朋友吗？"我担心自己付出

了真心却得不到平等的对待。

"既然对方已经说了不再联系,那是否还需要鼓起勇气发一次短信呢?"两个人走不下去,总需要一个人放下点尊严,试试能不能挽回些什么。

"如果把这笔积蓄借给别人,等自己有需要时能及时要回来吗?借钱的人可信吗?"我想做一个能帮助别人的人,但首先要保证自己不受侵犯。

面对问题有三种解决方式,一种是不去管它,一种是找别人要答案,还有一种是自己给自己答案。

不去管它,似乎久而久之问题就会消失,可它并非真的消失,而是转变为其他更棘手的问题一直存在下去。

找别人要答案,这听起来简单,实际却很难。教科书上的问题,老师能给你一个准确答案,但世间百态,人人各有心思,谁能帮你认真考虑?能帮你认真考虑的人又能否说到你心里?这还不够,谁又能保证那些答案就是正确的呢?

人生路上,我们会遇见很多人,其中一些会邀请你进入他们的连续剧,给你一个不错的角色,有台词,有特写,如果你觉得还不错,甚至比自己的角色还好,就很有可能一头扎进对方的世界。

可慢慢地,你就会发现:

也许这个故事里还有别的主角,你顶多是三四号人物;

也许这个连续剧收视率并不高，播到半路便被腰斩，你费尽辛苦，什么也没得到；

也许你突然就被通知领了盒饭，任务只是在前三集推进剧情，没办法陪主角见到真正的 boss。

当然，故事也可能有好结果，皆大欢喜，叫好又叫座，甚至还有制作人来找你，跟你说："你的性格不错，做事果敢，很多观众从你身上看到了很多可能性，也很想从你的角度去看你的世界，所以我们打算给你做一个番外……"

在别人的故事里，你演得再好也不过是个番外。

去年同学聚会，有个老朋友问我："中学时你天天跟着我跑，感觉什么事情都不懂都不想，让你跟着去哪里都行，怎么后来就突然变得那么有主见？"

大家都停下来听我的答案。

我确实有原因，也因此意识到应该学会独自面对更多问题。我笑着说："其实这一切都和你有关。你肯定不会记得，有一天放学，我们一起走到校门口，你突然说要回家不玩了，我问你那我怎么办，你很疑惑地看着我——大概也是因为我总问一些让你无法回答的问题——突然很严肃地回了一句：'我是你爸吗？你该去哪儿就去哪儿，问我干吗？我又不是你，真的太可笑了。'我当然会觉得被你伤害到，就是那种'我明明把你当最好的朋友，你却急着和我划清界限'的感受。但也因为你突然地爆发,那天我在学校花坛上坐了好久,意识到自己太想和别人建立某种关系,就像什么都不懂的小孩子总喜欢说'我和你是一边的''我是你的人'之类的话,因为太没有安全感,所以希望能和他人抱团取暖。"

老朋友有点尴尬。

我笑着说:"你不用尴尬,其实我非常感谢你,如果不是你表达出这种情绪,我不知道何时才能明白独立这件事。也许独立有很多种呈现方式,但我觉得最重要的就是学会向自己提问,自己思考,自己解决,自己承担。能与另一个人情投意合,无论是何种关系,都是为人生锦上添花;学会不依赖任何关系,独自面对一切问题,才是为人生雪中送炭。"

有了这种意识,你便真的成了可以独立面对全世界的人,活出自己的连续剧。即便一开始拿到的剧本是配角,也会演绎出更多的可能性。

你有底气去探寻和面对世界,才有资格收获世界早已藏好的奖赏。

每个人都有过这样的经历,觉得世界残酷、道路艰辛,想方设法去找到能结伴同行的人。交朋友,遇见几个死党;去一家有发展前途的公司,遇见志同道合的伙伴;谈高质量的恋爱,走向结婚,建立家庭,有自己的孩子;从父母身边脱离,偶尔探望或交心，发现他们慢慢老去，终有一天送他们远行。

三十九岁的我回看这些阶段，朋友换了很多，甚至有很长一段时间身边没有朋友，现在的死党也并非相互依附支持那么简单。我能吸引独立的他们，是因为我也足够独立。每个人都有自己的小宇宙，完整且善良，不给人添麻烦，也能在独善其身的同时向别人伸出援手。工作伙伴换了不少，做一个项目时，大家极其投缘，做完又各自出发，能继续同行最好，不能同行也成就过彼此。以前写过一段话：能找到同行一段路的伙伴，谢谢自己；真有人能从头到尾一直在你身边，谢谢老天。

至于爱情。

恋爱是短暂的陪伴，婚姻是长久的同行。

和很多成家的朋友聊天，婚后不那么快乐的朋友说："嗯，有点麻木，感觉失去了自己，幸好有小孩来分散我的注意力。"而一直幸福的朋友则说："挺好的，我们都有各自的事，每天分享各自的世界，体验两种人生。"

以前觉得自己的任务是要在世界上找到几个人，建立几段稳固的社会关系，获得友情、事业或爱情，才算完成了来到人间的任务。

现在了解了，一个人只有不再依赖任何关系，能够独立面对世界，才能与外面的世界平等对谈，不然与世界相比，你永远是渺小的。

孤独也好，寂寞也罢，都是我们成为独立个体的挣扎过程，不要因为痛苦、害怕就一头钻进别人的世界。你站在这里，就代表着自己，是一道风景。风大雨急，你却可以很自然地抖一抖身上的雨滴，像任何事都没发生过。我们来到世上，每个人都拿到了独一无二的剧本，就看我们如何演绎。

在你的世界里，我愿意扮演配角，让你闪光。

在我的世界里，我也希望你愿意扮演配角，帮我成长。

我们各有自己的世界，不依附对方。

因为，在我们的人生里，原本就是一个人。

一个人时，连哭都不用看人脸色。

一个人时，摔倒了只有你才有资格嘲笑自己。

一个人时，放肆大笑也不会有人骂你神经病。

一个人是所有生活，也是全世界。

你回头看看那么长的路、那么久的时间，人来人去只有你在陪自己。

一个人那就一个人吧，也挺好的。

目 录 *Contents*

第一章　一个人应该一个人

12　　你看烟火，我看你
23　　盛进碗里的乡愁，是熬一勺鱼粉汤的佐料
39　　那么美的时刻也许再也没有了
45　　从危机里找到转机的人生，就是积极的人生
56　　手机会知道你的寂寞
62　　我爸终于知道我是干吗的了
75　　因为你而存在的安全感
80　　好的友情就像爱情，关键是你有耐心吗
89　　朋友就是用来绝交的
94　　从不后悔遇见你

第二章　一个人可以一个人

146　谁说精彩的人生都是别人的

156　原来奶奶是那么厉害的女人——写给九十一岁的奶奶

165　突然长大的记忆

172　我们的人生真的有很多看不见的黑洞

176　这个春节，我没有和父母再吵架了

184　无聊到底是个什么东西

189　二十三个从别人身上偷来的小闪光点

192　记得住每一年，又看得到改变，就不会害怕年纪变大

195　感到羞愧很容易，但要改变却很难

199　如果这段时间你和我一样很焦虑

第三章　一个人就一个人

206　三十八岁的我，想跟你聊八个新感受
211　像狗一样思考，人生估计更美妙
215　杯子、入眠音乐和其他
222　焦虑是一种负面情绪，但也证明了你对生活的积极
226　好朋友，老朋友
236　很想事不关己，却总无能为力（几日小记）
241　原来很多道理我们早就知道了
244　多少恋爱都被扼杀在了朋友圈
250　世界上哪有幸福的人，不过是想得开的人罢了
262　友谊旅馆

附　录　一个人的心情 // 321

一个人 应该 一个人

[第一章]

北京更像是一个不停旋转的圆盘，
而我是上面的一颗珠子，
稍不留意就会被甩出去。

我到底是要靠别人才能拥有好的人生，
还是靠自己的才能？
问出这个问题的人往往都是不自信的。

梦想是不需要分享的，
只能自己埋头去做。

虽然我从不承认自己寂寞，
但手机总会知道我点击消息的速度有多快。

你看烟火，我看你

烟火是美景，而你不知道。
当烟火的光影映在你期待的脸颊上时，
你有多好看。
比烟火还好看。

二、在一个陌生的城市把自己当种子埋下去

我们都被烟火映照过，如果那时有人给我们拍张照，你就能看到自己脸上写满的期待，对美好的向往。未来是支撑我们活在一座陌生城市里的最大动力。

2004年，我拖着一个小箱子来到北京。北京西站的热闹至今依然记得很清楚，那是全国人民刚到首都时的无措与新奇，也是短暂的愉悦，或伴着长期的担忧。

还来不及感受，出站口站着一群陌生的大姐大叔，问我要不要车，要不要住宿，车票是不是能给他们。

那种热络让人心慌。

我一直摇头，把车票紧紧攥在手里。

这张票我不可能给你，这是我人生里最重要的一张单程票，就像我收到过的第一张稿费单。我告诉自己，来了就不想那么快回去。

Z2，2004年4月29日，约330块的硬卧，清晨8点到达首都北京。我拖着一个小箱子，箱子里并没有多少行李，几件换洗衣物，一个小CD包，一台二手电脑——装着我过去所有的文章，没啥价值，只是循着文字，就能回到过往的日子。

那时想不到如今的生活，只敢想："下次回去，我能有钱换一个大箱子吗？""今年过年，我能回老家吗？""我能在北京待几年呢？""嗯，我不是为了来挣钱的，我是来学习的，学好了我就再回湖南。"

我尽力让自己不要太慌张，也不想给自己太多压力。

我给湖南的好朋友发了一条短信："我到了，希望下次你来的时候，我能像样地迎接你。"

走出西站，像第一次见到大海。

我应该是嘴微张着，以助于消化眼前的一切。

我想象中的北京应该到处是胡同，有许多悠闲地坐在巷口的老人，有骑着自行车按铃铛互相问候赶去上班的邻居，是《阳光灿烂的日子》里那种光会洒在自己身上，而我一定会被你看见的景象。

可眼前却是望不到边的城市，巨宽的马路，行进匆匆的各色车辆，走到路边看到的是绝大多数不认识的车标，只差一个好莱坞科幻电影的特效镜头，从我身上拉开，是整个北京城，是中国，是亚洲，是地球，是太阳系，是银河系，然后配一句很有哲理的台词："我算个什么东西？"

清醒过来，我已经被排山倒海的大浪所吞没，我是谁？在哪里？

朋友早晨要去公司打卡，没来接我。他们说我可以先坐公交车再转地铁。我从未坐过地铁，怕拖着箱子麻烦，又怕自己出错，就问是否可以直接坐公交车到紫竹桥。

"哈哈哈，地铁不可怕！"朋友在电话里说。

"哎呀，其实就是想看看北京的样子。"

上了公交车，眼前的一切和电视里看到的样子开始重合，售票员拖着长长的儿化音，催乘客上下车，分不出他们似笑非笑的语气是真的讽刺还是玩笑，加上从西站出来的那些大叔大姐热络的招呼，都增加着我对这座城市的恐惧。

"这个城市有很多种人，每种人都是一层滤镜，你必须练就清除所有滤镜的本事，到那时你和这个城市的对话就会有一种真正的坦然。"

"你，把箱子放到我这儿来，别挡住别人。"售票员大叔的语气像是批评，也像关照。

我脸涨得通红，但并没有人在意这个。

车站有很多提着大包小包的人，有人去大兴，有人去郊区，我和一群人挤上一辆运通102，开往三环。无论我们去往北京哪里，希望我和其他人都能在这里完成自己的梦想吧。我们从祖国的四面八方来到北京西站，又从西站公交车站被分流到四面八方。

有多少人能留下来？留多久？有多少人会回到西站，多长时间？

也许售票员看一眼就知道了吧，只是他不愿意透露这个秘密。他打开窗，看着渐渐苏醒的大北京，对司机说："嘿，今儿个乘客怎么那么多！"

不好意思，今儿个我来了，给您添麻烦了啊。

朋友早早在公交车站等我，都是从湖南台先行离职北漂的同龄人。

他们告诉我，租的地方离公交车站不远，言语间满是骄傲，这样的语气哪怕过了很多年依然出现在我们的对话里。最初是住的地方有公交车站就很得意，然后再比谁住得离地铁站近，直到后来我们在电影里看到人家在比谁家离机场更近时，大家相视一眼。哈哈哈，没关系，总有一天，我们也会比谁家离机场更近吧？

二、梦想无处安放的日子，也要时常拿出来晾晒

朋友在昌运宫一栋楼的二层租了个两居室，里面已经住了四个人，加上我是五个。

我喜欢这个地址，昌运宫，运气很好。

他们在旧货市场买了张席梦思放在地板上靠窗的位置，窗外有一棵很大的槐树，阳光透过槐树照进房间，光是这一点，这个房间就值一个月两千块。

朋友问我是睡床还是睡地上。以我对他们的了解，不过是客套，我直接往地上一躺，一动不动。二手的席梦思很舒服，看着斑驳的天花板，上面写满未知。

我伸了一个懒腰说："这个挺好的，比我在湖南住的好多了，超美的。"

我想，如果能在北京留够一年，就把天花板和墙壁刷成别的颜色，或者在上面写上"加油"两个字。

这是我来北京的第一个落脚点，三环边旧民居二层，没有独立私人空间，一张不算床的床，窗帘看起来厚实，但轻而易举就能被北京清晨的阳光穿透，似乎在大声宣布："我根本没用，只能专门蒙蔽无知天真的北漂青年。"

过了一年，朋友们陆续搬出这套房子，我开始独立拥有这间靠近槐树的卧室，动手粉了墙，铺了地毯，换了窗帘，去宜家买了不少让自己看起来很幸福的小玩意儿，养了两盆绿植，拥有了独立空间。我觉得当自己能承受一间房的房租，就算终于活下来了。

那晚，我喝了一瓶啤酒，更新了一篇博客，洗了一周的脏衣服，晾好，睡前便干透了，还给我妈打了电话："我终于有自己的房间了。"

我妈回我什么我忘记了。

我还跟她分享了一件我认为最幸福的事："妈，你知道吗？在北京无论我洗什么衣服，第二天一定全干了！"

我妈颇为羡慕。

是啊，在湖南晒一周，可能越晒越湿，还会起霉。

光是这一点，北京真的很好啊！

刚到北京那一周，朋友白天都要上班，我在家等着第一份工作。我用音响大声听着蔡依林的《爱情三十六计》，强节奏的鼓点，过于白话的歌词，被朋友听见一定会笑话我怎么会喜欢听这种少女系的歌。我想大概是那句"我要自己掌握遥控器"让我莫名觉得自己很适合从事电视行业而已。

晚上朋友回家，我们会围在一起看台湾综艺，看台湾艺人表演软骨功和吞拳头，大家笑个不停。朋友正色对我说："刘同，反正你白天在家里也没事，可以练习一下哦。"我也没让他们失望，练习一整天后，第二天晚上就表演给大家看，掌声不断。我觉得在北京真的有一群好朋友，以至于后来进了光线，领导每次觉得场子有点冷，就说："刘同特别会软骨功，让他表演给大家看看。"气氛一下就好了起来。可惜，几年前我开始健身，虽然没有刻意增肌，但随着身体健壮起来，发现手臂已经壮实到失去了做那个动作的可能性，不得不说，心里还是有些失落的，那是我区别自己和别人，最让人立刻刮目相看的一种特长，但还好失去它的时候，我也不再靠这些来获取别人的喜欢了。

人总是要和一些过去告别的。

那一周，我在租的房子附近走了好几圈。

无论我选哪条路，都没什么人，冷冷清清的，街边各种门店也是冷冷清清的，没有湖南那种空气中飘浮着的烟火气，密度一大，易燃易爆炸。这种感觉一直存在，后来我很不喜欢在北京逛街。直到待了很多年，再说起这种感觉，朋友笑话我："北京哪有什么街可逛，都是逛商场。"

还真是，人全在商场里。

因为北京太大，路太长，建筑太多，太干燥，热闹都是聚在一起的。

这样也好，就像我们一群北漂的朋友总会在下班后一起做饭、聊天，待在一起就觉得能对抗北京广袤的寂寞。

这种广袤的寂寞有多寂寞呢？大概是这里可以看到全中国最好的东西，觉得很兴奋，如果有一天你不明白自己待在北京的意义，未来是否已经来了，未来是否正带着一份大礼在路上，当有了这个念头，你就明白了，这个世界纵使精彩绝伦，但都与自己无关。就像小时候因为爸爸在外地学习，过年时没人给我买烟火，一旦别人放烟火，我就去旁边看，感觉也挺好的。突然有一天，有个小孩挡住了我，说："我不准你看我家的烟火。"

能看见就很满足，从未想过自己能拥有，直到被人提醒你连看的资格都没有。于是很想努力，真的很想努力！不仅是想努力给家里人看、给周围的人看，也想给自己看——我到底是要靠别人才能拥有好的人生，还是靠自己呢？问出这个问题的时候，人往往都是不自信的。

我哪有什么才华，还用"才能"形容自己，真是太可笑了吧？就应该听领导的话，像他们一样，被他们提拔，才有可能涨一些工资，升个职，之后……其实也想不到更远的未来了。现在想起来，如果一早就想依附着别人过活，而找不到自己的不可替代性，连做白日梦都有局限性。

会想和领导成为朋友，会因为下班后领导叫了别的同事一起聚餐不叫自己而变得一整晚都毫无生机，也会因为领导对自己多说了几句话而觉得信心倍增。那时的自己，究竟是太没有安全感，还是太以为人生的价值只是领导对自己多说的几句话？

当然，后来见了更多的领导，开始明白领导也只是公司的一个职位，很多领导的能力并不如自己，在公司也熬不过一年，我们要做的就是配合他完成工作，然后欢送他们，再换另一位领导。在这个过程里尽快地成长，变得有责任感，有解决问题的能力，当从外界挖来的人一个又一个水土不服时，公司总会把目光放在自己人身上。而我，就是这么被公司发现的。

刚进入光线那会儿，公司出了一个通知：所有人都要出节目策划案，写清楚内容，竞争提案，方案通过的人能获得两万块制作样片的稿费，不限工种。

我偷偷了解了一下，想参加提案的人都是各个节目的制片人和主编，他们在公司都待了好几年，我才进公司不到一年，会被他们嘲笑吗？问了一起进来的同事，他们要么没想法，要么觉得会被人嘲笑。我想了想，进入公司之前，我在湖南台实习了好几年，我来北京也不是为了让这些同事对我有好感，而是尝试自己是否可以靠能力在北京活下去，于是熬了几夜写了一个脱口秀方案，交给公司。

两万块对当时的我来说毕竟是一笔巨款，我都能预料到公司领导的反应——就算案子还不错，但他真的能做出样片吗？所以，我在方案里不仅写了方向和策划思路，还写完了一整期的台本，一万六千字。

总之，我用各种方法告诉公司领导——只要案子不错，我就能完成。

领导拿着方案对我说："有点意思，台本稍微改改，通过了。"

我是所有提交样片方案的人里资历最浅的，那一刻我明白了，年纪不是别人瞧不起你的理由，幼稚才是。

三、我拼尽一切获取你的信任，后来才发现那不叫安全感

到北京的第一年，我想融入北京，却发现这不是大海，我

也不是水滴，它更像是一个不停旋转的圆盘，我是上面的一颗珠子，稍不留意就会被甩出去。想融入同事，但聊着聊着发现大家未来的规划不一样，再聊下去就会起争执。

梦想是不需要分享的，只能自己埋头去做。真正能把头埋起来，融入同事这件事似乎也没那么重要了。这句话似乎到了今天这个年纪才敢说，三十一岁出版《谁的青春不迷茫》时，写过一篇关于《娱乐任我行》同事的文章。我是节目主编，在离开节目组时写了那篇文章，作为工作一年的纪念。我想用它告诉所有同事，虽然我们不在同一个地方，但我们会一直支持着彼此。一晃十多年过去，正在写这篇文章的我尴尬地笑了一下，这些年我们不再有联系，我也不知道大家现在都在哪儿。

可惜吗？我问自己。

其实并不可惜，因为所有的好我都用文字记录了下来，并没有忘记。

浪费感情吗？也不。因为每个人在各自的成长过程中能遇见一群让自己工作起来开心的人，就是幸运。但没有人能陪另外一个人走那么久，每个人都要习惯，无论你走了多久，你必须是一个人。

有趣的是，《娱乐任我行》后，我又组建了一个新团队制作《最佳现场》，每年过年我在火车上都要给所有同事发很长的短信，感谢他们，说说心里话，边写边哭。我写了一本栏目手册，第一句话是：我们不是因为工作才走在一起，我们是为了要走在一起才做这份工作。我为这句话自豪，大北京，一家竞争激烈的传媒公司，一群彼此交心互相信任的同事，敞开心扉谈任何事，一起解决各种矛盾。那时我也不过二十七八岁，觉得最好的工作莫过于此。这档节目好几年都是北京地区收视率第一，大家都很开心。后来地方电视台份额被挤压，收视率降低，公司研究之后决定停掉这档节目，让团队转型。但这时才会发现原来这些很好很好的人，面对新事物的挑战反应那么不同，跳槽的，离职的，放弃的，顺境中大家随波逐流都是风景，逆境中抱团取暖也只是杯水车薪。

后来就真懂了，在生存这条路上，没有人能一直陪着你，你也不用强求，但一个人要做到的是在自己的每一段人生都要遇到合拍的人，然后告别，再去遇见另一条道路上的人。

刚到北京时，并不是很多事都能想得很清楚。

但有一件事让我一直记得，似乎那一刻，我的心算是真正在北京扎了根。

为了证明自己能做好一档娱乐新闻，长达一年时间，我都是中午十二点上班，第二天早上六点下班。我是一个极度缺乏安全感的人，所以哪怕困得不行，也常常会从睡梦中惊醒，因为我总能梦到公司领导要开除我。

满头大汗，气喘吁吁。

直到有一天，我告诉自己：你那么努力，你比所有人都努力，你花了那么长的时间在工作上，不浪费一分钟，如果你真的被领导开除了，不是你的损失，是他的损失。而你，那么努力，怎么可能找不到一份更好的工作？

我重新躺了下去，那一晚睡得很好，有趣的是，后面再也没有做这种被老板开除的噩梦。

我想，那一刻我终于明白了自己的努力，明白了自己比周围绝大多数人要拼，明白了自己的价值，原来我心心念念想要获取北京的信任、领导的信任、同事的信任，这些信任并不能让我真正产生活在北京的安全感，我的安全感来自自己。我挺棒的，你不信任我是你瞎。

像一棵外地飘来的蒲公英，被各种现实吹得四分五裂，怀揣着一颗活种子不随意停歇，决定扎根落地的那一刻，一定是看准了。看准了自己一定能发芽，看准了这一片大地能让我长出新的蒲公英，然后等一阵风，一定会飞起来。

每次回看这篇文章，都能很清晰地想起自己刚到北京的每个细节，刚进公司每个人对自己的态度，好的就一直感激，坏的就提醒自己以后不能这么对别人。我很感谢那时的自己，虽然从未有人告诉那时的我："你一定要坚持学到专业技能，无论你到哪里都能养活自己。"也没有人告诉那时的我："继续写作吧，无论有没有回应，写作能让你表达自己，让你有存在感，总有一天你会因此有所收获。"在没有任何人的提醒下，就凭着一腔热血，那时的我跑到了现在，与现在的我相会、交接棒。那个我从十八岁跑到了三十八岁，整整跑了二十年。前几天三十九岁生日，我照了照镜子，新的我似乎也没什么变化，生活也并未将过去的那个我压垮。

困了就跟同事说："对不起，我困了，我要睡午觉。"这个习惯坚持了十年。
到了运动时间，就跟大家说："对不起，我要去运动了，明天继续开会吧。"
累了，就什么都不做。
不爽了，就看部催泪电影，好好哭一场。
也会为了庆祝某件事，自己开一瓶酒，对自己说："你真厉害啊！"
不让此刻的自己失望，不让未来的自己抱憾。

盛进碗里的乡愁，是熬一勺鱼粉汤的佐料

1

从高铁站出来是晚上八点，阿博问我想吃什么。

我说去火车站吧。

他叹了口气："你真的就这点出息。"

我哈哈大笑："每个从外地回来的郴州人也就这点出息。"

阿博是我发小，我们小学、初中、高中都是同校，每次我回家乡都是他来接我。

郴州人一旦说去火车站无非就两件事，要么坐火车，要么吃鱼粉。晚上九点到火车站旁边的鱼粉巷子，吓了一跳，每家鱼粉店都坐满了人，还有乘客拖着行李箱站在店门口，也许他和我一样是想用一碗鱼粉解开长久的乡愁，又也许他和我不同，吃碗鱼粉蓄一身力量，就要乘火车去外地打拼。

时值国庆节，回家的人也多，看着人头攒动的鱼粉店，我心里又兴奋又自豪。

巷子里这几家鱼粉店门面都小，没有装修，几张简易的餐桌，一排塑料凳，熟悉的、不熟悉的食客挤在一起，每人一碗红彤彤、热腾腾的鱼粉，仿佛连人生也鼎沸起来。

两位食客吃完起身，我和阿博立刻走过去坐下。阿博直接把他们吃完的碗端到后厨，顺便点单。老刘鱼粉已经开了三十七年，老板、老板娘认识绝大多数食客，算账有时都是食

客自己来，省了老板很多事。没一会儿，阿博就端着两碗红得鲜艳欲滴的鱼粉出来了，刚把碗放到桌上，就发现熟人，轻轻地"咦"了一声，径直走到另外一桌打起招呼。

我也见怪不怪，老牌鱼粉店是最容易遇见熟人的。郴州不是大城市，所以在这里可以听见很多相遇的故事，见到很多失联的人。

我都快吃完了，阿博才回来，我好奇地问了一句："谁能让你连鱼粉都懒得嗦了？"

他兴奋地问我："你记得凤姐吗？"

凤姐？真是一个好多年都没提起过的名字，但我很快就把名字与记忆对上了号。凤姐！刚刚是凤姐？！我立刻扭头去看，人已经走了。我埋怨阿博："你怎么不早告诉我，起码可以去打个招呼啊，看看她还认不认识我。"

阿博连忙摆手："不是，不是，那不是凤姐，那是凤姐的儿子阿才，有印象吗？那个体育生，高中时不是还一起聊过天打过篮球吗？后来凤姐一直想把他搞到我们高中读书，但是没搞成。阿才去了广东打工，凤姐的鱼粉店也关了。"

"那你有没有问为什么当年凤姐的鱼粉店突然说关就关了？"

虽然离凤姐的鱼粉店关门已经过去了二十三年，这期间也没有人再提起过这件事，但高三那一整年每次经过凤姐的鱼粉店门面，我们都会猜想：那天早上到底是谁把凤姐店里所有的碗都给砸了？凤姐那么凶悍，天不怕地不怕的女人又会因为谁把生意那么好的店给关了？

传说倒是很多，但没有一个是确凿的。

很多人你不提，也许就会忘记。

但凤姐，无论你何时提起，一定会有很多人坐下来，好奇当年那个传奇的女人去哪儿了。

"你别急嘛，我慢慢跟你说。我留了阿才的电话，约了下次一起吃夜宵。"

2

凌晨三点半起床，凤姐就开始忙碌。

她一边洗葱切蒜，一边烧一大锅水。

把磨好的四斤辣椒粉从柜子里拿出来，用拇指和食指揉了揉细度，又凑近鼻子闻了闻，一股辛辣劲让凤姐突然想打喷嚏，忍住后整个人便清醒了过来。

铁锅里放入茶油，烧至滚烫，凤姐将铁锅移至另一个没开火的炉灶上，等着温度稍微降降，然后习惯性地走到旁边揭开大锅的盖子，看水温是否有变化。盖上盖子，顺手拎起四斤辣椒粉走回铁锅旁，觉得茶油降到了七八分热，便把辣椒粉一股脑儿地倒进去，开始爆炒，放盐，放一丁点胡椒，还有一些凤姐自己想加入的作料。

油太热了，怕煳；太冷了，怕香味出不来。

一会儿工夫，凤姐的脸就通红冒汗，不知道是热的还是被空气中的辣味给辣的。那边大锅的水已经咕噜噜作响，凤姐有条不紊地把早已切块的一共十八斤的鲢鱼倒了进去，然后放老姜片、十几瓣被拍碎的大蒜瓣、一大把干的五指朝天椒，再盖上锅盖。

凤姐有二十分钟时间可以用来调制葱花蛋的蛋液。

待到二十分钟左右，鲢鱼的香气从大锅里散发出来，便把炒好的辣椒油一股脑儿地倒进大锅里，加上几勺酱油、一点提味的豆油，继续煮到沸锅。

凤姐开始在铁锅里煎葱花蛋饼。猛火煎炸，三十秒一张，层层叠起，煎到一百多张，六点十五分左右会迎来早晨的第一位客人，凤姐便打开大排档雨棚的灯开始接客。

我总是七点十分左右到凤姐的鱼粉店。

棚子里十张圆桌几乎坐满了学生，我很流程式地走到炉灶边跟凤姐要一碗大份切粉，从洗碗阿姨洗好的筷子里抽出两根，放到煮粉的大锅里烫十几秒，看见哪个座位空了，就走过去把书包放在凳子上，把上一位客人吃完的碗放到洗碗阿姨身边。阿姨和凤姐看见都会很大声地说句"谢谢咯"，一方面是感谢，另一方面是提醒其他客人吃完也可以送过来，不然收碗都忙不过来了。

学校附近有很多鱼粉店，但凤姐的鱼粉最好吃。鱼汤入味，又辣又鲜，榨菜、酸豆角、酸萝卜丁都是无限量供应，尤其在冬天，因为太冷了，学生们不仅会吃完粉，连辣汤都咕噜咕噜喝完了。我也是其中之一，喝完全身冒汗，能扛一整天冻。关键是凤姐家的鱼汤喝完不口渴，小时候我不懂这个，长大了和同学聊起来才知道，凤姐家从来不用味精提味。

凤姐的鱼粉店就在我高中校门口的早餐一条街上。我读初中时，凤姐就在这里开店，和大家都很熟。犹记第一天去高中报到，我一个人吃着粉，听见凤姐跟很多和我一样的同龄人打招呼:"你们又考到这个高中了啊?真好,真好,那以后凤姐又可以看到你们了。"

凤姐人好,如果有男同学因为钱不够只能点小碗,凤姐虽然也只会给小碗盛汤,但粉会放大份的。我以前还纳闷,反正都这样,为啥不给个大碗盛汤,大大方方,然后被阿博敲了一下头:"早上那么忙,人家凤姐和伙计都是看碗的大小收钱,记得还好,万一记错了,收了大碗的钱多尴尬。"

也是哦。

"所以你这个人吧,凡事不能只看表面,行动到了就足够了。"

后来我以凤姐为主人公写了一篇好人好事的文章,用了这句话,还被语文老师表扬。阿博说:"这句话不是我告诉你的吗?"我说:"我就光记得这句话很厉害了。对不起啊,不过你自己说的,凡事不能只看表面,你的行为已经帮助到我了就够了,不是吗?"

别的鱼粉店的生意都是普普通通的,唯独凤姐家生意越来越好,甚至有学生没有座位,宁愿站着端碗吃。凤姐怕他们烫手,又买了很多塑料凳和小板凳,让他们坐在小板凳上吃。无聊的高中生们,如我和阿博,就会窃窃私语:"你看,短短五分钟,就收了十多碗的钱。这样算下来,早上营业两个小时,起码能卖三百碗,中午和晚上各卖一百碗,五十碗也行,一天总共可以卖四百碗,平均一块二一碗,去掉乱七八糟的房租和水电人工配料,一碗起码可以挣三毛钱,那一天就能挣一百二十块,一个月就能挣三千多呢!"

1996年,我父母每月工资才一千多块,凤姐能挣那么多,令人羡慕。以至于有一天班会课上,主题是"我的梦想",阿博就说他的梦想是像凤姐一样开一家鱼粉店,卖好吃的鱼粉,看着一批又一批学生长大毕业。

班主任问:"你开鱼粉店到底是为了卖好吃的鱼粉,还是为了挣钱?"

阿博不太会撒谎,条件反射式地回答:"主要是为了挣钱。"

班主任说:"你下去吧。今天在你之前发言的同学的梦想都不难实现,因为他们的梦想只是某个职业,而你的梦想是挣钱,这个是最难实现的。"

阿博:"啊不,是鱼粉。"

班主任:"是赚钱的鱼粉?"

阿博:"对,赚钱的鱼粉。"

班主任:"你还是下去吧。"

从此,卖鱼粉很挣钱就成了我心里的一个真相。我甚至跟我爸说:"爸,你看你每天和凤姐一样起早贪黑,你给病人看病、做手术,也没什么休息时间。她周六、周日都比较轻松,你还要加班,但工资比凤姐少很多啊,还不如学学她卖鱼粉。"我忘记我爸什么反应了,但如果我是医生,我的儿子这么跟我说,我肯定想揍他(当然,也有可能我爸当时揍了我,把我揍到失忆了)。

一个周六,我爸妈加班,给我留了几块钱买午饭,我想了想,拿着饭盒去了凤姐那儿,打算买碗鱼粉回家吃。她不在,我就让看店的阿姨做了一碗。刚打包好,凤姐就回来了。我从来没见过凤姐那样,穿着一身大红呢子衣,头发也吹了个造型,一看就是隔壁胖姐发廊的作品,还化了淡妆,涂了口红。我一下愣住。凤姐说:"怎么了,见到鬼了吗?"

"没没没,你原来那么好看啊!"

凤姐大笑:"行了,行了,下个星期凤姐给你的粉多加葱花蛋。"

阿姨问凤姐:"怎么样,今天很争脸吧?"

凤姐很得意地点点头。我从她俩的对话中才知道,凤姐去参加了前夫的婚礼。她本来不想去,但怕儿子会被后妈欺负,所以也就不避嫌,大大方方地参加了,还送上祝福,包了个大的红包。

"你还包了两千块给那个人渣?"阿姨一脸的不可思议。

"只是希望那个后妈对我儿子好一点。"

"你自己一年到头攒不下一分钱,全用来还债了,你真是……你说你的钱都是被自己败光的啊。"阿姨很气愤。

"挣钱就是为了争口气,不然挣钱有什么意义。再说了,这些年你也陪着我,债也还了一半多,快了,快了。"

到这时,我才把大家对凤姐各种各样议论的事情给拼凑了起来。凤姐的前公公是我们县城大市场的老板,为了扩张市场就让凤姐和他的儿子,也就是凤姐的前夫借十万块给他。凤姐前夫的人脉都是他爸的,所以这十万块都是凤姐一个人打着借条从亲戚朋友那边借的。没想到借了钱之后不到一个月,前公公突然跑了,留下所有债务,连前夫和前婆婆都不知道他去哪儿了。

那是 20 世纪 80 年代,人均月工资一百来块,十万块是可以压死人的。

更要命的是,除了凤姐出面借的十万块,前公公还欠了很多钱，债主找不到他，便每天派人蹲在凤姐家门口，让他们还钱。凤姐跟前夫商量，是不是两人重新努把力，把钱还了，不然日子就完了。前夫说："这一个月挣几百块的，猴年马月能还完，就让他们报案吧，都什么年代了，还有父债子还的道理？"

凤姐一听就哭了："难道你不打算还了吗？那十万块都是我挨家挨户借的。"

凤姐的孩子一天一天长大，却不知道为什么连续几年过年爸爸妈妈都垂头丧气的，为什么见不到爷爷，奶奶每次过年就哭，还有为什么家门口那么多凶神恶煞的陌生叔叔。

终于，凤姐想清楚了，跟前夫商量："我们离婚吧，你带孩子，我背十万的债。"

前夫立刻同意了。

凤姐和前夫离婚后，一个人到了郴州市区，在湘南十五中旁边租了家小门面，做起了鱼粉生意。凤姐是郴州栖凤渡镇人，做鱼粉是家传手艺，本以为嫁给了前夫可以享福，没想到人生如此多舛。很多单身汉看凤姐好看，都来打主意。我亲眼见过。一天放学，凤姐的门面前来了救护车，一个喝醉酒的人被抬上担架。问了才知道，是一个一直追求凤姐的鳏夫，被拒绝了多次还来骚扰，借着酒劲光天化日之下去摸凤姐，被凤姐直接从锅里舀了勺滚烫的辣鱼汤泼在脸上，又烫又辣，当场酒醒喊起了救命。

警察来了，问清事情原委，也有街坊做证，就让凤姐赔了医药费，没有追究刑事责任。但那一次之后，再没人敢打凤姐的主意。那段时间，我再吃凤姐的鱼粉时，总是有点害怕。

我见过凤姐的儿子几次，比我们低一年，在县城读初三，一般是周五下午来待两天，周日回去。她儿子长得高高帅帅的，五官随凤姐，清澈又分明。每次有人夸他帅，凤姐就很开心地回应："他啊，打篮球特别厉害，是体育特长生。我希望他高中能以体育特长生的身份来十五中读书呢。"儿子怕生，来凤姐这儿总是躲在厨房帮忙做事。有时遇到十五中的老师来吃粉，凤姐赶紧叫儿子出来见老师，如果是其他老师就出来问个好，遇见体育老师，还会让他表演一段运球。

儿子很尴尬，气场和凤姐简直是电池的两极。

其实，有时体育老师也尴尬，我们看的人也尴尬，但对凤姐来说，似乎也没有更多合适的机会和场合来表达，只能硬着头皮推荐自己的儿子。儿子沉着脸做了几个姿势，体育老师说还不错。凤姐说再来一个，再来一个，儿子就会把球往地上一砸走人。如果你看凤姐对哪个体育老师特别热情，又是大份鱼粉，又是加蛋，又说不要钱不要客气，准是儿子又让大家尴尬了。

高二的一天早上，我照常去凤姐的粉店，发现卷闸门关着没营业，门口砸了一大堆碗。那几天，关于凤姐的事传得沸沸扬扬，什么其他债主也找上门了逼她还钱，什么当时被她泼鱼汤的鳏夫把店面砸了。我们都觉得凤姐可怜，那么好的人，那么勤劳的人，命运偏偏将她从正轨上推挤下来。

那一周，凤姐的店都没开门，我在旁边店吃鱼粉，总觉得不够辣、不够鲜，鱼肉不够入味，刺太多，喝完汤会口渴。不知道凤姐的鱼粉是真好吃，还是我习惯了那个味道。那之后，我每天都期盼凤姐的店开门，可惜一直关着。直到有一天换了招牌，变成了小卖部。大家都去问凤姐去哪儿了，新老板说不知道,他不认识凤姐。

关于凤姐和鱼粉的记忆,就停在了高二。

再后来,鱼粉店多了起来,也鲜有人再提起凤姐,我有时会突然想到,但也只是在想:她的债还完了吗?她的儿子后来去哪儿了?

3

郴州人从生下来到吃第一碗鱼粉,都是命运的安排。

我关于鱼粉的记忆是凤姐给的。所以,每当有人问起我最喜欢吃的鱼粉是哪一家,我都会说是凤姐的,但她早就不开了,我也不知道她在哪儿,只能跟着朋友一家一家去吃。这家更辣,那家更咸,遇到口味很像的,我就会跑到后厨看一眼,没准是她呢?

读中学时,我并不觉得鱼粉能在郴州人的生活中占据多厉害的位置,想吃就能吃,街边到处都是栖凤渡鱼粉店,口味都不会太差。鲜鱼汤,辣得爽,要区别本地人还是外地人,就看你吃完粉之后是否把那碗红彤彤的汤灌进肚子里,外地人是断断不敢的,他们会觉得这么做的郴州人疯了。

再之后,我去外地读大学,每次回郴州,和朋友约的第一个地方一定是鱼粉店。大家心照不宣——只有立刻吃上一碗正宗带劲的热辣鱼粉,才能瞬间接上郴州的地气。而鱼粉的名声也越来越大,陆续上了很多电视节目,拍了很多纪录片,成了郴州的骄傲。在外地打拼的郴州人如果相遇,聊天一定是从鱼粉开始的。

"你吃过金国的鱼粉吗？汤巨鲜，油色红润不厚。"

"老邓的也好，口味偏辣一点，配菜绝了。"

"大树下去过吗？就是老三中后面的巷子里，一棵很大的树底下。对，那条路的路名很好听叫桔井路。"

"南街的老杨，我每年大年三十都会去吃，三百六十五天二十四小时都不关门……"

聊着聊着，你会发现一定有人眼里开始透着晶莹，如果眼里没有泪光，那一定是变成唾沫咽了下去。

以前郴州人要向外地人介绍郴州，一定是先从中国女排训练基地说起，从五连冠说起。现在大多数都会说："你一定要先去吃一碗鱼粉啊！"小时候不懂，并不觉得鱼粉有什么讲究，就像一些外地人看到鱼粉的照片是一样的感觉——不就是辣椒粉兑汤，汤里放几块鱼完事。

长大了，懂了，真正的栖凤渡鱼粉是有讲究的。

栖凤渡镇种的早稻，脱了壳之后，用石磨磨成米浆，又黏又厚，然后放在特制铁板上摊皮，将水汽蒸干，变成一张张米浆皮，再放到竹竿上晒至两分干，叠上几层，用刀切成丝，继续晒干，就是正宗栖凤渡干切粉。还有一种是不晒干的浆皮，现切现做，叫湿切粉。如果吃的人没什么讲究，还有一种榨粉，是机器做出来的圆粉，很多湖南米粉都是圆粉。

做鱼粉的鱼最好是选用栖凤渡镇的西河鲢鱼，辣椒粉是当地产的五指辣，豆油、茶油缺一不可。各家有各家微妙的做法，那便是令人魂牵梦绕的口感，表面都是一层红辣的鱼汤，底下包裹的则是各自看不见的巧思。

帝国大酒店的罗记鱼粉带着一点胡椒味。

火车站的金国鱼粉和老刘鱼粉紧挨着，前者开了二十五年，后者开了三十七年，他们看着郴州火车站来来往往的旅客，小店面回荡着几十年来的火车汽笛声。

金国鱼粉偏鲜，甜。

老刘鱼粉，各种味道都重，辣椒辣，豆油浓郁，油重，吃完的人满头是汗，是老郴州人的心头好。

老邓鱼粉也是主打鲜甜，近期重新装修后感觉很新，干净许多。对有些人来说，干净重要；对有些人来说，还是以前热闹。

大树下鱼粉，配菜比其他家都丰富，酸豆角、酸萝卜、辣椒、大蒜丝、海带排骨汤……虽然都是免费配菜，但每一样拿出来都很入味、很能打，配上鱼粉能加很多分。

佳兴鱼粉和其他当地鱼粉不同，没有红油，是真正的鲜鱼汤鱼粉，也能满足很多不能吃辣的食客。

杨婆鱼粉也有很多人喜欢，具体好在哪里我说不上来，大家支支吾吾地争了半天，结论是各方面都不错，没什么令人讨厌的。

南街老杨鱼粉，是郴州街上最早开启二十四小时营业的鱼粉店，任何时候，只要有人想吃鱼粉，选他家准能吃到，即便是大年三十都通宵营业，一群人挤在两个狭长门店里，街边也是长桌，来人往那儿一坐，配上一瓶解辣的豆奶，其乐无穷。虽然现在鱼粉店开得越来越多，口味也越来越丰富，对南街老杨有一定冲击，但因为它是第一家让郴州本地人、外地回来的郴州人有归宿感的店，所以凌晨依然有很多人。

好吃的鱼粉店很多，打开美食点评网站，眼花缭乱的榜单，无论你选哪一家都不会失误。

我对阿博说："如果当年凤姐不关店，一直经营，现在她该有多好啊，债早就能还清了，而且作为她最早的顾客，我们也会很有面子啊。"

<u>4</u>

阿博和阿才见面，我也在。

他和以前没什么变化，看见我第一眼就说："哎呀，我就说我认识你，我以前在一个相亲节目上看到你，我就跟我老婆说这个人我认识。"

"那个，不是相亲节目，是一个求职节目……都是一个台的，你可能搞错了。"我很尴尬。

"啊，对对对，一个求职节目。你看我，搞错了，读书不好的人，脑子也不好使。"

"凤姐还好吗？"

"我妈？几年前就不在了。"

"啊？"我和阿博突然惊呆了，一想到凤姐那么利索、那么泼辣的样子，就没有办法接受她已经离去的事实。

"我挺对不起她，这些年一直让她失望。"阿才倒了一杯酒，"谢谢你们还记得她。"

阿才说起了高三那年我们所不知道的故事。

阿才在县城一直跟他爸和后妈住，后妈生了一个小孩，所以也没什么人管他。凤姐这才一直想把阿才弄到我们高中读书，一是我们学校好，阿才或许真的能成才；二是可以让阿才不用再看后妈脸色，凤姐很心疼阿才每次见陌生人都习惯性低头的样子。她逢人就问学校特招生的资格，有一天学校一个体育老师说自己有门路，觉得阿才体育很好，可以弄成特招生，但找人运作大概需要八千块。虽然八千块在当时是很大的数字，凤姐还有一身债，但她觉得自己人生唯一的希望就是能给阿才一个好的成长环境，因为自己和他爸离婚，已经让阿才的童年失去了太多。

凤姐找中间人聊了好几次，请了很多次客，也带着阿才跟中间人见过面。没想到见完之后，阿才对凤姐说自己并不想读高中，他想跟着表哥去广东打工，卖 BP 机，一个月也能挣好几千块。

凤姐和阿才吵了起来，凤姐哭了，阿才走了。

也就是那个周末，中间人说要带朋友来店里吃晚饭喝酒，凤姐炒了一桌菜。等人都走了，中间人死活不走，拉着凤姐上店面的二层阁楼，两个人正在推搡，阿才从暗处冲了出来，一啤酒瓶敲在中间人的脑袋上。阿才这时才对凤姐说了实话，他上次就看出中间人对妈妈有意思，也知道妈妈不想得罪对方，所以才不想读高中，但妈妈似乎为了他什么都不管不顾了。

这下，他就算想读也不行了。

"我让我妈和我一起逃走，她不愿意，要去自首，说是她敲的啤酒瓶。她不怕，还打算继续把鱼粉店开下去。我一气之下就把所有东西砸了。那时我很自私，以为她和我爸离婚是因为不爱我，我不知道她是为了还那十万块的债。我以为她离开我，在那么远的地方开店是因为不爱我,我只想让她在我身边生活,让我有一个真正的妈妈。我每次来看她,她也没时间陪我。我不想让她那么辛苦,后来知道为了让我转校,她也在存钱,可我不喜欢读书,也不想考大学,更不希望她被那样的人渣占便宜。当我把所有的事情跟我妈说完之后,我俩都哭了。那是我第一次和妈妈说那么多话。我妈把那个中间人送到医院,然后把我送上火车,自己去了派出所。"

"所以凤姐是为了帮你……"

"嗯。派出所调查了事情的前因后果,也查出了那个中间人其实是个地痞骗子,所以也没有为难妈妈。但鱼粉店是开不下去了,妈妈把后续事情处理完也去了广东,和我一起生活。

"我妈有几个遗憾,走之前一直说。一个是没有看到你们毕业,不知道你们后来都去哪儿了。我妈常会提起你,那个小矮个儿,总是会帮她收碗的那个。哦,对,我妈也在电视上看到你了,说这个人很像小时候吃她鱼粉的那个小孩。

"她也很遗憾,没能让我读上高中。如果我也能读十五中,也许我的人生会变得不太一样。"

"如果凤姐还在开鱼粉店,那一定是郴州街上最厉害的吧。"

我、阿博、阿才眼里都有泪光。

"要不,阿才,你再开一个粉店,就叫凤姐鱼粉吧?"阿博提议。

阿才抓了抓后脑勺:"那手艺我学不来,年轻时没耐心学,后来妈妈身体不好,有了高血压,也折腾不了了。"他突然笑了笑,又说:"不过我现在在十五中旁边开了个洗车行。你们没事可以来洗车,像照顾我妈生意那样。"

"那要优惠一点,以前我们没钱时凤姐可是都会送的。"

"没问题,打折免费都可以,你们看着办。"阿才说这些话的时候,突然让我想起了凤姐。

凤姐问那个只能买小碗鱼粉的男同学:"你是因为没钱吃,还是因为不想吃那么多?如果钱不够,你就自己下粉,这个碗你别换就行,能吃多少就吃多少。"

男同学很尴尬又很害羞地说谢谢。

凤姐说:"别谢啦,我儿子和你一样大,都是大高个儿,现在不长身体,错过了就没机会咯。"

我和阿博去了阿才的洗车行,说是在十五中附近,其实蛮偏的,但生意很好。

阿才从老家招了几个勤快的小兄弟,都不需要司机把车开进洗车间,到了直接把钥匙给小兄弟就行。等候区虽然简陋,但饮料随便喝,还能给手机充电,旁边货柜里放了很多新奇玩意儿,车上的玩偶、好看的钥匙扣、车载纸巾盒、折叠塑料箱,甚至还有男女通用的应急小便器……虽然怪,但都是自己可能真的缺的玩意儿。我坐了十几分钟,阿才便卖出四五件东西,然后来招呼我:"你去看看,有什么喜欢的自己拿,不要钱,我保证肯定有你缺的。"

我哈哈大笑,顺便问了一直想问的问题:"行了,家里那么多债呢,我还拿,心里过不去。"阿才大手一挥:"啊,我在广东卖 BP 机和大哥大时就还完了,不然我妈哪能放心走掉,她性格你又不是不知道。这个洗车行楼上,我买了两套房。来,那我给你拿一个香薰吧,特别好,德国来的,不是香精兑的……"

那么美的时刻也许再也没有了

1

经过音像店的时候,看见上面写着"孙燕姿最新专辑到货",直接闯进去问店员:"还有吗?"

店员说:"你放心,你喜欢的那几个人都会给你留着。"

"其实我要两张,你懂的。"我朝她眨了眨眼。

"有喜欢的人了?"小女孩特别兴奋。

"再卖给我一张,我就告诉你。"

"行,我还给别人留了三张,先给你,我下午再去进货。"

在家清理旧物时,看见这张孙燕姿的CD,想起当时还送了一张给喜欢的人,就给对方发了一条短信:"你还记得我送给过你一张孙燕姿的CD吗?"

对方回:"记得啊,那张CD后来被我同学拿走了。"

喜欢一个人,经过音像店给这个人买一张新的专辑,那么好的时光现在不会再有了。

歌手已经不出实体CD了,音像店也倒闭了。

大家不再通过音像店知道谁出了新歌,现在想送专辑都是电子的,背后似乎也藏不了那么多小心思和含义。

2

互联网刚兴起的时候，整日泡在网吧的有三类人：真的想了解互联网技术的、很爱玩互联网游戏的、想谈恋爱的。

那时的爱情小说从穿越、霸道总裁、豪门绝恋直接硬切到了网恋。

QQ上线的咳嗽声，路由器联网前的啸叫声，和网友聊天聊到一半突然断线，立刻就对屋外的父母大喊"我在上网，把电话挂回去"，这些场景再也不会有了。

那时的周末，去大学城商场，麦当劳或肯德基的大门口有很多年轻人在等人，不似现在都在看手机，那时门口的年轻人都带着好奇的眼神端详着每一个迎面走来的人——每个人都可能是自己要见的网友，白色的帽子或红色的T恤，白球鞋或是右耳戴着耳环。有人躲在暗处观察，若是觉得不称心就立刻闪掉，当过去的网恋是场水漂；有人硬着头皮和对方吃了一顿肯德基，花一百来块钱，说句再见就删除了对方；更多人则带着对新世界的新奇，把网恋谈成了现实。

照片无法修图，也没有电子版，靠邮箱上传发送前还要把照片扫描存在3.5英寸的磁盘里。扫描多贵啊，一张照片两块钱，一个月的生活费才五百块。关键是这样扫描出来的纸片也看不清脸，只能看清照相的姿势、衣服的色彩，但就算这样，对方也很感激，说一句："谢谢谢谢，我觉得特别好。"

当你拿着磁盘走进网吧问老板："可以插磁盘吗？"很多人便抬头看着你，眼神里写着"小伙子，你要交换照片了吗？劝你三思"。你只能尴尬地补一句："下载一些资料而已。"

3

那时网恋的准备都挺复杂的,谁和谁都很珍惜,成功率比现在高得多。

我收到过一个 iPod,那是苹果早年出的专门用来听音乐的播放器,里面存着对方想让我听的所有的歌。现在这样也行不通了吧,如果想下载新的歌曲,就要登录自己的账号,然后立刻清空对方所有的细腻心思。

唱歌不错的,会带着喜欢的人去有大厅点歌的卡拉 OK,每个台轮着唱,有很多想听歌的顾客,也有很多敢唱歌且唱得好的顾客。唱得好,大家一起鼓掌;唱得不好,所有人很默契地沉默,会把人逼到心理崩溃。

4

去年回老家,欣喜地发现有一家叫"丽都"的老卡拉 OK 厅依然在营业,就很好奇地和一群朋友去了。没想到里面全部翻了新,有很多包厢,但也保留了大厅模式。我们坐在大厅,一群人占了两个台,把想唱的歌写在纸上给服务员,等着就行。

时间恍惚间回到好多年前,陌生人坐在一起,热热闹闹又默契十足。

每桌客人都拼了命把歌唱好,若是觉得比不上上一桌,干脆直接放弃,省得丢脸。那晚我喝了一点酒,就对老板说:"你真棒,希望丽都一直都会在。虽然挣钱有点难,但我们都会来捧场的。"

老板也喝了点酒说:"没关系,兄弟,这几层楼都是我的,我不挣钱没关系,你们来就很开心了。"

哈哈哈哈,我真是白操心了。

后来每次回去,我都会和一群朋友去报到,90后、00后的朋友觉得这种方式古怪又新奇,但唱过一次之后比谁都狂热。我知道时间会淘汰很多过时的东西,但还有一些不会被淘汰,靠着自己顽强的生命力和一些人不愿意改变的情怀。

5

和喜欢的人约去溜冰场,去之前特别努力地练习,这样到时才能自然而然地牵住对方的手说"来,我带你滑",丝毫不唐突。

存钱给对方买一个 BP 机,想对方时就通过人工服务给对方发一个520,所以那时范晓萱的《数字恋爱》才那么红。

"3155530,都是都是我想你。520是我爱你,000是要kissing。"

晚自习也好,上课上班也罢,收到一串数字,便能脸红心跳。周围人问:"要找个电话回话吗?"很害羞地摇摇头,不必……对方只是在告诉你,她在想你。

节制,又不放纵。

点睛,又不添足。

每个举动都在尊重爱情,尊重自己和你。

6

其实都是麻烦。

但爱情是否要像面团那样经过发酵才更有口感？

没人能下一个定论。

一见钟情有一见钟情的快感，细水长流有细水长流的妥当。

说到底，无论时代如何发展，人与人之间怎么发展，需要的都是仪式感。

回忆里的种种都是能在多年后想起的细节，这些细节就是感情中的仪式感。

我想起今年去厦门做了一场新年读者见面会，到厦门已是晚上，十点书店的同事来接我。去场地的路上，我和出版社同事聊到仪式感这个话题，书店同事突然从前座回过头用很抱歉的语气说："同哥，我听你们在聊这个话题，很有感触，我不知道自己是否能插播一下自己的感受。"

"当然，当然，我很想知道你是怎么看待仪式感的。"

她说："我大学毕业三年，和男朋友异地恋好些年了，每年元旦跨年我们轮流去对方的城市，这就是我们之间的仪式感。去年他来厦门看我，今年轮到我去看他了，但因为书店新开业，特别忙，所以我很抱歉地告诉他今年我可能没有假，去不了了。他说好的，没关系，等忙完再见就好。跨年那天，我一直在书店加班，突然收到短信，他说：'加班快乐，别难过，我就在商场门口，等你下班，然后一起跨年。'那天我特别感动，其实无论谁去谁那儿，能一直在一起跨年，就是仪式感。"

我愿意为你做很多事，多年后也想得起来，就是我们的美好。

  起来喝一杯咖啡，是想让自己的心情变好一些，变得有精神一点。
  写东西前一定要找一位自己喜欢的歌手，重复播放他的专辑，很轻易就能集中精力。
  每年过生日都要写一篇总结，给过去的自己，给未来的自己，也想看清自己。
  这些年，每次准备了很久的作品要跟大家见面，都会约同事们一起吃个饭，喝个酒，然后录个视频告诉自己："没关系，放宽心，已经尽力了，结果一定不会太差的。"
  前两天看到手机里就有这么一段，是2017年《我在未来等你》出版之前和出版社同事聚餐时录的。当时谁都不知道结果会怎样，我就拍了一段给自己，希望有结果之后再看，应该很不一样，也会让自己更相信自己吧。
  2019年年底，我看到这段觉得很有趣，然后就告诉视频里的自己："哇，《我在未来等你》拿了好几个奖，很多读者很喜欢，也顺利改编成了电视剧，电视剧是2019年豆瓣年度十大电视剧，你的预感真的超灵的！"
  生活里多一些仪式感，日子也会过得更加有滋有味。

《我在未来等你》出版前夜短片

从危机里找到转机的人生，就是积极的人生

1

突然意识到自己已经很久很久没有和朋友聊过天了，那种打屁喝酒的闲聊不算数，我指的是真的很想知道对方的情况，很想对方知道自己处境的聊天。

"你在干吗？"

"我在干吗。"

"你遇见了什么问题，我遇见了什么问题。"

"我能帮你想想吗？你能帮我想想吗？"

这种趋向为正向的聊天实在太少了，大部分时候我们要寻求帮助，都已经想好了自己要怎么做，只差东风，于是就会问朋友："嘿，你有那阵东风吗？"对结果的需求大于对思考的帮助，聊天便仅限于对方回复"我有呢"或"不好意思哦"。

正因为如此，因疫情而在家自我隔离的这段日子里，我想起了周围那些算是很要好的朋友，发现自己并不是很了解他们，他们似乎也并没有意愿跟我分享他们的现状。比如文子和浩森，他们搭档开了两家民宿、一个摄影工作室、一个视频工作室、一个摄影学院，还有几十位同事，我想他俩应该面临着很大困难……可他们却没有跟我提过任何一点问题。

换作以前，我就会觉得："嗯，可能是因为我们关系不够好，算不上朋友，我也不必再问。"但或许是年纪渐长，以及我很

清楚他俩并没有什么别的朋友（哈哈哈），我就直接发消息问文子："你的民宿和工作室怎样了？"

文子没有理我。

我不依不饶，发微信给浩森："我给文子发了微信问你们的情况，他不理我。"

浩森说："他在看电影，我立刻让他看手机。"

什么？文子还有心情看电影？

果然微信立刻回过来了，特别长一段，感觉他都憋坏了。

文子说："我都要卖房子了，民宿早就停业了，工作室暂时也没有接到新工作，但我不能裁员，必须扛下去。我也在头痛，不好意思烦你，我觉得你可能更惨。"

看来要让一个人心情好就是让他知道别人比他更差，哈哈哈。

紧接着他又发来一条："我算了一下，所有的房租、人工加在一起，一个月四五十万，如果情况再多持续两三个月，可能就有点扛不下去了。关键是现在我挂出去的房子都没人买（一个哭泣的表情）。"

然后，我们就进入了深聊阶段，该如何面对这件事，如何把危机变成转机，除了死扛是否还有别的方法。那一刻，我觉得这就是朋友的意义，而我们也有了一个很不错的想法。在说这个想法之前，我想先分享另一个感受。

2

和朋友进行"深入人生体会"的聊天，相当于一个人过了好几种人生。

　　但要遇见这样的朋友，愿意和你聊，愿意倾听，你能理解，也有兴趣，也是可遇不可求的。所以，我的另一个选择是看各种纪录片和真人秀，可以在某个自己不了解的领域，详细了解一个人如何做完一件事，在看的过程中能对照自己所以为的，然后纠正和提醒自己。

　　前段时间在网上翻出了一个真人秀《富豪谷底求翻身》。简而言之，就是一个五十五岁的亿万富翁，为了证明创业不分年龄、不看出身，也不靠第一桶金，被节目组送到一个陌生城市，只有一部没有任何联系人的手机、一辆二手车、一百美元，他要在这个陌生城市生活九十天。九十天之后，他必须创办一家市值估价一百万美元的企业。

　　这个节目之前好像有香港版，但主人公中途放弃了，他觉得太难了。

　　虽然立意听起来特别狗血，但看完第一集，我就决定追下去。因为第一集解决了我一个最大的困惑——一台摄像机和一根收音杆天天跟着你，你怎么解释？谁也不是傻子啊。主人公在见任何人之前，都会在电话里把该聊的事情聊好，再很抱歉地说因为自己是刚来这个城市创业的，所以想记录一下这个过程，希望不会吓到对方。基本上大家都会愣一下，然后说："只要不影响我们工作就好。"

　　第一集主人公说了一段关于创业的也是我听过无数次的看法——"没钱还想创业？""没有背景和人脉怎么创业？""白手起家？做梦吧。"他想通过自己的行动去证明这些都是错的，于是告别了自己的别墅、游艇、直升机、家人，来到零下几摄氏度的已经衰败的重工业城市——伊利。

节目一共八集，我熬夜看完了。

看的过程中每一次被感染到，我就停下来给周围创业的朋友分享，逼他们都看，推荐词很简单："啊啊啊啊啊啊啊，你快看快看！"

朋友也会给我回馈，说启发很大。

于是，我决定写这篇文章和大家分享这个真人秀给我的几个感受。

主人公用了一个假名创业。他做的第一个决定是上网搜索这座城市，是什么环境，消费水平怎样，房租大概多少，大家的习惯是什么，是否有他可以立刻找到的兼职工作。他设定了两个目标：一是挣取每日的生活开销，二是快速挣取未来三个月的房租。前者是生存问题，但不能因为生存问题而占用所有时间，必须在其余时间去看是否还有其他机会。

他在超市买了一些泡面，要了一些免费热水，便花掉了十几美元。为了节省住宿费用，他前几晚都睡在车里，没地方洗澡，整个人都很疲惫。他做了一个很大胆的决定，去住一晚旅馆，尝试给旅馆打工，但是被拒绝了。于是他掏了五十一美元住了一晚，洗了一个热水澡，舒舒服服地睡了一觉，再加了八美元的油，然后，他身上几乎没钱了。

第一天他通过网络找工作，发布了一些个人信息，几天内找到几份简短的兼职工作。一个是给流浪者分配食物，没有工资，但可以免费吃一餐饭；一个是去帮别人打扫房间，挣到八十美元；一个是去帮一个小服装品牌的老板印刷服装图案，挣到了六十美元，钱虽然非常少，但这个服装品牌的老板是进行自主创业的，所以他们聊得很愉快，这一点很重要，主人公认为自己如果要创业就得需要人，这就是他第一个看中的合伙人。

主人公偶尔得知，过几天当地有一个以绿色为主题的节日，于是决定去批发很多绿色的小玩意儿，说服服装品牌老板也拿出一些以绿色为主题的服装，开着车摆摊一起售卖。他说："我不了解当地，如果有一个本地人愿意和我一起就容易多了。"他做了第二个决定，让服装老板带自己去酒吧。他认为喝了酒的人容易购买自己批发的这些会发光的绿色小玩意儿。最后，他们把自己身上的绿色衣服都脱下来卖了，挣到了四百一十美元。

在谋生的同时，他在网络上找到了一些供求信息，有人愿意花几百美元找一些二手工业轮胎。因为伊利是一座衰落的工业城市，到处都是废弃工厂和废弃工业设施，于是他前后花了几天时间开着车沿着铁路到处找轮胎，第九天，终于找到了四个不同尺寸的工业轮胎。两个被卖家否决了，经过一番讨价还价，另外两个轮胎卖出了一千五百美元。

他押一付一花了八百七十美元租下了一间公寓，用七百美元买了一辆不错的二手车，然后把车打理干净，把它停在一个车来车往的路口，放上售卖的牌子。其间看病花了二百五十美元，最后身上只剩不到九十美元。过了几天，他把二手车用三千九百美元的价格卖了出去，再花一千五百美元买了辆更贵的休旅车，打理干净后，以七千六百美元卖了出去。看到这儿，我也有点疑惑，就查了一下，在美国很多人喜欢换车，新车过季之后价格会降很多。很多在美国短期旅游的人，比起租车一天一两百美元的花费，觉得不如花三千美元买辆二手车，玩一周，还能以两千多美元卖出去或者返还原车主，十分方便。

无论是卖轮胎，还是去酒吧卖纪念品，又或者是买卖二手车，他都遵循了一点——尽量去了解更多供需信息，他很清楚什么样的人可能要什么，主动出击，而不是束手就擒，等天吃饭。

当他开始有了一定积蓄之后，他找到免费的商业培训中心，这个中心免费提供创业分析及培训，提供开会面试的场地，包括办公用品之类，这是政府免费提供的。看到这儿，我也给湖南郴州老家的朋友打了电话，刚好朋友也是负责创业培训的工作，他说这个就是创业孵化基地，免费提供给创业者，无论是培训还是场所，我们也都有（这一点我之前并不清楚，看来还是那个观点——你要创业之前，必须了解更多的有利于自己的条件才能行动，包括各种扶持政策）。

经过各种调查，他本来想开自酿啤酒吧，但由于很多手续无法在九十天内办下来，于是便转向"曲线救国"，开一家烧烤啤酒屋，同时售卖别人酿的啤酒。开餐厅费用巨大，他的解决办法是利用他在老本行——房地产方面的经验。大概就是看中了一套不错的房子，然后以不到两成的首付买下来，再拿着合同去跟银行贷款一万美元做装修，然后加倍卖出去（他对政策的了解又起到了作用）。

其中最打动我的地方是他利用孵化基地进行的面试。

他发出了招聘信息后，有很多人来面试，他跟对方说构想，说步骤，说未来，然后说暂时无法发工资，他所有的钱只能用来租门店和装修。在这个过程中，自然有人退出，也有人因为他说得非常热血，就说："反正我现在的生活也没有什么压力，闲着也是闲着,我就跟着你试一试。"

一个、两个、三个,他看中的那些人,也真的都愿意来帮他。

看到这里真的很感慨,其实我身边很多朋友也是如此,有一些很善良、很有才华的人,偏偏遇不到一个很有头脑的老板带着他们一起干,或者就是不愿意相信梦想,觉得对方总是想占他们便宜,在空手套白狼,自己也不愿意迈出那一步。说白了,很多人的时间都不值钱了,有的是时间,你还怕被人骗时间吗?更何况作为一个成年人,一个人说的创业是否有逻辑性,是否符合情理,是否有市场,都是能判断出来的。当你觉得一个人有想法,表达清晰,也有冲劲,那就应该毫不犹豫地加入,一起干。这位主人公说了一句很重要的话:"如果我要创业,就必须找到一群志同道合的人,找不到人,什么事都干不了。"这句话不仅针对要做老板的人,也是针对想打工养活自己的人。

有趣的是,当他真的组建了一个团队准备开烧烤啤酒屋时,他又得知这个城市要办一个烧烤节,于是他决定租一个摊位大干一场,目的很简单——如果能够获奖并挣钱的话,他就有钱装修,开业也能有的放矢一炮打响。在这个过程中,他也在观察谁适合做领导,谁适合做某些业务,当然他也看错了人,也遇见了特别能扛事的人。这些大家如果感兴趣的话自己去看。

最后一集,我几乎哭得大脑缺氧。

因为在评估师对他们的餐厅开业进行评估前,主人公召集团队把自己是谁,原本是什么身份,为什么要做这件事,原原本本地说了出来。说完之后,大家很努力地把开业日做得十分漂亮。最后评估师给出的评价是餐厅估价五十万到一百万美元,包括各种品牌的啤酒、可复制开店的模式、当日营业额等等，最终折中为七十五万美元。

主人公输了，按规则他要投入一百万美元继续做这件事。

但他特别开心，在录制过程中说了一句话："我一直觉得我周围的人都是因为我有钱才靠近我，很难分辨。但现在这些人不知道我是谁，他们真的是因为想跟我做才跟着我，我很感动。"他好几次都哭了起来。然后他就带着支票开始去感谢每一位团队成员，把股份分给大家。每个人得到自己的报酬后，都流泪了。虽然我知道这只是一个节目，但依然觉得——真好啊，聪明、善良、有才华又愿意付出努力的人都得到了回报。

这是整个节目给我印象特别深刻的几句话：

"我必须住好，睡好，不能拖着疲惫的状态，这样做什么都不行。"

"要创业就必须找到志同道合的人，如果对方看中利益而不能走到一起，我也没有办法，但一定要遇见这样的人。"

"很多人都是把东西造出来然后卖，这也是不对的，应该知道谁要什么，先知道买家在哪里，更容易成功。"

"你一定要了解这个城市，看看大家需要什么，缺少什么，去做调查，再去学习你要了解的行业是什么，自己不懂那就去找懂的人。"

"我很喜欢他，我觉得他也很喜欢我，我觉得这事能成。"

"无论我们发生任何事，我们可以坐下来聊，而不是突然发脾气走掉，这样解决不了问题，只能让团队所有人都尴尬，我们只想一起把事情解决，对吗？"

这个节目逻辑上没有问题，所有思考都基于现实，甚至出现了突发状况也能用别的方式解决和替代。只要你准备好了做成一件事，任何绊脚石都是垫脚石。

还有一句话，在某一集的结尾特别快地闪过了，我觉得那是这个节目的精髓。那一集是讲主人公和当地啤酒厂第一次谈判失败了，他总结自己的失败经验，第二次谈判，成功了。

成功之后，他笑着问啤酒厂老板："你觉得我对这件事情有多认真？"

老板笑着说："我不知道。"

他也笑了。

但我能体会到他的意思——我真的足够努力了，也十分认真，我希望你能看到我的全心全意，也许现在我什么都没有，但是我的认真才是我真正的优势。

3

我和文子讨论的正是这个感受——先不用管结果，只要我们想清楚了，也能做到，那就放手去做，让大家看到我们的全心全意就好。

我们的想法是——趁着现在大家都在家，用网络干各种事情，不如我们开一个针对这些年轻人的网课，很便宜的那种。我们平时都是几千块的线下摄影课程，现在就开很便宜的摄影课，主要是让大家不闲着，我们也不闲着。你觉得呢？

我问："很便宜是多便宜？"

他打了一串省略号，然后说："……你要逼死我吗？哈哈哈，反正很便宜就是了。我们可以教大家怎么拍照片，拍 Vlog，简单快速制作的方法，构图、调色、审美什么的。平时大家都很忙，没时间，现在我们就可以利用大家的时间来教大家一些很基础但是能很快入门上道的技巧，这样，大家以后出去旅行拍照质量会更高。男朋友学完再也不会被女朋友 diss 魔鬼般的直男视角，是不是不错？"

我说特别好，你说完我都想报名了。

文子立刻就去做课程了，和工作室的摄影师去讨论谁负责哪些课。

一开始一筹莫展，觉得危机来了，但彻底安静了解了自己之后，危机也会变成转机。

我和文子都没有讨论"万一结果不好怎么办"。

有些事情从一开始就要做好最坏的打算，掂量掂量自己能不能承担，能承担就继续干，承担不了就收手。但还有一些事情，没有退路，必须做，而这件事就是如此。

卖不了堂食的餐厅，如果做好了准备就可以立刻做外卖。

到处找项目的影视公司，如果做好了准备，现在就能和编剧线上会议认认真真讨论剧本。

平时太忙的年轻人，也可以趁这些时间看一些书、一些电影，追求一些总以"没时间"为借口而荒废的目标。

在家锻炼，和父母聊天，学习厨艺，整个人不再慌乱忙碌。想想自己要做什么，想做什么，当疫情过去，再次出发吧，准备好了就出发，我相信速度一定比之前的莽莽撞撞会快很多。

文子和浩森的课两周之后上线了，定价39.90元，一个汉堡套餐的价格。

以前他们的课都是几百人报名，而这一次因为定价便宜，又是入门，加上几位朋友一起帮忙宣传，报名的人数大大超过了他们的预想，光预订就超过了一万八千人。他们都惊呆了，本来以为只是苟延残喘，没想到却是凤凰涅槃。

我写这篇后记的时候，他们的课程已经上完了，于是我就详细地问了问他们在过程中出现的情况。

文子是这么回答我的："我们从决定开干，到最后做完所有的网络课程课件，一共动员了十二位同事加班加点，用了将近两周时间完成。一开始大家觉得能到五千人报名就很了不起了，没想到最后居然有一万八千人报名。"

第一天上课的时候特别热闹，他们都快疯掉了，所以第一天的课程结束之后，他们立刻针对体验感做出了调整，重新建分群，把课程的重点做成PDF，还做了思维导图，让大家更能明白自己的课程重点，也能复习。

"这一次的课程扣除了平台和分销分成外，挣到了五十多万元，所以我们的摄影工作室是正常发工资，也没有因为疫情影响大家的收入。"（他说这句话的时候特别骄傲，感觉他都要哭了，哈哈哈，真为他开心。）

他说自己还有很多的意外收获，他发现报名的学生里，有觉得他们摄影工作室反应很快、课程水平很好的商业伙伴，课程结束之后想进行更多的摄影合作，还有一些学生不仅自己学了，还希望未来能找上课的摄影老师来给自己拍写真或亲子套装。

文子说，之前根本没想到这些，没想到学生里还有那么多潜在的商业客户。现在整个团队都很有斗志，感觉是最好的时候啊，要抓住机会好好努力才行！

听他说完，我都想立刻跑到楼顶对着天空大喊一声：我也要努力啊！

真是喜欢正向的朋友们，因为无论他们做什么都能一同体验到丰富又积极的人生啊！

手机会知道你的寂寞

我有一个群，只有三个人。

我们并不是有特别多投机话的朋友，但偏偏就建了一个群。

每个人都有很多群。因为公司一个新项目，有一天我被拉进了十几个群，终于意识到微信就像金角大王的瓶子，人生、灵魂、时间统统被吸进去。那段时间的群置顶也是眼花缭乱，我觉得取名的同事们一定没有生小孩取名的烦恼，明明每个群里的人都差不多，但真的能十分准确地让我第一时间分清每个群的功能是什么。

项目小群＝公司自己人的群。

项目小小群＝只能发牢骚的自己人的群。

项目宣传群＝所有对外发布的稿件需要发到这个群。

项目决策群＝任何流程的推进都要在这个群确认。

主创群＝好消息就发这个群，坏消息就交给负责流程的同事。

亲爱的项目群＝甲方、乙方合作很好的同事，不会红脸，一定会帮忙解决问题。

项目最好看的群＝什么都能聊什么都讨论，心态年轻的人所在的群。

项目每日沟通群＝汇报第二天计划，总结当日工作。

项目统筹群＝牵扯到跨部门需要讨论事宜。

项目哈哈哈群＝项目进展中所有好笑的事只能发在这个群。

项目总结群＝检讨第一，开心第二。

有人很讨厌群，我有几个朋友很明确地声明：不加群。

这样的朋友就是两类：一、大老板；二、没老板。

我对群没恶意，群对我也没恶意。惯用的做法是屏蔽群消息，不然我每天的工作就是看手机。有人问如果错过重要的消息怎么办，我的感觉是——如果一个消息能错过你而进行，表示你并不重要。如果一个消息需要等你回应，你不回应，一定会有同事给你打电话告诉你。

工作群只是一个告诉大家"我在"的工具。

不过，我写的并不是工作群，而是各种各样的群。我打开手机，发现了好多遗忘在记忆中的群，大家都在，只是再也没有人说过话。我也很清楚，如果有人说起当年的一些往事，大家又会迅速地活络起来。

六年前，有个同事要出国，我们为他建了一个群，约他想要约的人。我在外地，没办法参与送行饭以及饭后的那顿酒。我说："我不在，但我可以买单。"然后，我就被拉进了群里。这位同事一直心心念念想吃一顿胡同烤串，但工作太忙，每次去都要排很久的队。为了满足他，有同事五点半就去占位，拍了一张照片——胡同里拼了一条长桌，十几张小凳子围绕着，一个人都没有。等人到齐了，吃得开心了，喝得也尽兴了，大家又拍了一张合影，热热闹闹。两张照片一前一后被发到群里，我把两张照片存在了手机里，一直没删。

我喜欢从冷清到团聚，从空无一人到为了一个人满堂欢喜。我想留着这两张照片，有一天重发进群里。也许很多人的群聊天记录被删除了，但我把照片发进来，所有人都会觉得幸福吧？

　　来北京十几年，认识了一些善良又努力、爱好写作的朋友，平日大家也很少见面，所以和这十位左右的朋友就定下一个规矩——每年过年前一定要聚一次，不聊工作，就唱唱歌，喝点小酒。大家都不擅长唱歌，同样不擅长喝酒，但大家喜欢待在一起，就看着彼此的脸，每年都是一副还没有放弃的表情。这个群一年只有一段时间会亮起来，其间也有一两位慢慢地淡了，然后谁也不好意思踢人出去，就建了另外的群。说起变淡的原因，好像也没什么特别的，大家聊起时，没有义愤填膺，也不是特别抗拒，就是"噢噢噢，有听说，随便你……"。别人在你人生中这么淡去，你也应该能想象得到自己又是如何淡出别人的人生的。当你发现你和某个人淡了，可能会很懊恼，但也不必，因为在你没有想起时就已经淡了，这没有影响到你的生活。你会懊恼，也许只是因为"你埋怨自己没有把一些事情照顾周全"罢了。

　　舒服的群不必每句话都聊天，但必须让群里人知道自己是在意这个群的。

　　只有一个群是例外，是我给父母还有朋友父母建的群。

　　每年和父母待在老家过年，看着他们年纪越来越大，就和好朋友萌发了带父母春节一起出去旅行的想法。从忐忑到心安，再到四位朋友的父母成了好朋友，互相拉着对方去彼此家乡探望，我们心想——是时候要拉一个群了。四家人在群里，四个孩子在其他的群都不是话痨，也不是什么话都要接，但是在这个群里，任何父母说的话，我们都要聊下去。问我们平时节日在干吗，我们都要装作很快乐的样子。发一些谣言，我们也不能很直接地说是假的，还要一起探讨，要搜索，绝对不能直接说这个新闻是假的，不然会让父母觉得受伤了。而是要说发这个新闻的媒体也好，公众号也好，这个作者也好，他们老是骗人，不要相信他们。然后就举一些例子，让他们觉得哦哦哦，作者不太好的时候，再说这个消息是假的。

  这个群很快乐，与其他群的快乐不太一样。别的群发红包，发小了，就会有人说怎么发那么小。但是在这个父母群，哪怕你发一块钱让大家抢一毛，爸爸妈妈都很开心，然后都会说谢谢儿子带来的好运气。因此，你就会想发更大的红包，让爸爸妈妈一个星期出门可以挑好一点的菜。

  六人小组，五人小组，四人小组……都挺好。年纪渐长之后，谁也不想每天腻在一起，甚至会让同龄人觉得"你那么黏，为什么不去谈个恋爱？为啥天天找我"。但人内心终究是希望找到同类的，所以建一个小群，有几个类似的朋友，心里也会觉得"真好，我还有他们在"。

  记得有天天气不错，下班时还有夕阳，站在公司大门口，空气里有种让人愉快的味道。刚好就遇见了三位同事也下班，因为分属各个部门，平时很难遇见，就在大门口说了几句话，突然发现，原来大家都穿着匡威鞋，然后就持续聊了起来，说要不为了庆祝我们都穿了一样的鞋，吃个烧烤，喝杯酒吧？其中一位同事说："我知道今天还有谁穿了，一起吧。"也不知道到底是大家彼此喜欢对方，还是真的穿匡威鞋的人就很随意，总之后来大家都改变了原本的计划，六七个人去吃烧烤了。然后，有了一个群，群里偶尔就会问："要不要穿匡威鞋？"

  言下之意就是："要不要一起吃个烧烤？"

就像我那个三人群。

看见很感动的电影也好,真人秀也好,第一时间都会发到那个群里,也不用艾特谁,直接发"啊啊啊啊啊啊,哭死我了,《Super Band》真的好好看啊"。然后剩下两个人一定会说:"啊啊啊啊啊啊,我正准备看!"

这个群里的聊天没有逻辑,但说什么都有人懂。心情扔进去,总有回馈,不必在意对方的感受,只需要表达自己就好,让我知道在这个世界上我并不是一个怪胎。

后来,三个人在同一个城市相遇了,面对面坐着,也没啥可说的,就聊了聊最近想看的东西。回到家就各自看起来,看到厉害的地方又发出了"啊啊啊啊啊,也太好看了吧"的哀号。

人们会把不同的自己藏在不同的微信群,会修改群的备注。当城市越来越大,人们越来越忙,相见越来越少,群里有时艾特我的信息亮起时,无论是不是群主艾特所有人,我都会有种莫名的存在感。

虽然我从不承认自己寂寞,但手机总会知道我点击消息的速度有多快。

在微信里输入一个好朋友的名字,你会找到和这个朋友所有相关的群,每个群的建立都有一个故事。这个朋友和你在一起的群越多,证明你们认识的共同好友就越多,以及你俩越有可能是相互照顾情绪的朋友,所以在群里即便你不回消息,对方也能代替你顶上,所以你习惯了和这个人在一起。不信的话,你可以试试。

我随便选了三个好朋友,一个和我有十个共同群,一个和我有三十个共同群!我想:天哪,我和他关系那么好吗?当我输入第三个朋友的名字时,发现我和他有一百一十个共同群！这些群什么功能都有，买保险、生日聚会、某次餐厅的相聚、某次旅行，还有一些现在都不明白的群名"中央戏精学院群""给你们一个鄙视胖子的机会群""湘南杯调酒大赛之泰国传奇群"……最后这个我看了一下名单，想起来了：我和老家的朋友们一起去泰国玩，遇见了两个很会调酒的北京朋友，于是我们就自己买了酒在酒店的房间里比赛调酒，听音乐聊天……那晚之后，大家就成了好朋友，每年都约着去各自的老家玩儿。

微信群真是一个储藏了美好记忆的地方。

我爸终于知道我是干吗的了

1

　　公司的年会都是在春节放假结束后回公司再举办。

　　年前开，领导说啥，大家都忘了；年后开，大家会拧成一股绳，开始新一年的冲刺，蛮好。

　　某年年会，有个部门把网上流传甚广的一段话拍成了视频。

　　"从你出门上大学开始，你和父母相见的次数就开始倒数。你见他们的时间只有寒暑假。等你大学毕业选择远行，你和父母相见的日子便开始倒数，大多数人每年只有春节七天能回老家。如果父母还能活四十年，那么你和父母相见的日子只有二百多天，不到一年。而这七天中，绝大多数人不会一直陪着父母，还会见很多其他的朋友。时间砍半，我们与父母这一生也许就只有一百多天的相处了。珍惜吧，和父母在一起的日子。"

　　早就知道短片要说什么，尤其对我们这些做影视工作的人。但提到父母，全场很多同事哭得不行。老板说了一句话："行了，行了，刚才看短片哭的人，不一定是孝顺，可能是春节没有好好地陪父母，正在后悔自责。"

　　大家又都笑了起来。

　　其实，就算陪了父母，聊到这些，也都会伤心吧？

　　我十八岁离家，因为选的专业并不是他们希望的，所以回家的次数也少了。后来北漂，离家越来越远，再想回去心有余而力不足。来回若是机票，便是一个月的积蓄；若是火车，一半假期便花在路上。我大概是过了三十岁，工作能自行安排，积蓄也有了盈余，才开始疯狂补足之前缺失的日子。

我父母并不清楚我的工作内容，我也不喜欢和他们聊北京的工作。我妈每次听到老板骂我或批评我，就会喋喋不休让我更努力，她很害怕我被开除。后来我就不打算再跟他们说我那些曾经的煎熬，只说一切令人喜悦的消息。

妈，公司给我涨工资了。

爸，我升职了，出版社结版税了。

妈，公司股票分红了，我准备把小房子卖了换个大的……

我开始学习分享更多喜悦，并非报喜不报忧，而是再多忧都会过去变成喜。解决问题的人是我，他们只需要开心。事实证明，他们确实挺快乐的，以至于有一天我爸问我："你说你在管一个电视剧的拍摄，你怎么会管那个？"

"因为这个电视剧是光线在拍啊，我是一个部门的头儿啊。"

"噢，那你不是一个作者吗？"

"对啊，所以我就想把这个小说改成电视剧。"

"那和你们公司有什么关系？"

"因为只有这样，我才能很好地投入自己的精力和时间哪。"

"那你到底在里面做什么？"

"……什么都做，打杂吧，对，打杂。"

"噢，那我明白了。"

父母都是更容易理解喜悦，对其中的过程估计也只是礼貌性地关注一下。比如我很早以前就对我爸说："爸，我可能未来不做电视节目了,转电影制作了。"

我爸一惊:"为什么?"

"因为公司决定要取消电视节目部门,全面转向影业。"

"那你自己注意,你应该什么都不懂吧,一定要努力了。"

"好的。"

我以为他非常清楚我在干吗,我们公司在干吗了,没想到他隔三岔五给我发一些简历说某某是哪个叔叔的亲戚,某某又是哪个阿姨的女儿,他们学播音的,学新闻的,学编导的……能不能去你们公司啊?我很认真地解释:"爸,那些年轻人不知道我们公司没有电视节目了吗?即使他们不知道,你也应该知道啊,因为我跟你说过了。以及,我们公司所有的招聘信息网上都有,自己投简历,只要符合标准就都能收到面试通知。我投,也只是帮忙投到人力部。"

他说:"噢,我想起来了。"

但是不出两个月,他肯定又会给我简历。

我说:"为啥你又给我?"

他说:"反正我给你了,行不行我不管,我自己良心过得去。"

嗯?我爸什么时候变可爱了?

2

因为疫情,爸爸的很多聚会都取消了。

我也是。

爸爸觉得大家很认真吃饭实在有点无聊,就餐餐问我想不想喝酒。

我知道他想。

喝着喝着,我爸问我:"你们在北京到底难不难?我怎么听说别人家孩子觉得很难,但你从来没说过以前的事情。"

我本想随便说个笑话,喝一杯就过去,但我想反正和爸爸这些天待在一起的时间还很长,那就说说呗。

我说:"挺难,你想听我在北京最惨的故事吗?"

他把自己的杯子给加满,做好了要倾听的准备。

"那我说咯,你别心疼我。我二十六岁那年,十几年前,在公司管理了两个团队,担任一个访谈节目的制片人,同时担任艺人合作部总监。那是我第一次负责艺人合作方面的工作,所以很认真地制定每一个合作细节,去了解每一次艺人与光线合作的感受。那一年,光线有一场很大的颁奖典礼,我管理的部门约到了很多大牌明星,但我觉得最骄傲的是——以前这些大牌明星参加颁奖典礼都要出场费,但这一次我们都无出场费地谈下来了,只是有同事说有些人在外地,需要带着团队乘坐飞机来回,会产生一些差旅费。这个当然很合理,于是我就同意了。活动很成功,但第二天核算所有支出的时候,公司发现了一部分假机票,意思是这个艺人根本不在 A 城市,但带着团队从 A 城市飞回来,还要飞回 A 城市。最后一查,是我部门里的工作人员做的假机票,牵扯的金额好几十万。公司哗然,我也蒙了,我只负责报计划,但报销凭证并不经我手。部门被通知停止工作,所有人等待调查,我也一样。那段时间,天涯论坛上就出现了这件事的帖子,里面说刘同带全部门贪污上百万,公司在内部调查,他们都会被判刑。真的很难熬,每分每秒都像贼,但我更难过的是朝夕相处的几个同事会做这件事。我一方面接受公司的调查,一方面要找他们问出更多的细节,希望能向公司争取宽大处理。所有人看我的眼神都很古怪,很好的朋友也不知道该怎么问我。我宁愿他们问我贪污了没,我会说没有,但他们谁都不问,只跟我说加油,一定会过去的。我也理解。公司调查之后,知道我并不了解假机票一事,是审批环节让人有机可乘了。最后公司决定追回票款,开除涉事同事,不再追究刑事责任。部门解散,只剩我一人,最坏的结果我已经想到了,也很清楚自己的未来,无论是降职还是停职,我以后在行业内再也抬不起头了。那一周,我整个人都是蒙的,本来就瘦,这下更是瘦没了。周末在家等待周一公司的宣判,我看着自己租的房间,心想如果马上要离开,这个房子应该转租给谁?哪些东西能带走,哪些东西带不走?我懊恼自己没有了解更多,懊恼自己并没有被其他人信任,不然也许我能阻止他们,但我又庆幸自己不了解更多,万一自己也被卷入……那才是真的人生崩塌。二十六岁的我,觉得站在了人生的分水岭,之前辛苦地爬坡,此后只能顺流直下。"

爸爸听得很认真,表情复杂。我想他一定没想到自己的儿子在十几年前经历了一件那么难的事。那些年,我每天都要和他们打一通电话,但我从来没提过这件事,甚至我都忘记那时我说了什么来掩盖当时的心情。我端起酒杯跟爸爸碰了一下,感觉爸爸的眼里似乎有了泪光。他一定很想知道我是如何走过来的,如何振作起来的,他也许也很懊恼,没有陪着我走过最难的那一段。

我继续跟我爸聊后面的事情。虽然事情很糟糕，我的状态也很糟糕，但我走过来了。这就是为什么后来无论我遭遇了多少事，我都没产生离开公司的念头。因为有个领导帮了我一把，嗯，就是那个我常说她总骂我，总嫌我这也不行、那也不行的女领导，我们公司的副总裁。周一我到了公司，做了最坏的打算。公司按惯例点名每个部门的头儿汇报完工作，没有点我。我微微低着头，强撑着不让人看出我已经垮掉。我知道所有人都看着我，想知道公司怎么处置我。

然后，李总喊到了我的名字，我抬起头。她面无表情地说："刘同负责的原艺人合作部解散，公司另行安排，刘同不再担任艺人合作部总监。"我很清楚会有这样的结果，虽然糟糕，但长长舒了一口气，似乎一切尘埃落定，不用再担心了。大家看向我，我也笑了笑看着大家，当是解脱，也当是自作自受。

李总继续说："刘同调往广告部担任副总经理。好，散会，过几天我找你，你想想。"我当时整个人都呆住了，其他人也呆住了，原因都一样——我带领过的部门明明犯了经济上的错误，为什么撤了我总监的职位，还给了我一个天天要和钱打交道的部门副总经理的职务？这不仅不是降职和停职，而且是升职。那一整天我更蒙了，所有的担心都消失了，似乎也不用离开北京了，也不用担心业界会如何看我，因为很快地，我收到很多其他公司的朋友的短信——听说你升职了，副总经理了！恭喜你啊！说实话，我根本就不懂广告，也从没想过自己会做广告。虽然李总说让我想想，我根本就不知道想什么，更重要的是，我也没有其他选择，所以决定放手一搏。

因为这个，我进入了广告部，特别努力地工作，哪怕那一年是我职场最黑暗的一年，但我也没有想过放弃，我知道这是公司给我的一个机会，我不能让他们再失望。这句话在此刻的我听起来确实恶心，但对于一个二十多岁的北漂，希望能实现自我价值的年轻人，还有什么比别人的信任更值得珍惜的呢？但我一直不太明白，为什么公司会让我升职，我带着这个疑问工作了一年又一年，直到第三年公司再开年会，另一位副总裁李老师喝了两杯对我说："刘同，你知道为什么把你调去广告部吗？"

我很蒙，摇头说："我一直想知道，不敢问。"

李老师说："当时我们都很反对给你这个副总经理的职位，但是李总说了几个原因说服了我和王总。她说你在之前那个部门，大家贪污了那么多钱，刘同这个人一分钱都没碰，证明他根本没那个脑子。所以他去广告部，我们大可放心。当然更重要的原因是你在光线这几年工作很认真、很努力，做的节目这几年在北京地区收视率也是第一，大家也都看得到，所以为了保护你，让外界知道你没那个胆、那个心，所以特意把你放到广告部。我们也知道你很可能做不好，但先保护你，才是李总说服公司的原因。"我记得当时听李老师说完这些之后，我爆哭。

我爸哭了。

看我爸哭了，我也流眼泪了。不是因为觉得自己过去有点难，而是我爸居然为我的难觉得难过。这是我第二次看他为我哭。说实话，我从没想过我会和我爸聊我的过往，没想到他会因为我的事掉眼泪。甚至在我前两本书里，我还一直在写我和爸爸的关系是他不理解我，然后只是慢慢缓和，没想到今天他居然坐在我身边，父子对饮，我居然有兴致跟他说我的故事，他居然能真的体会。虽然不知道怎么安慰我，但他主动举起杯子对我说："干了吧。"

人生真的很有趣啊！

高考最后一天的前夜，我爸下班回家，我以为他要陪我吃饭，问我高考的情况，没想到他拿了一瓶酒就要出门。那天我和他打了一架，把他的酒砸了，手出血了，我觉得我一辈子都不会原谅他了。大二，我发表的第一篇省级报刊文章，写的是他。他看见了，专程来大学看我，也是第一次来大学看我，他说他是来开会的，但我妈后来偷偷告诉我，他就是特意来看我的，他根本没什么会要开，因为他发现原来儿子是真的在为自己选择的中文而努力。

我选择北漂第一年，凌晨三四点流了好多鼻血，枕头上都是。我立刻给爸妈打电话，我爸接完电话安慰我只是干燥而已，不用担心。挂了电话，他就去药房帮我熬中药，熬到早晨，真空包装寄给我。

三十三岁，我录一个访谈节目，结尾他出来了，聊到我和他互不理解，他哭了。那是我第一次看他哭，我才明白他当年阻止我学中文，强迫我学医，是因为他害怕我过得不好，怕他保护不了我，怕我被人欺负。但我却一直认为他是想控制我的人生，不给我自由。

后来，我还和他说了一个人生的选择，以为他会发飙，但他没有。他说："你是我儿子，你过得开心比什么都重要。"

至此。

原来父子的关系像一条河流，初始都是奔腾的，然后遇见断崖，便下坠，遇见冬天便结冰，巨大的冰川矗立在两人之间，然后遇见春天，父子开始懂得彼此，眼里的泪是融化的冰雪。我想我和他的关系迟早会回到奔流不息的大河，像当时我出生时那样。

3

这件事还有后续。

那一年年会要颁奖，我很希望能拿到年度最佳制片人。事实上，从当年的节目收视率来看，这个奖也应该是我的。年会从头坐到尾，都没有年度最佳制片人这个奖项，不是被别的节目制片人拿走了，而是压根儿就没有这个奖。

整晚我都很失落，年中管理的一个部门出事了，年末想通过荣誉来肯定自己也落空了。节目组的同事纷纷安慰我，副总裁李老师也来到我们桌，坐下来，跟大家喝了一杯酒，然后说："你们今年做得很好。"

节目主编忍不住了，质问："那为什么不给刘同一个最佳制片人？他这一年很努力。"

李老师看了我一眼，大概是想要不要继续说。我喝了点酒，就说："李老师，你说吧，我已经走出来了。"

他说："其实年度最佳制片人本来是给刘同的，但因为他管理的另一个部门出了巨大问题，如果再给他这个奖项显得公司导向太不正确，所以我坚决不允许这个奖项给刘同。但另一位李总说这是两回事，应该就事论事。于是我和她就吵起来了，最后她说这个奖给别人,她就不参加年会了。我说如果这个奖给刘同,我就不参加年会了。最后我们达成一致,取消了这个奖。"

所有人听完面面相觑。我忍了一晚上,实在忍不住了,哇地哭了。

李老师看见我哭,嘲讽我:"有什么可哭的,这是给你一个教训,以后多长个心眼。"

我立刻摇头,说哭不是因为委屈,也不是因为取消了奖,反而是因为听到了他们的认可,公司并不否认我的付出,只是因为我别的错误而取消了奖项。现在回想起这些,不知道是成熟了,还是想的事太多,觉得那时的自己似乎把公司的肯定看得过于重要,难怪那时周围的人看见我总说:"刘同,你是卖身给公司了吗?值得那么大惊小怪要死要活吗?"

我很难解释自己的心情,但我想:如果选择了北漂,就是背水一战。选择了一家公司,就是选择全身心投入。无论是告诉自己,还是告诉同事或老板,传递的信息只有一种——我没有别的退路,我希望在这里拼尽全力,我希望自己能对得起你们,我也希望你们能尊重我。

没有谁的感情和信任是能被恣意忽略和践踏的。

如果我努力,你选择忽略,我会再努力一把,但如果我觉得你是故意视而不见,我也就不会继续。

公司和员工的关系一定是相互尊重的,起码这些年我是这么认为的。

我在光线工作十五年了,前十三年我是断然不会把李老师写进文章里的,倒不是我的文章有多厉害,只是我觉得平时惹不起，还不允许我有点自己的尊严吗？我不喜欢他，甚至是讨厌这个人，他总找碴儿，没事找事，永远不让人心情舒畅。可现在回想起这些年我们一起经历的事，他总是最直接告诉我他对我的坏，毫不掩饰他给我穿过的小鞋，也告诉我其他领导对我的好意，以及他的恶感。就像我去年在年会上说了一段名为《赞美大会》的脱口秀，其间提到了李老师。我说李老师没有困难也会给我们制造困难，制造了困难并不帮我们解决困难。他在我的电视剧拍摄的前三天说我们演员演技差，灯光差，摄影差，布景差，镜头的节奏感也很差，他说哪里差，我们就扑上去，最后我们选择和他失去了联系。因为只有和他失去联系的时候，我们才觉得自己挺好的，我们一旦恢复联系，就万念俱灰。后来拍摄完毕，我们也躲着李老师，几个月没打过照面，没说话，直到他看完我们第一集样片，给我发了一条短信："挺好的。"

慢慢地，我就发现，如果你不把领导当领导看，而是当一个长辈来看的话，他们有自己的脾气，有自己的妥协，有自己的原则，也有自己的喜好。因为在管理节目时，我很长一段时间的直接上级是李老师，我也会被他逼到崩溃去找别的公司领导。嗯，还是李总，因为我知道她一定不会站在我的立场，但她一定会给我一个正面的理由。她说："领导也是需要被管理的，如果你只会管理部门同事，那也许是公司赋予你的权力，但你要学会去管理领导，那才是你的本事。"

虽然这句话听起来特别洗脑，打太极，但我也理解了她的意思——没辙，你只能自己搞定他，吵也没事，总之你要让他看到你的优点，理解你的底线，大不了撕破脸。

直到现在，我终于明白了这位叫李老师的副总裁是个什么人。

只要是他给你找碴儿的时候，一定是他了解信息不够多的时候，于是我会做详尽的汇报。只要是他觉得很担心的时候，一定是我们没有做出让他满意的东西，所以闭嘴好好做，别让他抓到把柄就好。如果自己尽力了也不行，那就大吵，让他看到你已经无能为力了，他便会站在你的立场考虑问题。

以前觉得自己是个打工的，迟早会离开一家公司，所以和老板保持距离，和同事相处默契。那么多年过去，同事换得比老板勤，而成年人与成年人之间的默契早已在那里。

我爸很怕我不努力，总对我说："你一定要努力工作，好好回报公司。"

以前我会觉得他很狗腿，我自有尊严，习惯性地把自己和公司的关系放在赤裸的雇佣关系上，不说感情，也不敢说感情。

现在不会了，现在我会对我爸说："知道了，会的，争取不让他们开除我。"

然后我妈就在旁边试探："你们公司几位老板还喜欢你吧？"

那个语气真的，所有担心小孩在外地的家长都是这样的，觉得必须被老板喜欢才能活下去。

我很认真地对我妈说："妈，我活儿很好，和他们喜不喜欢没关系。"

我妈突然很害羞地说："你说什么鬼，没大没小的！好好工作！把你的活儿干好！"

哈哈！

重看这篇文章，我真是太喜欢哭了。

但大都是因为感动而哭，可见我的人生中真是遇见了不少好的人。

不过这两年我比较少哭了，倒也不是不感动了，而是真的长大了，有哭的工夫就赶紧把事给做好了，比什么都重要。

也想起，年会后我爸有一天给我打电话说："你怎么可以在公司的年会上那么说话？"我立刻明白是年会上我的《赞美大会》。每年我在年会上都有一段发言，而去年改成了《赞美大会》，大概就是用赞美的方式去讽刺同事身上的缺点，当然我也不会放过自己。我说："咋了？"他说："你这样说话，虽然很直接、很好，但是会不会有人很讨厌你？你以后还怎么开展工作？"我说："可能会被讨厌吧，但我们公司如果我不说，别人也不会说，只能我说了。"

他问："你和大家关系都好吗？"

我说："蛮好的啊。关系不好的我都不说。哈哈哈。"

我爸轻轻地叹了一口气说："那就好。"我知道他应该是觉得我说得挺好的。

挂了电话，我先是觉得我爸妈对我的担心有点过度，但一想到如果未来我有了孩子，他要这么说的话，我肯定会比我爸妈还急吧……

光线传媒年度《赞美大会》现场实录

因为你而存在的安全感

前两年,和一群老友年前相聚。

我们五个人是中学时的好朋友,大学后分散在不同城市,过上了不同的人生。有人结婚了,有人生子了,有人还单着,坐在一起,感觉些许微妙。

忽然有人提议:玩个游戏吧。一个人说自己这些年改变了哪些地方,下一个人说这些年自己还有什么没变。五个人,每次说的都不同。

行啊,比起家长里短,这样聊天更容易让我们了解这些年大家的变化。

变了,那就是成长或妥协。

没变,那就是坚持或硬撑。

但能被拿出来分享,就一定有各自的理由。

他们看着我:"你先说,你肯定要说的特别多。"

"为什么?为什么我要说的特别多。"

小成说:"你啊,很奇怪的,开心起来就觉得你什么都没变,认真起来就发现你对很多事情的态度都很绝对,不过也不能说绝对,而是很坚定。"

我说:"那是当然,我也三十五六了,见过很多人,经历过很多事,讨论事情再也不会像以前那样犹豫,行的就接受,不行的就拒绝。以前觉得长大后人生开始复杂,其实真的长到一定的年纪,人生真的越来越简单。"

小成给了个手势，让我先说：

"我有一个地方一直没变，每次回老家，第一件事就是回我们的高中，然后去旁边的鱼粉店吃一碗鱼粉，小碗的，榨粉，加一个葱花蛋，还有一瓶豆浆。每次我妈都觉得我有毛病，但我觉得可能我到了六十岁还会这么做，真是很奇怪。"

"我以前很喜欢买名牌化妆品，化很浓的妆，觉得那样才有自信，后来跑马拉松之后，我发现现在哪怕稍微打一点粉底都会自信。这个可能意味着我对自己的关照更多了，也更爱自己了，才能自信。"

"我想说我有一个地方变了，以前我不喜欢一件事或一个人，会花很多时间去研究为什么我会讨厌，也会和人讨论。但现在如果我还不喜欢一件事或一个人，我根本懒得提。以前是看不顺眼，现在是不感兴趣。可能是懒，也可能是觉得自己的时间更珍贵了。"

"我还是每周去电影院看三场电影，还是一个人。我女朋友总觉得我约了别人，其实我就是一个人。她和我一起看过几次，我觉得没意思，还是选择一个人看电影。那好像是我一个人的时间，很多事情都在一个人看电影的时候想明白了。"

"我以前喜欢下了班就和同事聚，现在下了班就回家，觉得以前浪费了好多时间。"突然有人问："那你回去干吗？"

"回去？回去做做饭，看看电视，玩玩游戏什么的……"

"哈哈哈，我还以为你做了什么了不起的事情。"

"以前总是把时间花在别人身上，现在都花在自己身上，就不算浪费了吧。"

又轮到我了。

"我还是很喜欢和你们见面，无论是二十年前，还是今天，无论过程中我们彼此有多看不惯对方，但是很奇怪，我们就这么坐在一起，就好像我们没有人结婚，没有人发胖，我很想约你们明早一起去学校旁边的鱼粉店吃鱼粉。"

"好啊，明早去啊！"所有人应和。

"来来来，继续继续，再玩两圈。如果有不赞同的，我们也可以敞开了聊啊。"小六招呼着继续。

1月底的湘南寒意很重，夜宵店的玻璃门内都会加一层厚的塑料垂帘，一丝风吹进来，店里的人都会打个寒战。但此刻的湘南又是热闹的，外地回家的人如我们都纷纷回家，终于相遇的，日常相聚的，涨得通红的脸分不清是因为酒精还是因为喜悦。大家和老板、老板娘都像朋友，我们看着他们变老，他们看着我们长大。老板娘嗑着瓜子笑着对我说："你啊，我还记得你最喜欢吃干烧嗍螺了，每次还要点两份才可以。"然后她扭头对厨房大喊一声："三号桌加一份干烧嗍螺，不要算在账单里。"再回过头笑嘻嘻地说："姐姐送你的，看看口味变了没。"

闭上眼，熟悉的乡音，熟悉的气味，熟悉的喝酒划拳的节奏，描在记忆里，年年来临摹，像年轮一圈一圈，一圈比一圈更大，但纹理始终整齐，圆也圆得整齐，歪也歪得一致。

"同，我们这群人里，数你离家最远，一个人遇见的事情也许更多。我很想问你，什么时候你最踏实？"小成问的。

"为什么突然问这个？你瓶子里的酒还没喝完。"我给她满上。

她咕噜一口喝完："我刚和我老公聊完这个，你们知道最后的结果是什么吗？我俩都觉得我俩在一起，并不踏实，所以打算离婚。不过没事，我们想得很开。"

我默默干了一杯，当问错问题的歉意。

"遇见每个有印象的人，遇见每件有印象的事，如果说每次相遇都是一个节点，人生就是由无数个相遇的节点组成的，慢慢织成了一张网。这张网足够大、足够美好，就能让我们不那么容易掉下去。每次我觉得飘的时候，就会躲回某一个节点，像重复听一首听过的老歌，联系一个曾经很美好的人，重住一家有过美好经历的酒店，一次故地重游，一份干烧嘞螺……唉，我是不是说得太矫情了？"

我当然知道不是矫情，而是我用以掩盖尴尬的方式。

高中后，每个人开始自主选择自己要交往的人，会遇见的事。

从大学到社会，从一个城市换到另一个城市，一家公司换到另一家公司，慢慢就知道心里话之所以是心里话，本就不是用来分享的，而是用来消化的，最后得出一个能代表自己价值观的结论。

心里话大都藏着，若作风筝放于高空供人观赏，容易断线。

应不与言说，或欲说还休，但常道天凉好个秋。

"我懂。人生的每次相遇都能用以回归，不就是此刻的我们吗？"

嗯，如果人生的每次相遇都能盛大回归，像星罗棋布，像烟火交织，像这些年走过的所有的路，沿途都有路标，回望都有起点，不丢掉初衷，就是最不可取代的踏实感。

就在这次回家过年时,我和其中一位老友算是决裂了。

我和那位老友关系要好,从初中逃课去打格斗游戏,到高中走很远的路去彼此的学校看望对方,后来他工作了,我读大学了。大三时,他问我他未来能做什么。我那时也不懂自己的人生,就说:"做你自己喜欢的事,如果不知道自己喜欢什么,那就去更大的地方接触更多的人和事。"我还帮他联系了长沙可以实习的地方。最后的结果是,他没去,选择了父母安排的工作。见面时,他有点抱歉,说:"没办法,我也没别的选择。"我说我懂。

后来我大学毕业后,他说他的生活并不如自己想象的。我说:"你现在改变还来得及。"他说好,他想想。之后又不了了之。

此后的十几年,我们这样的聊天不下十次,次次结果都一样。后来他结婚了,生了第一个孩子,生了第二个孩子,他依然会跟我说起他的人生,说起他的无奈。

一次两次还好,十次八次我就烦了,以至于这次过年,我们又相遇了,我说:"我不想再和你聊你的人生了。你的人生可能有很多可能,但你没有任何可能,所以我也不想再浪费时间陪你抱怨了,我算是看透你了。"

说完,我转身走了。

虽然我心里很有歉意,但我也没有开口说对不起。我是真的很希望自己的不客气能叫醒他。

后来我把这件事和其他朋友说了。他们反问我:"你们能成为好朋友是因为你觉得你们是一样的人吗?如果他就是这样的性格,你们就不能成为朋友吗?"

我说:"不是,我只是生气他永远都没有改变。"

他们说:"你还记得吗?我们以前聊天的时候说到什么是朋友,能一起并肩同行是朋友,但能一直原地守候也是朋友。他想说,你就陪他聊。初中的时候,明明知道你玩格斗游戏会输,他不是也一直站在你的身边相信你能赢吗?"

最后这句话让我心里咯噔了一下,明明知道我会输,他确实会一直站在我后边为我加油。

这样想着,我给他发了一条短信:"不好意思,那天是我冲动了。"

他很快就回复了我:"嗯,是的。"

好的友情就像爱情，关键是你有耐心吗

有天上班坐得有点累，就决定去咖啡厅买一杯美式咖啡提提神。

下午排队的人不算多，观察了一下，大都是我这样上班上一半下来买杯咖啡的。

前面两个女孩在聊天——我也不算偷听，她俩用很自然的音量在聊："你觉得人和人之间什么关系最难相处？婆媳，还是恋人？"

她俩走了，我也往公司走，但那个提问就像无人机一样在脑子上空嗡嗡盘旋。本想思考点别的，清除掉脑子里这架无人机。但努力了两次，似乎只有找到正确的答案才能将其击落。

总之，我似乎有个坏习惯，有直接答案的问题总会第一时间搜手机，没有直接答案的问题就会放在脑子里，很快就占满内存，以至于总是有人问我："你是不是又放空了？"

人和人之间到底什么关系最难相处？

想了想，如果两个人的关系中还有第三人可以传话，这种关系就不算难相处。如果因此更难相处了，也不是两人关系导致的，而是传话人的水平问题。所以婆媳关系难，是丈夫的问题；母子关系难，是老公的问题……以此类推，我似乎说服了自己。

恋人关系难吗？

想了想，不仅不难，甚至应该是人与人之间的关系中最简

单的。可能会有人觉得谈恋爱好难,其实仔细想想,谈不上恋爱才难,能谈上的反而都简单。恋爱关系是最容易摊牌的关系,两个人本是陌生人,要克服很多困难才走到一起,要不要走下去,要不要过日子,未来要不要一起奋斗,都是要考虑的问题。一旦有无法忍受或与自己期待不符合的地方,就会觉得不舒服,得忍,实在忍不了就开始摆脸色,开始冷战。接下来两人的情绪会因为很小的事就炸了,能炸就好,炸的时候想说啥说啥,说完能互相理解立刻就如胶似漆,说完不能理解也能立刻打包行李马上走人。

但凡能说清楚的关系,都不算难相处的关系。

这么排列下来,似乎朋友才最难相处。

对照一下身边的人,无疾而终的恋爱都有过几段,但新认识能交心的朋友反而几乎为零。"朋友难交"这句感叹大概是青春期才有资格的焦虑。过了三十岁,再感慨这个就显得矫情。如果被年轻人听到,会特别不可思议:"怎么可能,你们三十多岁的人还会担心没有朋友?""你们还担心自己会没有朋友?"嗯,在他们看来,人活到一定岁数,就不需要朋友了,一个人就能去西天取经降妖伏魔。

虽然他们的设想与实际情况有所出入,但结果不能不说是殊途同归。三十多岁的人工作大都忙碌,一旦聊两句发现价值观稍微不同,习惯些许各异,聊的东西毫无兴趣,再加上每天累得连吃饭都想随便应付,就更不可能为另一个人改变了……自己待着就挺好的。若是成家的人更会觉得,家里的事还忙不过来,交友真是太奢侈了。跟路过爱马仕专柜一样,里面陈列的不是铂金包,而是新朋友。手里若是打算拎一个新朋友,背后付出的代价怎么算都是不符合成本的。

　　交到朋友就很难了，要在各自定型的人生中找到时间交流就更难，又不是恋爱关系就更没可能突然爆发，说什么"你心里没有我"之类的话。你不懂我，我也没资格要求你。我不懂你，我也没权利去问你。所以友情的结束很少因为大吵，大多因为"那就这样吧"。

　　我的人生里，过了二十五岁就很少交到新朋友了。

　　大学里闲的时候多，同学的同学一来二去就能聊到一起。

　　刚参加工作头两年，觉得人脉重要，也试着在人际圈播种耕耘。

　　等人一旦过了二十五岁，就觉得离三十没多久了，若还不把时间投入到事业上，三十岁可能就一事无成了。就算因为工作相识的朋友，一旦没有利益合作，也就慢慢淡了。所以抱着这样的焦灼和对自己的期许，朋友什么的来了就来了，不来也就不敢刻意去靠近了。

　　那段日子也写了一些文章，大谈朋友的价值，得出的结论是"太需要朋友是因为你对自己没有安全感，如果一个人活得自在，也不需要朋友，更不需要委曲求全。如果你足够精彩，在奔跑的道路上，自然也会遇见好朋友的"。

　　可是如果只顾着奔跑，不停下来看看周围有谁，那也是遇不上的。这一句能写下来，是因为在二十九岁末我遇见了一位朋友，然后我停了下来主动说"你好"，不然也就错过了。

　　听起来很像爱情。

　　但如果友情听起来不像爱情，你不用爱情的方式去对待它，你也就得不到好的友情吧。

从二十九岁到今天，我们相识十年了。当我主动说"你好"的时候，是万万想不到未来的十年中，每当我面临人生职业抉择的时候，都是他在帮我出主意。甚至我和领导有矛盾了，发条短信说我需要你的帮助，每次都是他开导我，让我想开的。他工作比我还忙，但只要我有需要的时候，他就能帮我分析，让我看到不一样的看事情的角度。

这位朋友是我在杂志上"捡"到的。

有一天，我在剪头发，百无聊赖，随手拿了一本最新的时尚杂志看起来，也很随意地翻到了一篇四页的人物专访。我看了一下被采访人的照片，长得挺端正帅气的，穿西装，年纪也不大，当时心里想现在的小演员越来越不得了了，戏没演什么，这张脸我都没见过，不就是仗着长得还凑合嘛，居然能在一本这么大的杂志里做四页的专访，水也太深了吧。我打算认真地记下这个演员的名字，然后告诉同事，以后我们的节目绝对不能和他有合作，我讨厌这种靠着自己有一点背景、稍微帅一点就觉得自己长得惊天动地的人。比起来，我更喜欢那种靠专业和能力说话的人。

然后，我就去搜这个"艺人"的名字，找到简介时，我呆住了。

简介上写他的年龄二十九岁，实际比我大一岁，中国政法大学毕业，他也不是什么演员，而是 P&G 宝洁公司的公关总监。宝洁 P&G？不是保洁？我把专访翻到了第一页开始仔细阅读，他不仅是宝洁集团的公关总监，也是他们的新闻发言人。而来宝洁之前，他是奥美广告升职最快的中国人。

看完专访，我心里就一个感觉——我好想认识他。

这种好想认识包含了很多感觉：年龄相仿应该聊得来，他很优秀我很想向他学习，我和他有很多职场感受很类似……然后还有一种隐隐约约的感觉，那么多年也没主动交过朋友，既然觉得对方优秀，那就试试吧，如果对方不理自己，就证明自己也不怎么好就是了。

当然，让我鼓起勇气的原因是我发现他也是双鱼座，应该会理解我这种莫名其妙的举动。万一，他不理会我，我想了想结果，于我并没有什么损失，无非是下一次鼓起勇气交朋友的可能性更渺茫了。

我在微博上找到了他，我和他粉丝都不多，几百个。于是我给他发了一条微博私信，大概的意思是：我在杂志上看到你了，很棒的采访内容，我也是双鱼座，觉得双鱼座有那么靠谱的人很难得，想着就给你发了这条信息。

发完就没看手机了，只是害怕被拒绝，当然更害怕的是被无视。

回到家，想了想打开了手机，手机显示我19：05给他发的私信，他19：18回我了，我看手机的时候已经19：24了。我只有一个念头：千万不要让对方觉得我发完就发完了，一定不能让新朋友觉得我怠慢，于是我立刻又发了一条过去。

就这样，我们通过微博私信认识了，互换了MSN（在微信出现之前的工作社交即时通信工具）。加上MSN后，他看见了我工作中的名字就问我："你是不是出过书？还有一个博客也是这个名字？"我说："你怎么知道？"他说："之前微博不是这个名字，但是看到你MSN的名字时，我就想起来我一直在看你的博客，素色医院是吧？"

本来我和他聊天还稍微觉得自己要表现出很努力、很优秀的样子，但他一说之前看过我的东西，我一下就轻松了，原来我们各自的努力都能被看见。我很感慨地把这句话发给他，刚发过去，他就发过来一句类似的。

这样的事情还有很多。

比如他说了一段话，我回了一个"哦"，但我觉得回一个"哦"不太妥，我就立刻解释："不好意思，我刚在忙，就回了一个'哦'，其实我想说的是……"当我把这句话发过去，他也发来一段话："我不太喜欢在聊天中发一个'哦'，如果对方发这个字，我就觉得对方是不是很忙？"

以前我从来没有和朋友去分享过这么细微的心情，总觉得这些都是自己的矫情，不必和人言语，但通过他我发现，原来人和人的很多感受都是一致的。

之前我在《谁的青春不迷茫》中写过一段我和他的默契：我俩约好了吃饭，坐在餐厅里点完菜，等待上菜的过程里我说最近在玩一个很有趣的游戏，叫 *Tilt to Live*（《重力存亡》），另一个很奇怪的名字叫"是男人就坚持 100 秒"。他说他也在玩！我说那我们比一下吧。他说好！那就比一下。

于是我们就拿起手机面对面玩，结束之后，开始比历史最高分，奇怪的是我们的最高分纪录和我们说的完全不同。我们愣了一会儿，然后很怀疑地看了看我们手上的手机。这时才发现我们拿错了手机，因为我们的手机都是黑色的。这不算什么，要命的是我们的手机都有密码，因为我的生日是 227，他的生日是 317，于是我们的手机密码都设成了 7777，我们很自然地拿起手机输入密码就玩了起来。

我们定期聊天，说到一样的事情时，我俩也会感慨到底是因为我们太适合做朋友了，还是因为我们真的很在意对方的感受，所以一定会找出让彼此珍惜的细节来。到今天我也不清楚，但通过他我知道了，如果你想认真交一个朋友，就要拿出很认真的态度。

我会跟他说我与同事之间的关系，与老板之间的关系，会聊自己未来的规划，会在新书发布之前听他的意见，我把他当成了另一个自己，把所有的烦恼都告诉他。而他也一定会在我的看法上加上自己的看法，让我更客观。

写着写着，我就特别想写一件他对我帮助最大的事，因为事情太多，于是我就开始翻手机微信。然后我发现：自己行李箱坏了找他；电视剧开播之前找他；做出来的歌的 demo 让他先听；海报让他看；找我合作的项目 PPT 让他评估一下；生日总结问他有没有感觉；订的酒店出了问题也通过他找对方的公关；有一场很重要的见面会希望他能帮我主持；公司的电影内部观影希望他能来提意见；我的 AirPods Pro 掉了，他帮我排队去买；我健身房的理疗师要找新工作，我也拜托他；某个英文机构侵权，我写了一篇声明，他帮我把关；出国办流量卡找的也是他……

我觉得我没必要非找一件大事来写，因为以上每件事对我来说都是大事，我已经养成了任何事情有了问题没有底都会找他的习惯。甚至我在翻手机之前觉得自己是一个什么都会、什么都能自己扛的人，怎么会一直一直在求助他？

当然在这个过程中，我也在努力配得上"朋友"这个称号。

一晃十年过去了，十年前他在宝洁做公关总监，我在光线做电视事业部副总经理，之后的过程中他一直努力，我也是。十年后他成了腾讯音乐娱乐集团的品牌公关总经理，我成了光线影业副总裁。

年纪变了，看到的东西变了，但关系依然没变，我前两天还在问他："如果我办好了值机，但行李来不及托运，只要没有违禁品，我可以在登机口给工作人员的对吧？"

他说："你跟安检人员说明一下，他们通常会派一个人陪你到登机口。"

这个人叫陈默，十年前，我觉得他很优秀，害怕自己不配和他做朋友。

但怎么也没有想到，在那时的自己鼓起了勇气后，十年中他成了我的生活客服，帮我解答起了各种人生小常识。因为陈默，我开始不再害怕去主动认识新朋友。如果觉得对方努力又上进，就会主动 say hi，然后就陆续认识了文子、浩森、周深……

朋友是什么？

其实朋友不是什么，而是你们心里都有彼此的位置，也愿意去探讨彼此的所有，好的坏的都能直接说出来，不必顾忌太多。只有这样，朋友才不会越走越远，才能像家人一样相互关爱。

虽然一个人很好，但如果多一个好朋友，可以让你看到更大的世界，就像陈默于我一样。

我和陈默的关系越来越好也是因为当时我在参加一档求职节目《职来职

往》。有一天,制作人对我说:"刘同,你认识什么人也是很年轻、很优秀,能盖过你的风头的那种吗?我们需要一个能说得过你的,和你看起来气质、性格截然相反的人。"我立刻想到了陈默,果然他的风头立刻就盖过了我,这一点我还是很欣慰的,哈哈哈。因为这个节目,我和他,还有李响三个人也成了可以谈人生、聊理想的好朋友。

李响结婚那天,我和他是伴郎。仪式正式开始,我们三个人站在宴会厅外面,李响说:"谢谢你们一直都在,希望我们能一直在一起。"

朋友就是用来绝交的

"我一直把你们几个当最好的朋友,但昨晚我发现小灰对我并不是这样,所以我退出这个群,以后单独联系吧。"发完这句话,我退出了一个四人群。

我们四人是老家的朋友,一位是我高中学长,一位是大学实习电台的领导,一位是他们的好朋友,我们共同认识十几年了。

退群的理由写了,就是突然觉得自己在对方心中并不重要。觉得自己在对方心中不重要有很多的可能性,但归根结底就是一种——你并不在意我的感受。

虽然大多数时间,朋友之间的吃醋比恋人之间的吃醋更令人摸不着头脑。

但随着年纪越长,似乎和朋友之间的关系越任性。

二十出头的时候,珍惜朋友珍惜得要死,觉得每个人都能天长地久洒狗血认亲戚,每个人都是最重要的朋友。

你是我认识的第一位好朋友。

你是我第一次认错的好朋友。

你是我第一次说秘密的朋友。

你是第一个看见我哭的朋友。

但你就更特别了,你是我进大学之后认识的第一个好朋友。

看吧,看吧,心思缜密的人害怕别人说自己恋爱滥情、交友滥情,所以很小心地给每一位朋友分类,证明自己并不随便,你在我心里是有一席之地的。可也是随着年纪渐长，你会发现很多很多朋友在你从二十多岁到三十岁那段日子，那段你想仔仔细细思考人生也好，逃避蛰伏也好，反思扎根也好，总是有那么一段很长的日子里，他们不在也没关系，你少了他们反而更轻松。你突然意识到——朋友多并不是一件好事，虽然对于刚入社会的自己并不如此，但对于认清人生真相的自己来说，还真是现实。

你不需要他们，没问题。

他们也并不需要你，才是问题。

总会有人一时上头这么想吧？反正我退群的时候就是这么想的，然后慢慢地淡掉。一开始觉得怎么人和人就这样？那时对人生的理解太少，哪有资格评价人生？后来发现原来这才是人生。从生疏到亲密，从亲密到生疏，再到很坦然地说一句："我们曾经不错。"

关系大多能重拾，但你不乐意也没兴趣，你爱自己都来不及，也就再也不想去在意朋友的感受了——这些年早已证明他们对自己并不重要啊。当然，也留住了一些朋友，但再也不会称呼他们朋友，也许是在某一次喝酒，也许是在某一次感慨，看着彼此说："我们认识那么多年了，那么多人走散了，我们还在，和你们在一起我很放松，不必伪装，我想你们对于我都是亲人了吧？"

这句话感人，但更多的是一个人放肆的开始。

因为是亲人，所以不想再伪装自己，于是我就退群了，打了开头那段话。

事情特别简单。我回了老家，约大家出来，其他人都在外地，只有小灰没事，他却告诉我他太困了。我不回来的日子，他夜夜笙歌，我一回来他就累了。我不是不能理解他累，我固执并坚定地相信他只是觉得出来见我很累。我觉得自己挺无聊的，我也不是特别想见他，但他那么不想见我，我就突然不开心了。

嗯，电视剧《我在未来等你》中陈小武和刘大志的关系就是这样——有时候男孩子吃起醋来，根本没女孩子什么事。

吃醋不分性别，不然的话，也太瞧不起吃醋这件事了。反正我就发了，退群了，但我也很清楚，我并不是真的要和小灰绝交，只是为了表达自己的愤怒。果然，第二天一早，其他两位好朋友就给我发微信，问我怎么了，发生什么事了，又把我拉回了群。我又若无其事说起了自己的感受，以及觉得自己不被朋友尊重。

在写那些的时候，我觉得自己真的很可笑。当时我在郴州拍戏的时候，没日没夜，有一天凌晨四点半收工，突然很想吃一碗鱼粉，同事们都急着休息。我一个人开车特别无聊，就把车停路边给小灰发了一条微信："去吃粉吗？"

我只是试一试，万一他没睡呢？

他立刻就回复了我："好的。"

十分钟后，我俩在火车站老刘鱼粉碰头了。

我问他："你没睡啊。"

他说："被你吵醒了。"

临近清晨五点的鱼粉馆，除了我和他，就是守店的阿姨。

我那时觉得有这个朋友真好啊，跟见了鬼似的。我写完自己不被尊重的感受后，那天小灰也若无其事地问："你中午吃什么，我带你去吃。"

　　我说要陪爸爸去买东西，他说："没事，我等你，反正没事。"然后，我和他就再也没有提昨晚的事了。以前我们总是认为朋友是为了让自己变得更好的，不能帮自己的朋友何必要认识呢？现在朋友越来越少，我不知道我这么下定义对不对，但我觉得对——朋友当然是用来绝交的。

　　我特指真正的好朋友。成长的压力大，社会的压力大，不如把愤怒发泄在好朋友身上吧，一顿乱操作，用绝交来释放自己的愤怒。你也大可放心，他们都能承受得住。就像我的好朋友没事就对我发脾气，我永远都告诫自己："他们可能最近压力太大了，没事，我不气，我只是出气筒而已。"

　　前天晚上，我北京的一位好朋友喝多了酒，在群里对着所有人一顿乱发脾气，他的父母非常尴尬。今天他爸爸实在忍不住了，就在我们的群里帮他道歉，估计是想了整整两天，爸爸道完歉，妈妈也道歉。我在群里连忙安慰叔叔阿姨："叔叔阿姨，谢谢你们，你们这样，我们太感动了。哈哈哈，你们太小瞧他了，他这样已经很收敛了，他以前才可怕，但我们不会生气的，因为我们习惯了。"

　　发完之后，他的爸妈一直说："谢谢谢谢，你们真是好朋友。"

　　然后他单独给我发了一条微信，说："嘻嘻。"

　　像极了和小灰绝交要退群的我。

　　为什么要写这篇奇奇怪怪的文章，我指的奇奇怪怪是这明显不符合一个中年男子应该要写的东西……虽然我在从头看的时候一边看一边想,好像是有点道理。后来我想开了,谁没有个情绪波动的时刻呢,若是对待一切都心如止水,那就不是一般人,那是圣人。

　　说到这位北京的好朋友,他前几天生日我们又喝了点酒,他很快就醉了,然后借着酒劲说各种看不惯。我早已留了一手,拿出手机开始偷偷拍视频。第二天,我们见面的时候他又开始道歉,我说"没事,你自己看看吧",就把视频给他看,让他保证不删,他说好。他看完视频之后整个人被自己震惊到了,说:"如果以后我再这样,你就把视频拿出来,我一定会被自己吓醒的。"

　　我哈哈大笑:"这就是我的目的。"

从不后悔遇见你

一、在另一条路上遇见了她

　　从大学毕业到工作跳槽再到北漂，如今已经三十多岁，我从未有过一段时间能安安静静想想过去和未来。我习惯了忙里偷闲，用最快速度做决定。有时看朋友圈有人写"买了一张机票飞往陌生城市，想待上一段时间，勿念"，很惊讶，世上真的有人过这样的人生吗？能这样吗？

　　2016年，我做了一个决定，我也要给自己争取一段长之又长的假期，去一个陌生的城市，做一件一直想做的事，融入另一种生活。于是便跟公司请了四个月假，飞往洛杉矶，从头学英语。

　　学英语并不是目的，而是想摆脱工作十几年来永远三点一线的枯燥日子。

　　南加州大学（USC）国际学院一直都有语言培训，报名的绝大多数是要考美国大学的各国年轻人。培训第一天的大会上，我特意穿了套运动衫，有中国同学问我："嗨，你从哪儿来，想考什么大学？"

　　我支支吾吾，并不想告诉他我已经三十五岁，不想考任何大学，我来这里的唯一目的只是想感受一下陌生的生活。

　　我说："还没想好考哪所，你呢？"

　　他说："我想考USC的电影专业，但家里希望我报考

UCLA（加州大学洛杉矶分校）的商科。"

　　我看着他，心想："如果有一天我儿子这么问我，我可能会有兴趣和他聊下去，但今天没有。"

　　我说："我饿了，要去食堂吃饭，回见。"

　　他不依不饶："我们找到一家特别好吃的墨西哥餐馆，便宜量大，五美元一份，不如你和我们一起？"

　　他说的"我们"，除了他自己，还有两位中国学生，一男一女，都是前几天报名时认识的。

　　就这么着，我和小琴相识了。

二、我们都走在另一条路上

　　工作之后，我就很少交新朋友。哪怕有新朋友，也一定是朋友的朋友。这种突然被邀请去吃一顿午饭，相互都不熟的场景，真令人尴尬。

　　要命的是，我比他们大十几岁，倘若一直装可爱幼稚，万一被发现还蛮奇怪的。吃着吃着，我就对他们说："我工作十几年了，这次出来感受一下你们学生的生活。"

　　第一个男孩东西还在嘴里，差点喷出来："你没读书就工作了？"

　　我还来不及解释，小琴就盯着我说："难怪我觉得你很眼熟，你是不是上过电视，是什么节目来着？"我没接这个话题，就说自己长得太大众，大家也没追问，挺好的。到一个陌生环境，清空外界对自己的认知，没什么坏处，对我来说更是如此。

问了一下，小琴和我一样是五级班（倒数第二级），如果要考美国大学，就必须考过一级才行。

我说："你不行啊，我是很多年没用过英文，你这还是学生怎么也五级？"

小琴趁别人不注意对我说："我也不是来考大学的，我只是来散个心。"

吃过饭，大家商量去图书馆，我们就有一搭没一搭地走着聊着。我开始对小琴有更多的了解：二十四岁，在家里开的公司上班，父母给她介绍了一个结婚对象，对方挺正派的，相亲之后小琴说不上喜欢，也说不上讨厌，父母说那就这个男孩了，为了小琴也为了公司。小琴不置可否。她有几段失败恋情，不值一提，她很明白爱情这件事太难了，能遇见自然好，能长久更好，婚姻是另一回事，企图通过恋爱让感情生活一劳永逸，似乎并不现实。

我说："你一个二十多岁的女生想得也太明白了，可怕。"

她说，这话不是她说的，是她妈说的，她妈对她说："我和你爸结婚的时候也没什么爱情，待久了就有了感情，然后就有了你。如果你没有特别喜欢的，那就先处个正派的。"

小琴是好看的女孩，不单指长相，她很自信，对自己很了解，举手投足让人觉得舒服，在大学里很突出，毕业后放弃了世界500强的offer，回到家里的公司。

"你好惨，人生就像困在旧社会。"

"不不不，你误会了。如果我直接回去，肯定会被很多亲戚瞧不起，但我爸又确实需要我的帮助，其实我早就决定要回去帮忙，只是回去前特意拿一个世界500强的offer，让那些人闭嘴。"

"所以你这一次学完语言就要回去结婚？"

"反正都要结，早点晚点都行。婚姻嘛，分两种，越来越好的和越来越差的，像做乘法。对方不错，我也还行，如果都愿意拿出超过百分之百的态度去对待，相乘的结果自然不会越来越小。再说了，我喜欢的人都是一副德行，如果不强迫自己去走另一条路，可能恋爱的结果都一样吧。"

我从未想过这个问题，但细细对比了一下自己的失败经历，朋友也总是事后骂我："你啊，喜欢的人怎么都一样。"

我回答："你说得没错。吸引我们的人，一定都散发着同一种味道，而我们并不知道那种味道到底是否有害。所以有人运气好，一见钟情就白头到老；有人运气差，总在同一种味道中慢性中毒。"

小琴看见旁边有家星巴克，帅气地甩了甩短发："走，就冲你这句话，我请大家喝咖啡。"

嗯，明白了。我们都是出来解毒的人，我解工作的惯性之毒，她解感情的惯性之毒。我们的目的都是不愿意回去再踏入同一条河流、同一个水坑之中。

三、故事在结束时才算开始

周一到周五上课，老师考勤查得很紧，我和小琴从未迟到或旷课。若是看见哪个中国孩子被发一张蓝色劝退通知单，小琴就很生气："自己拿着留学签证不好好读书，总撒谎生病请假，现在被劝退了，再也来不了美国了。不过这样也好，别出来丢人了。"

小琴的英文居然很好，每次课堂上早早做完作业，就在图书馆辅导我。

我说："你来我们五级班不是浪费钱吗？"

小琴笑起来："只有没钱的时候才能叫浪费。"

我恍然大悟："你这种思考问题的方式很危险啊，难怪你在感情上不太顺利。"

"怎么说？"

"感觉你喜欢不按常理出牌的，啥事都能贫一下，但如果对方关键时候不面对问题，还是用贫来逃避，你就绷不住了吧？"

"那你说我怎么办？有那种特别贫但关键时刻又很正经的男孩吗？"她很认真地盯着我。

我很认真地看着她："男孩呢，我就不知道在哪儿。男人呢，你眼前倒是有一个。但是呢……"还没说完，她立刻笑出声："刘叔叔，你早年努把力，都能生出我这么大的女儿了，你好意思和我开这个玩笑？"

我也笑了："这不是摆正咱俩好朋友的关系嘛，免得到时误会多尴尬。"

我和小琴是学习日的好朋友，一到周五放学，她说个"拜拜，周一见"，就消失得无影无踪。

时间飞快，从 7 月到 10 月，我们考完升级的最后一次考试，这学期的课程就结束了。

我考得不错，可以升入四级，小琴可以升入一级。

我俩都不会继续读了，我对小琴说："谢谢你这几个月的照顾,如果没有你,我断然不会有这样的成绩。"她摆摆手,也对我说:"谢谢你,如果没有你这几个月的陪伴,我读书的时候应该也会很无聊吧。"

"你怎么会无聊?周末那么愉快。"

"哈哈,是挺愉快的。你什么时候回国?"

"我打算去纽约一趟,然后从纽约回北京。"

"我也是从纽约回北京,大概和你差不多时间。"

"那就回国内再见了。"

"好的。"

我们都是旅程中遇见的朋友,这样就足够简单,说完再见也不留恋,如果真有缘分,自然会真的再见。

只是没想到,在我从纽约回北京的那天,我提早几个小时到达机场安检,坐在椅子上边看东西边候机,突然肩膀被人拍了一下,转头一看正是小琴。我很诧异,世界也太小了。她一副刚刚哭过的样子,但看见我即刻又笑起来:"好巧啊,我方便坐这儿吗?"

"当然没问题。"

小琴坐下,从书包里翻出一本书,晃着说:"你看,我这次专程带在身上的。"

那是一本《你的孤独,虽败犹荣》。

我有点惊讶。

她说:"我第一眼就认出了你是谁,但看你并不想提国内的工作,就不给你添麻烦了,帮我在上面签个名吧。"

我签了。

"你刚哭了?"我问。

"嗯。"

我没好意思追问，她却说了："我遇见了一个人，发生了一个故事，所以哭了。如果不耽误你时间，我跟你从头说说，如果你能把它写下来，那就是我送给对方最好的礼物。"

我把手上的 iPad 一关："好啊，反正还有三个小时。"

四、只是因为太寂寞

小琴到美国安顿好之后做的第一件事是下载了交友软件 Tinder。

她说，如果一个人到了异乡不通过新朋友认识新世界，就是流放。我在心里默默给她点了一个赞。

交友软件上人很多。

"秀肌肉的人我是没兴趣看的，你我都知道，他们要干吗。"

"他们要干吗？"我故意问。

"他们应该都想找健身教练，指出他们哪个肌群练得不太好吧。"

"哦……原来是这样。"我也哼哼冷笑。

"韩国人我是不愿意聊的，之前在国内和韩国人见面，吃饭都是 AA 制。我能接受对方不请客，也完全能自己请客，但对方那种我不占你便宜，你也别占我便宜的态度，让我觉得他们很难成为朋友吧。头像是车的人也没法聊，他们应该很喜欢他们的车，应该也觉得和他们聊天的人会喜欢他们的车，但他们又不会把车送给我，所以没啥可聊的，大家脑回路不一样。我只和照片看起来简简单单、干干净净的人聊，但估计我这样的人太多了，对方都忙不过来，常常是聊了几句交换一下照片，都觉得不错，对方就问：'周末有空吗？一起喝杯咖啡？'我说好，然后对方就消失了，过了几个小时再回：'那约在哪里呢？'可那时我都忘记照片上他长什么样子了。"

小琴的头像是一张戴草帽的照片，风吹起来，她用手紧紧抓住帽檐，这也是她微信的头像。我喜欢这种抓拍的生活照，能看出当事人的情绪，比千篇一律的摆拍好得多。

小琴一边翻看居住区的地图做标记，一边考虑是不是要卸载 Tinder，换个别的软件。

突然有人传来一条信息："你好。"

写的是中文。

小琴并不想在这上面和说中文的人交朋友，她想交个不同思维、不同生活背景的朋友，反正已经把自己想象成一个萝卜，那就必须有个和想象中一样的坑。

她懒得回，正准备把手机扔到一边，突然意识到一个问题，自己的简介都是英文，怎么会有人和自己说中文呢？于是拿起手机回复："你怎么知道我说中文？"

很快，对方回复："哈哈哈哈哈，你猜。"

小琴很烦这种什么你猜我猜的，但真的是因为无聊，就回了一句："你猜我猜不猜。"

对方立刻回："你猜我猜你猜不猜。"

小琴一下愣住，来回读了几遍，很认真地打字："那你猜我猜你猜我猜不猜。"

对方立刻："那你猜我猜你猜我猜你猜不猜。"

小琴晕了，但也哈哈笑了起来。

小琴点开对方的头像，单眼皮，像个韩国人，但因为会说中文，那肯定是中国人。瘦削，在阳光下笑得很灿烂，双手环抱在胸前，两排白牙显得很健康，戴个棒球帽，一件格子衬衣，袖子挽到胳膊，简简单单，像个学生，或研究生？

小琴回复："我输了，为什么你知道我是中国人？"

对方回复："你的英文名叫 Sunny，多中国化的英文名啊，外国人不会这么取的。"

小琴在房间里大笑起来，这个人真是有点意思。

"那你还能看出什么？"

"我琢磨着你的名字里应该有晴这个字吧？"

小琴一惊。

她起 Sunny 这个英文名就是因为小琴和小晴读音相似。本想告诉他对了一半，但想着聊天里最好不要透露出任何个人信息，所以直接跳过问他："你是中国人？"她本想问你是哪里人，什么名字，但还是基于陌生人聊天原则——提问每次不能超过一个，不然显得自己太想了解对方。

"我是新加坡华人，来美国工作五年了，不过还没拿到绿卡，所以也不能和你结婚给你绿卡身份。"

小琴又笑了起来，这个男孩聊天的方式真的有点好笑，她也笑着回："那就不好意思了，我只能和可以给我绿卡身份的人聊天。"

"没关系，我再过两年就拿到了，你再等等？"

小琴再度点开对方的头像，细细打量起来，看起来年纪和自己相仿，二十六七岁，但笑得可真是灿烂啊，没心没肺的那种，感觉眼角纹都笑到太阳穴了。

"你的头像笑得挺灿烂的。"

"谢谢你的夸奖咯。"

"给你照相的人你一定很信任吧？现在你们分手了吗？"

对方立刻发来一段："哈哈哈哈哈哈。对。"

还怪坦诚的。

"那不好意思了，我来美国是来学习的，不是乱来的。你看到我的交友原则了？"这句话一半是笑话，一半是实情，小琴显然已经在聊天中对对方产生了莫名的好感，所以用这句话让自己冷静冷静，同时也确认对方并不是随便来撩的。

"我看到了，走向婚姻前最后一次独自旅行，想看看能走多远。"

"那你和我聊天的原因？"

"你的头像显得胆小，又有趣，又没化妆。再说了，你不想交朋友的话，也不会突然注册这个软件吧。"

信息量丰富的程度，让小琴拿着手机翻白眼。

为什么自己要用这张照片做头像？这张照片是前男友拍的，他喊了自己一声，自己转过头，迎面来了一阵风，她抓着帽檐，就有了这张。前男友很喜欢这张，说能看到她可笑又胆小的样子。她也喜欢这张，因为显得自然，能让自己一下就想到那天的情绪。而自己确实也如对方说的那样，想认识新的朋友，想勇敢一点，走出自己那条被人一眼就能看到头的轨道。

"你怎么称呼？"

"Lucas。"

"我就叫小琴，你叫我 Sunny 也行。"

"哈哈，猜对了一半。"

小琴的心被轻轻敲了一下。

"你天蝎座？"

"嗯，怎么？被天蝎座伤害过？"

"哈哈，我也是天蝎座。"

"那咱们都让别人受过伤。"

"哈哈。我没啥毒性。"

"Lucas，你觉得你们和我们有什么区别吗？"

"你指华人吗？我觉得没区别啊。"

"大家都会觉得你是中国人吧？你会解释吗？"

"对的，我不解释，中国蛮好的，来美国前我被前公司派去中国工作过一年。"

"哪儿？"

"上海。你呢？"

"你是不是偷看了我的简历？我也从上海来。"

"你看看你的床底下，我正趴在你床下和你聊天。"

"你有毛病啊！开这种玩笑。"小琴立刻被吓得从椅子上弹起来。

"哈哈哈，对不起咯。"

小琴和 Lucas 有一搭没一搭地聊着，因为一开始说开了交友的目的，反而聊得轻松。

我问小琴："你怎么知道你们都没有任何目的？"

她说："有目的的人五句话之内就要约会，谁会在我身上浪费时间。"

"万一是要钓大鱼呢？"

"我看起来也不太像大鱼吧,关键是他之后的举动让我对他有了好印象,他不是那种人。"

小琴对 Lucas 的好印象来自如果她发了一条信息过去,对方如果没有第一时间回复,都会在回复时说:"不好意思,刚才去忙 ×× 了,所以没看信息。"

一次两次都还好,三次四次,Lucas 都这么做,让小琴有了一些好感。

毕竟用交友软件聊到对方突然消失是很常见的事,但每次都解释自己去干吗了反而不常见。

"你挺有礼貌的啊。"

"不能丢中国人的脸嘛,哈哈。那我没回复你的时候,你不会一直捧着手机等着吧?"

小琴拍了一张自己做的地图攻略发过去:"放心吧,我又不是热线服务员,只接听您一个人的热线。"

"噢,你老到的聊天方式都让我忘记了你是刚来美国的学生……如果你有任何想咨询的,我都可以帮你解答。"

"谢了。不过我现在要去休息了。明天聊。"小琴发完这句话,想着是不是要个对方的微信或电话什么的,如果真有什么问题,也能很快找到对方,反正都是年轻人,也不必那么客套。脑子里的念头刚一闪而过,Lucas 就把自己的微信号和电话号码发过来了:"喏,你可以记一下,也可以不记,我是热线服务员,有什么需要可以直接问我。"

睡觉前,小琴没有加 Lucas,但觉得这个人有点意思。

五、不怕一万，就怕你是那个万一

事实证明，Lucas 的存在是很有必要的，他在微信里教小琴买好了当地的电话卡，告诉她可以用 Uber 打车，以及如何投诉，甚至帮小琴预订了一家很火的小龙虾餐厅。

"噢？那天我们去的小龙虾餐厅，很难订位那家是他帮你订的？"我突然想起来。

"嗯！"

那天我在夸小琴处处是朋友，小琴说只是自己的生存能力强，是通过网友订的，我们还不信。

一来二去，好像 Lucas 真成了小琴的线上服务员。

小琴终于忍不住问他："嘿，Lucas，你怎么永远都在线，好像特别闲，你到底是干吗的？"

"我没有很闲啊，我很忙的。"Lucas 立刻回复。

"你哪里很忙，你回复我的微信比我妈回复得还快，闲不闲？"

"我就是在忙着回你的微信啊，一刻都闲不下来。"

"说真的，你到底是干吗的？"小琴是那种人，一旦产生了疑虑，就要追问到底，如果对方的回答中有一丝漏洞，小琴就会产生极大的不信任感。所以当她问出这种隐私问题后，知道自己已经对 Lucas 有了好感，当然她更担心的是 Lucas 会给她一个并不确定、遮遮掩掩的答案，然后让这两周以来的好感灰飞烟灭。

"我是一家化妆品公司负责电商的副总裁，不过说是副总裁，但我们部门就两个人，除了我还有一个黑人大妈负责发货，而我负责网页设计、文案以及客服工作。"

"所以你永远在线？你真的是个客服？哈哈哈。"

"喂，你矜持点，我都能听到你手机那边的笑声了，当然，你也可以叫我副总裁。"

"副总裁，你好。"

"Sunny，你好。"

小琴很喜欢和 Lucas 聊天，觉得既有趣又合拍，她说她已经很久没遇见过让她那么有聊天快感的人了，如果不是 Lucas 说'认识那么久了，就算当地的朋友尽地主之谊请吃个饭'，她根本就不会动和他见面的念头。不是 Lucas 不好，而是聊天的感觉太好，以至于害怕失去这种好感。但 Lucas 的理由让她没法拒绝，他说："你别总是感谢我帮你什么忙了，你这些忙对我来说就是顺手的事，我一点都不辛苦。倒是我的工作比较辛苦，永远都在回答一样的问题，香水洒了啊，盒子坏了啊，味道不对啊，是不是假货啊。每次和你聊天的时候，就是我工作外最有趣的时候。"

嘿，这个男的，真的好会说话。

他不是一个新加坡的华人吗？不是来美国五年了吗？怎么那么会说话？

小琴说她也不是没网恋过，投入了情感，一到奔现就一塌糊涂、满盘皆输，比起那样，她更愿意珍惜现在的好感。再说了，再过三个月，她就要回国了，她也不想给自己惹什么麻烦。

万一惹上了呢，是吧？

但世上所有值得回忆的事，不都是因为万一而来吗？

她在心里博弈。

"Lucas，说好了，就是朋友见个面。"

"你放心吧，我还怕你见了我会有非分之想呢。你那么爱惜自己，我更有安全感了。"

"华人的成语也用得蛮巧妙的。"

"感谢中国文化。见吗？"

"见啊，谁怕谁。"

六、第一次见面只是摸了一下手

等 Lucas 来接自己的时候，小琴居然有点紧张。

她想了想，还是化了淡妆以示尊重，穿了一套正式的小西服，本来穿了双高跟鞋，但想到 Lucas 也不过一米七五，自己没必要过多展示女性的魅力，也是不想让 Lucas 意识到自己想展示女性魅力，出门前换了双白球鞋，就跟和闺密出去玩那样，怎么舒服怎么来吧。

远远地开来一辆红色马自达。

红色？

开红色车的男孩……小琴想了一会儿，也没得出一个结论。但她知道，如果未来再遇见开红色车的男孩，她想到的第一个人应该是 Lucas 吧。

车停到路边，车窗摇下来，Lucas 坐在驾驶座上朝她招手。第一印象很重要，Lucas 跟照片上给人的感觉一样，甚至更好一些，因为他有点害羞。

小琴俯下身仔细看了一眼驾驶座的 Lucas，当时正是夕阳西下，他戴了一副墨镜，身着一件蓝条纹 polo 衫，笑起来和照片上一样自然，白白的牙齿，瘦削的身形，她已经没有了想逃跑的念头。

小琴打开车前门，坐上副驾驶座，关上车门。Lucas 非常自然地问："想吃什么？"

"你觉得第一次应该请我吃的。"

"那就带你去吃一个越南菜吧。我总一个人去吃，今天终于找到人陪我了。"Lucas 朝着前方自顾自地笑起来。

两个人都很镇定，两个人也都知道这时候越是镇定，越是显得刻意。

Lucas 开车注意力很集中，是那种绝对不想溢出任何眼角的余光让小琴觉得他在偷瞄她的集中。小琴也一直看着车窗外，在异国他乡，在陌生男子的车里，重新打量洛杉矶这座城市。夕阳下，这座城市冷清，马路两旁的房屋鲜有光鲜，像被时光滤镜传递到了 20 世纪 60 年代。唯有到了市中心，才稍微热闹起来。

Lucas 缓缓把车停到停车场，直接问正在打量景色的小琴："失望吗？"他看出了小琴心里的疑惑。

"还好，我才来几个月。倒是你，这些年一直很失望吧？"两个人很轻易地切换到微信聊天的模式，所以都笑了起来。

"你好，正式介绍一下，我叫 Lucas。"Lucas 伸出手。

"你好，我叫叶琴，Sunny。"小琴也伸出手。

"Lucas 的手指修长，没有汗，干爽，很有干劲。"小琴回忆到如此细节。

"我并不关心他的手指是不是修长，只关心你们的故事是怎么发展的,以至于你居然说得那么认真。"我故作不耐烦。

"细节就是故事啊,你们这种成年人就是很无趣。"

"行行行,他的手指很修长,怎么,那么长的手指是给你织毛衣了还是弹琴给你听了?"

"哈哈哈哈,不过说起来,你们说话的方式有点像,贱兮兮的。"

Lucas 跑到停车场入口,仔细看交费规则,然后掏出十美元塞到相应的箱子里,转头告诉小琴:"洛杉矶这边很不发达,尤其这些缴费系统,跟国内没法比。"

小琴逗他:"你不是要拿美国护照吗?而且你不是新加坡人吗,怎么中国变国内了?"

"随你嘛。我也是中国人。"

"那新加坡算什么?"

"新加坡的中国人也超多啊。"

"行!"

看得出来,自己和 Lucas 轻而易举就能切换到现实模式,几乎算是无缝连接。小琴跟在 Lucas 后面,仔细从背后端详着这个和自己年纪相仿的男孩,他将车钥匙从右手扔到左手,从左手轻轻地扔到右手,再扔回左手,很放松。小琴有点开心,证明自己也并不惹人厌。

嗯?小琴忽然看到 Lucas 的后颈似乎有一道细长的疤痕,她觉得是自己眼花,打算再多看一眼的时候,心里又涌起了一股愧疚,觉得自己不应该对别人的私事感到好奇……

Lucas 回过头看着小琴,指了指上方:"我们到了。"

嚯,人满为患。

越南菜馆的招牌和墙壁都刷成鹅黄色,在夕阳下让人很有食欲。

Lucas 去跟服务员沟通需要两个人的位子,他说英文的表情认真,办事很靠谱的样子,末了,也会很客气地送一个人畜无害的微笑给对方。

"你还真的很懂自己笑起来蛮有亲和力的嘛。"

"习惯了,大家笑起来都蛮假的。那边开始收拾了,再等五分钟就好。"

小琴心情很好,毕竟在美国认识的第一个朋友挺有趣的,同时也有一点点细微的担心,怕自己会随着这份有趣越走越远。

看着菜单,小琴要了四大扎啤酒。隐藏与谨慎可能会让人产生错觉,索性就一次性把真性情释放出来,也就免了那些繁文缛节。

"那么能喝?"

"一人两杯呗。"

"我酒量不行,先喝一杯,剩下的尽量。"Lucas 做受惊状,把三杯先推向小琴,小琴摇摇头:"瞧不起你。"

"我喝了酒,不能开车,不然谁送你回去。"

"把车放在这儿呗。"

"停车费顶我两天工资。"

"那就找代驾。"

"这里代驾费也顶我两天工资。下次吧,你说要拼酒,我就不开车。"

"那就先碰一下,这段时间谢谢你了啊。"

哐哐哐,小琴早把形象抛到一边,边喝边聊,就像和宿舍姐妹在大排档一样。估计是喝开心了,她突然一顿,似乎想起了什么:"Lucas,我刚跟在你后面,看见你脖子后面有一道很长的疤,怎么回事哦?"

"你眼还挺尖的,我都穿带领子的 polo 衫了。"Lucas 右手摸了摸自己的后颈,笑了笑。

"我教你一个办法,国内很多中老年企业家穿 polo 衫都是把领子立起来,这么穿就看不见了。"

"那我移民去冰岛算了,整天穿高领毛衣更方便。"

小琴盯着 Lucas,Lucas 被盯毛了:"没什么啊,就是我很小的时候,八九岁吧,突然有一天觉得自己瘫痪了,后来发现是这里的神经出了问题,脊椎这儿,做了一个大手术治好了,但留下一个大伤口。"

"现在没问题了?"

"没事了,早没事了。难道你以为我打开这个伤口,里面又能走出来一个人吗?"

噗!小琴满口的酒直接喷了出来,Lucas 递给她一张餐巾纸擦干净。

"我实在不知道聊什么了,你介意我问感情问题吗?就当姐妹们聊天。"小琴一脸好奇。

"不介意,我上一段感情结束是因为对方和我朋友搞在一起了。"

"啊,好惨。来,敬你,节哀。"

"你呢?惨吗?不惨不听。"

"那我说个最惨的吧,我的前任是个弯的。"

Lucas 没有忍住笑了出来,立刻喝了一口啤酒。

"实不相瞒，我也是。"Lucas 正色说道。

听了这句话，小琴的酒醒了一大半。她开始重新审视 Lucas 的所有细节，若有所思地点点头。"还真是，天哪，我这是什么体质，难怪和你聊天那么开心。每次和你聊天聊得很开心的时候我就在想，这个世界上怎么可能会有和我这么有默契的男生，我好几次差点就动心了，刚刚在车上还在提醒自己不能越界，不能多看你，不能和你有任何暧昧举动，看来我真是多想了，不然我真的太丢脸。"小琴借着酒劲把心里想法一股脑儿地说了出来，长长地舒了一口气，还没等 Lucas 做任何反应，继续说道，"太好了！我还一直在想万一万一，万一我喜欢上你该怎么办，我再过三个月就回国了，才不想搞得生离死别啥的。哈哈哈，突然轻松了很多。来，再干一口！"看得出来，小琴这会儿才真正放松下来。

"嗯？"Lucas 看着小琴，眉头微微皱了起来，"你说你好几次差点动心？你不敢多看我一眼是因为怕暧昧？"

"是啊，干吗？有什么可奇怪的？你很阳光，显得干净，脑子聪明，人又善良热情，除了脖子后面有一道疤，女孩子喜欢你很正常啊。"

"噢，明白了。"Lucas 脸上闪过一丝诡笑。

小琴突然意识到什么不对的地方，Lucas 刚才只是在和自己开玩笑？但自己却认真了？她连忙站起来捂着嘴朝洗手间跑去，并不是真的想吐，但她意识到自己必须吐了，因为自己失态了。在和 Lucas 贫嘴了两周之后，她突然就认真地跳进了对方的坑里。她想跳进马桶，按个键把自己冲下去，再也不要回到那张餐桌上，她甚至能想象到 Lucas 现在脸上扬起的表情，那都缘于自己的弱智。

小琴用水洗了把脸,试图冷静冷静。

喝酒的初衷是为了缓解尴尬,但没想到却降低了智商。

回到座位上,小琴直接说:"我好像喝多了,我要回去了。"

Lucas点点头,叫服务员买单,两人的目光再没有撞到一起。

小琴觉得自己破坏了规矩,既内疚又尴尬,话是没法再当面说了,回去发微信吧。回去的路上,两个人也没交谈,Lucas放了一路音乐,都是两人聊天的时候提到的那些歌,梁咏琪、陈洁仪、万芳、张敬轩、张国荣、张栋梁,然后就到了小琴的住处。

"今天谢谢你了,下次换我请你吧。"小琴仓皇逃离,心里想着应该不会有下次了。

冲进屋,倒了杯水,微信提示收到新信息。小琴打开,Lucas给她发了一条信息:"还有下次吗?看你的样子悬了。"躺在沙发上,小琴想起今天的见面,堪称一塌糊涂,唯一能记住的可能就是两个人握了一下手吧。

七、积木被抽走了一块

就好像从搭好的积木里抽走了一块。

小琴和Lucas都没有再提那天的见面,这稍微让她轻松了一些,也让她对Lucas有了更多的理解——他对她似乎是海纳百川,她开的玩笑他都接得住,她尴尬时他就微笑,不多走一步，在她看得见的地方就这么站着，让她有安全感。

安全感。小琴想到这三个字，恍然大悟。

过去的爱情总让她没有安全感，要么是对未来的生活没安全感，要么是对未来的感情没安全感。两个人步调不一致，跌跌撞撞，摔倒再调整步调才是最好的选择。

"我看你朋友圈，你说想去海边？" Lucas 问。

"嗯，但还没做好计划。"

"明天周五，我刚好没事，如果你的计划还在计划，不如我给你一个计划。"

"行，就按你的建议来。"小琴还在为那天的唐突感到抱歉，她不想让 Lucas 觉得自己是个神经质、戏太多的人，虽然自己表现得就是如此……

"那么爽快？做决定也太快了，那请您稍等啊，我的计划还没做完，尴尬了，稍等啊……" Lucas 还打了一串省略号，小琴乐不可支："你还真把我当成客户，我可没钱付。"

半天，Lucas 那边没动静，然后打来特别长的一段话。

"周五中午你放学后，我接你一起去联合车站，把车停到停车场，我们乘火车去圣地亚哥，大概三小时路程，当晚可以住圣地亚哥 W 酒店。我查了一下是很有年代感的建筑，你肯定喜欢。第二天在酒店附近租一辆车，去周边海滩玩一天，周日下午回。之所以要乘火车，是因为如果我们坐在右边的话，你就可以看见很长一段海岸线，很美的，记得带好相机。"

小琴看着那段文字，感动大于欣喜。

毕竟在过往的感情里，都是她在为别人做计划，每个地点都要查很久，末了对方还挑剔为什么不去这儿不去那儿。

"我听你的。"小琴决定不再给自己设限,就跟正常交朋友那样,别想那么多。

八、我听你的

"我听你的"这四个字真是管用。

尤其当两人慢慢有了默契之后,"我听你的"约等于"我可啥都不想管"。

小琴和 Lucas 在一起就是这样。她第一次意识到自己原来那么缺乏生活经验,原本在所有人心里她都是绝对能把周围人照顾得很好,能把一切细节都想得很妥帖的人,但认识 Lucas 后她怀疑她过去是不是一直活在假想世界。火车上,小琴舔了一下嘴唇,Lucas 就站起来去车厢那头买来两瓶水和一包玉米片。看风景看困了,小琴打算睡一会儿,但又不好意思一个人戴耳机闷头睡,Lucas 就从包里拿出一根转接线,可以接两副耳机。

到了圣地亚哥,一下火车,就能感受到夜晚海滨城市的凉意。小琴穿的是 T 恤配牛仔短裤和匡威鞋,Lucas 从手提包里拿出一件灰色套头帽衫给她。小琴不好意思,Lucas 说:"这就是给你带的,我还有一件。"说着又从包里掏出一件红色帽衫,"你喜欢哪个颜色?"

小琴选了灰色的,红色留给了 Lucas。

Lucas 利索地办理完酒店的入住手续,他订的是一间双人房。小琴心里虽然非常清楚 Lucas 一定会订双人房,但还是隐隐想过万一他订了大床房怎么办。

我问她："如果 Lucas 真订了一间大床房，你怎么办？"

她说："我还真的想好了，我会劝自己也会告诉他，都是'姐妹'没关系的……而就是那天发生的一件事，让我爱上了他。这种爱不是男女之爱，也不是性欲，我很难解释清楚，但我觉得自己爱上了他，而他不知道。"

那天晚上放完行李，Lucas 带她去吃了当地有名的西餐，Lucas 提早一天就订好了位，之后带她去夜店，在吧台边点了两瓶当地啤酒。一切顺其自然，又顺理成章，小琴觉得和 Lucas 在一起没有任何负担，他知道她要干吗，他很安静也很放肆，所有的安排就像窥探了小琴心底的想法。连换了三家酒吧，两人都喝得微醺，回酒店的路上有海盐的味道，小琴问 Lucas："我很喜欢和你在一起，不知道是因为你说自己是弯的，所以我更轻松了，还是因为单纯地相信，脑子不再做别的盘算，所以异常地放松。"

Lucas 歪着头，回看了她一眼："我也很喜欢和你在一起，也许你不相信，你是我这些年遇见过的最有趣的人。"

谈话戛然而止。

此时，但凡有一个人追问假如有爱情，这一切或许就会像露水包裹的花蕊，沉重到滴落。但假如真的有一个人在这时追问，生命中可能会有后悔，但绝不会有现在的遗憾。

"你发现没，我俩好像啊。"小琴突然感慨。

"奇怪，虽然我从来不信命运这种东西。"

"那这一点我和你不一样，我还是很信命运的，不然咱俩怎么会认识。"

"嗯，那我就开始信吧。"Lucas 又露出了招牌的笑，虽然笑起来还是一样的弧度，小琴知道这个笑不是敷衍的。

这种像，让她想要了解他、珍惜他，也想要占有他、拥抱他。

这不是爱。

起码这时还不是。

九、打碎的镜子也有折射光的能力

Lucas 让小琴先用浴室，他靠在沙发上看最新一季的《美国之声》，看着几个评委为了一个选手争吵，放声大笑，哈哈哈哈那种，肆无忌惮，旁若无人，像个干净的孩子。小琴喜欢他这种性格，那种笑让小琴很想知道到底发生了什么，所以很快就收拾好了出来问他。

Lucas 把 iPad 交到小琴手上："你从头看，这一季太棒了，评委和选手都很厉害。尤其是第六个选手，获得了四转。重点不是四转，而是他很励志。但你别跳着看，评委有一些笑话是有逻辑的。"

"你一个月挣多少钱？"小琴突然问。

"嗯？一万五千美元左右。"Lucas 下意识地回答。

"哇，挣得真多。"

"我为什么会告诉你我的家底呢？但你怎么突然问这个？"

"那不好意思咯，因为我看房间很贵的样子，所以这一次我就不和你 AA 制了，你比我有钱多啦。"

"嗯，没想着让你 AA 制，有这工夫不如多去挣点钱了。你快看啦。"他反手带上洗手间的门，"我很快就好！"

小琴看到第三位选手的时候，家里来了个电话，她停下来去窗口接了十几分钟。再回来时发现 iPad 锁住了，她喊了 Lucas 两句，没有回应，小琴走过去敲了敲浴室的门，也没动静，估计在洗澡吧？她又回到沙发上玩了会儿手机，Lucas 依然没有声音。

她决定推门进去看看："我要进来了。小心哦，我们都是'姐妹'，没关系的。我就是看看你怎样了，我怕你晕倒在里面了。"

推开浴室的门，Lucas 躺在浴缸里，闭着眼睛一动不动。

"Lucas！你没事吧？"小琴受到惊吓，顾不上害羞，赶紧跑过去拍他的脸，一下、两下、三下，一下比一下重。

"痛，痛……"Lucas 缓慢地睁开眼睛，有气无力，"你都要把我打死了。"

"你怎么了？"小琴看了眼洗漱台，上面有个小设备，有胶管，有针头……

"你……你吸毒？"小琴的心提到了嗓子眼。

"你稍微回避一下，我没事。"Lucas 想从浴缸里起身。

"你别起来，你现在就跟我说清楚到底发生了什么。"

"你？我……"Lucas 苦笑起来，很费劲。

"你怎么会吸毒？你为什么要吸毒？！"

"Sunny，你稍微冷静点。我没吸毒，这不是吸毒工具，你吸过吗？一看你就没吸过，头疼……"Lucas 觉得好笑又无奈，"我有自身免疫性疾病，严重的，所以一直戴着那个设备……那是胰岛素泵，提供胰岛素的。我身体无法分泌胰岛素，如果没有它，我会随时挂掉，刚才只是有点低血糖，发晕，如果你不进来，我也不会死，只是会恢复得慢一点，你别着急。"Lucas的苦笑转变为尴尬的笑。

说实话，Lucas说了那么一串，小琴并没有听懂。

她觉得Lucas只是欺负她一个女孩什么都不懂，随便编的谎言。

"自身免疫性疾病？"

"准确地说是1型糖尿病……"

"糖尿病？"小琴愣住。

"怎么？帅气的小伙子不能得糖尿病吗？"

"不不不，我是觉得……"小琴真的无论如何也无法把Lucas和糖尿病联系在一起，"糖尿病不是老年人才会得的吗？"她脸上开始有了一些抑制不住的惊奇和好奇，以及似笑非笑的表情。

"行了，你先出去。我先收拾，我一会儿再和你说。"

小琴很蒙地退出浴室，坐回沙发上，听着里面的动静，拿出了手机，查起了1型糖尿病的症状：1型糖尿病患者体内可以产生胰岛素的细胞已经受损了……就只能终身依赖胰岛素治疗了，所以从理论上来说，1型糖尿病目前是无法根治的……起病比较急剧……必须用胰岛素治疗才能获得满意疗效，否则将危及生命……若不及时处理，常导致死亡……

无法根治，危及生命，导致死亡……这些词就在她脑子里一直打着转。

Lucas有绝症。

我认识的 Lucas 有绝症。

她突然哭了出来，她不是一个心软的人，小时候家里养的猫狗走失，她不流眼泪，被人欺负不流眼泪，被人劈腿不流眼泪，此刻她窝在沙发里为一个第二次见面的异国男孩哭了起来。

她爱他。

不是爱情。

但是她知道她爱他。

Lucas 从浴室出来，穿着大大的浴袍，像往常一样。

小琴红着眼看着他，为刚才自己的唐突感到抱歉，又为 Lucas 接下来要说的话感到难过。如果自己不推门进去，或许永远都不会知道他身上别着一个救命的仪器。

Lucas 贴着小琴的身边坐下来："吓坏了？"

小琴摇摇头，沉默了很短暂的时间，问："如果我刚才不推门进去，是不是我永远都不会知道这些？"

Lucas 第一次有些不自然："我会告诉你的吧，可能是等你离开美国的时候，也可能是你回到国内的时候，但我觉得说不说都不影响咱们的关系，对吧？"

"你什么时候有这个病的？"

"两年前，突然在配货的工厂里晕倒了。"

"你家人知道吗？"

"不知道，不想让他们担心。他们离我也远，我也没打算再回去。"

又是沉默。

就像一颗钢球砸中了玻璃的正中央，玻璃碎片掉了一地，他们都知道自己有能力将玻璃拼成初始的形状，也能忽略掉那些裂缝，只是那一地玻璃折射出的光让两双眼睛不知道该看向哪里。

Lucas 打破了僵局。

"我和你说说我的成长环境吧。"

"嗯。"

十、我把孩子藏在自己的身后

Lucas 并没有出生在一个幸福的家庭。

按他的话说，爸爸是别人的老公，妈妈是不被爸爸承认的老婆。

自从出生之后，他能见到爸爸的次数并不多，印象里一个月也就见一两次。最初他很不理解，叛逆期也质问过妈妈，但这些都过去了，他知道妈妈爱爸爸，也慢慢知道爸爸也爱妈妈，也爱他。

他的爸爸是当地小城的大老板，家族庞大，街坊邻居都知道他和妈妈的故事，表面上客气，私下从不和他们走近，所以他从小便没有朋友，每天都处在不符合自己年龄的困惑里。

为什么爸爸不承认我？

为什么我不和爸爸住在一起？

为什么妈妈要一直等爸爸？

为什么爸爸要让妈妈一直等他？

我们等爸爸要等到什么时候？

带着这样的疑惑，他从小学到初中，从初中到高中，然后以当地第一名的成绩考上新加坡国立大学商业管理专业。虽说从高中开始,爸爸便安排他和妈妈住进了大家族的宅子里,但他真正意识到自己靠不了妈妈,妈妈只能靠自己,便是从他上大学开始。读大学前,爸爸给他办了风光的升学宴,有头有脸的人都来祝贺,夸奖他果然是他爸的儿子。Lucas 并无怨言,也很配合,他那聪明乖巧的模样也随他爸,是标准的美男子。那天之前,他能理解并接受所有生命里与生俱来的不公,但理解和接受最大的作用是让自己不抱怨。若要说他心里没有任何心气就大错特错了,他也想过把所有失去的东西都拿回来,拿不回来的也要等价交换回来。

Lucas 在心里又强调了一遍:"我把账算得很清楚,知道总有一天会收回来的,所以不气,不委屈自己,也不想让妈妈为难。如果得不到,我便有其他的打算。"看着眼前的一切,他眼底只有妈妈一人。妈妈穿了件大红色的旗袍,站在爸爸身边开心地笑着。爸爸没有邀请其他姐妹的妈妈,一是表达歉意,二是传达唯一性。Lucas 随爸爸到处认识新长辈,又随着新长辈重新认识那些过去抬头不见低头见的同龄人,从多年的陌生、冷漠、鄙视到突然的热络,看起来只是需要一个家庭的身份。

这就是爸爸想让他知道的答案。

庆功宴正酣,爸爸把他叫到书房,问他什么感受。

他越过了爸爸想知道的答案,诚实地说:"如果我稍微有偏差,没有考上国立大学,没有进入商科,没有成为第一,哪怕我是你儿子,应该也得不到这些。所以,人只能靠万无一失的自己。我很感谢这三年来你为妈妈和我做的一切,虽然晚了一些,但总比不来好。我也希望未来你能对妈妈一直那么好,她最好的时光都被荒废了。"

他其实很懊恼这一次跟爸爸的对话，毕竟这是他们第一次这么认真地聊天。

他一直幻想着有一天爸爸会带他去露营，躺在大自然，在星空下，谈时间，谈光年，谈星系，谈黑洞暗物质、量子效应，讨论星际穿越、时间有无开端、宇宙有无边界。怎么聊都行，不需要任何答案，哪怕不聊这些，谈谈这个世界是先有鸡还是先有蛋也行。为了能和爸爸聊到一起，他都想好了，如果爸爸说先有鸡，他一定会说先有蛋，因为只有鸡蛋才能孵出鸡。如果爸爸说先有蛋，他就说先有鸡，因为鸡蛋要靠鸡孵，靠鸡的温度才能破壳，如果没有鸡去孵，蛋也变不出鸡。

他讪讪地边说边笑，小琴却听出了孩子最遗憾的调调。

没有野营，没有谈先有鸡还是先有蛋，而是在交际场合中找了一个想要印证什么的空当聊起了生存的尊严。Lucas 把心里那个十八岁的孩子藏在身后，用一副长大成人的脸和爸爸谈判："我承认我是你儿子唯一的条件是你要对我妈好一点。"

说完这句话，自己也愣住了。

他看着爸爸的表情，知道自己赢了。同时他输掉了自己一直保留下来想给爸爸的那些东西。他无法像个孩子，只能像个大人。他心里在哭，脸上却波澜不惊。他很希望爸爸会对他说："那么严肃干吗？来，说点有趣的，那些你一直想对我说的。"如果那样，他一定会大哭，上去拥抱爸爸。但爸爸没说，爸爸低着头，看得出满是歉意和自责。

"对不起。"爸爸对他说。

"不用对不起，我知道你也尽力了。"Lucas 依然像个大人。

从书房出来，Lucas 突然索然无味，他不想报复，也不想再去证明什么，他把妈妈交还给爸爸，然后下定决心再也不回家了。大学毕业后，他在新加坡找了一家公司打工，申请到上海工作一年，然后辞职来美国，打算移民。

"恋爱谈了两场，一次你知道，一次因为这个病，随时会死，也给别人带来麻烦，趁双方了解还不够，断了也就断了。"

"如果对方知道你是因为这个才提的分手，回来找你，你会愿意回头吗？"

"你这个问题就像我和我爸第一次聊天时我做的假设，因为一切都未如想象那样发生，也因为我们都在用最理智的情绪生活，所以我们才走到这里。"Lucas 把头靠在沙发背上，朝着半空长长叹了口气。

"我很想抱你一下啊。"

"嗯？可怜我？"Lucas 歪着头看着她。

"颈后有疤，腹部有孔，心里有伤……"她说的是实话，却忍不住笑了，"可怜的人值得同情，但强大的人值得佩服。我想抱你不是给你力量，你根本不需要我的力量，我就是想抱你一下。"

她张开双臂。

Lucas 也张开双臂。

"要闭眼吗？"

"闭吧。"

两个人紧紧地拥抱在了一起，像风中遇见的蒲公英，像秋天遇见的落叶，像浪花里被抛往沙滩的寄居蟹，能取暖吗？能活过来吗？其实，遇见的意义原本也没那么了不起，但能让似乎放弃了的自己产生一种讶异，原来世上还有和我一样的人啊，这种遇见就很了不起了。

心理上的不孤独，才是真正的不孤独吧。

十一、我觉得你比我还要惨

拥抱不知道过了多长的时间。

不是为了抱在一起而抱在一起，而是突然觉得不想说话，突然想了解对方，于是抱在一起，去感受对方的心跳、体温、味道，接收对方发丝里传来的信号，也让对方感知那些没说出来的一切。

这样的拥抱，你有过吗？

"谢谢你哦。"Lucas 说。

"我的妈啊，我正要跟你说这句话。"小琴瞪大了眼。

"也许咱俩，就是同一个人吧。"

"那你别再突然晕倒了，你也别死了。"

"我问你一个问题。"Lucas 很严肃。

小琴也很认真地做好了回答的准备。

"1 型糖尿病听起来是不是很不配我？你觉得换成什么别的病会更契合我？《冬季恋歌》看过吗？白血病是不是比较帅一点？"

"喂，你脑子有毛病，阿尔茨海默病最适合你。"

两个人又同时陷入沉默。

"Lucas，我是说正经的。很多事情你没有遇见之前就是一无所知，所以就算老天从你生命中拿掉这一块你也不会在意，可一旦遇见了，再失去……"

"我懂。"Lucas伸出左手摊开在沙发上。小琴伸出右手，很自然地握了上去。

什么都不说，就挺好的。

一座陌生的城市，两个渐渐熟悉起来的人。海风在城市的古旧建筑中穿梭，关上窗户的房间里的两个人的心绑在一起跳动。小琴跟Lucas说着自己的故事，她的故事不复杂，她的成长、人生、人设一直都在别人的期待中成形，像个流水线合格品。这一次来美国，算是人生中第一次真正意义上的逃离。

"嗨，Lucas。"小琴喊。

"嗯，我在。"

小琴嘴角微微上扬，人和人之间的对话要如何才能这么妙。她不知道是Lucas妙，还是刚好他的每个回答都让她觉得新奇又符合常理。这些细节被掺和在每个日子里，让每天都变得和以前不一样。她有个口头禅，在分享一件事情时总是会先说"你知道吗……"。第一次对Lucas说"你知道吗"时，话还没有落音，Lucas立刻扭过头看着她，一副特别哈士奇的样子急迫地问："是什么，是什么，我真的好想知道！你快告诉我。"

小琴光顾着哈哈大笑，忘记自己要说什么了。

外人看到一定说这俩真喜欢打屁，只有他们知道这是一种可遇而不可求的默契。

"嗯，Lucas。"小琴喊。

"嗯，我在。"Lucas靠在自己的床上眯着眼有一些困了。

"那个，越南菜是你请客，车票是你买的，酒店的钱也是你付的,今晚的西餐本来说是我请你。你说这是一个陌生的城市,你算半个美国人还是要请我,让我回洛杉矶请你。因为我,你的车要停在停车场两天,本来你可以不花这份钱的。我是一个和朋友在一起很讨厌说钱的人,但我……"小琴噼里啪啦地说了一大堆,思绪凌乱。

Lucas 就悠悠地说了一句:"好的啦,没问题,听你的。"

"嗯?你知道我要说什么?我还没说完呢,你先听我说完。"

"你那么认真地开了头,那么认真地说了铺垫,所以你的结论一定想了很久,虽然作为一个男的,我也不喜欢聊这个话题,但听你的。"

"你真的知道我要说什么吗?"

"你不就是打算包养我吗?"Lucas 睁开眼睛,一脸鬼笑。

"我……对,没错,姐姐从现在开始就要包养你了。你把钱给我都存起来,不能花在我身上,以后也不能花在任何一个人身上,只能花在你自己身上,知道了吗?"

"嗯。"

"我还有一个问题想问你。"

"你说。"

"你身上别的那个小机器,需要用电吗?万一突然没电了怎么办?"

"我看你的手机那么耗电,你却永远都能让它保持百分之五十以上的电量。我这是救命的电,比你只能有过之而无不及。"

"也是。我只是有点好奇。那明天我们去哪儿?"

"去海边,车我已经租好了,明天上午十点去取。"

"好的，那睡吧，晚安。"

"晚安。"

Lucas很快就睡着了，呼吸很轻，是个睡相很好的男孩子啊！

摁灭了床头的灯，小琴心里有了新的计划。

十二、我不是最好的，我只是你见过的最好的

"你的睡相很好，像你睡相那么好的男人真的很少了。"早餐厅，小琴突然想起这个优点。

"你这么夸我，只会让我误会你遇见过很多睡相很差的男人。"Lucas喝了一口咖啡，很认真地说。换作以前，小琴肯定会手忙脚乱地解释，但和Lucas在一起，她吃得下对方说出来的每一句话。酒店提供三种早餐，Lucas给他俩要了两份一样的，一大碗新鲜又美味的浆果配蜂蜜华夫饼。

"没想到这种水果早餐这么好吃，你很会挑嘛。"小琴赞不绝口。

"呃，我只是看了图片，觉得拍照会比较好看，没想到你都吃完了。"

"啊！我怎么忘记拍照了！明早我们还来吧？"错过了一张好看的早餐照片，好心情立刻垮了一半。

"幸好你去洗手间的时候我拍了，那就送给你吧。"说完Lucas就把照片传给了小琴。蓝莓蓝得发紫，草莓泛红，猕猴桃透着清晨的活力，醋栗很饱满，每一颗都是精挑细选过的，

杧果粒散发着好吃的橙黄,青提点缀其中,就连阳桃的甜都没有被蜂蜜给压过去。

如果不是 Lucas,也许自己这一辈子都吃不到这样的早餐吧。

和钱无关,而是世界太大,美好又太多。大多数人遇不见美好就失望了,少数人一直在追寻美好却求而不得,极少有人能通过其他人看见另一个世界中自己所触及不到的美好。小琴心里虽是这么想,但她更清楚,如果遇不见这样的人,也就不会有这样的感悟。所谓美好的事,也许是因为有了 Lucas 才变得美好。

"你睡着后,我昨晚做了一个计划……你想知道吗?"

"我不知道,我太想知道了。你快说,我怎么那么想知道!" Lucas 又一副哈士奇的脸凑过来。

哈哈哈哈哈。

旁座的人对这边的笑声侧目,但看到两位年轻人笑得那么灿烂,也不禁被感染了。小琴的计划很简单——交换两人最想干却一直没有干成的事,小琴把接下来两个月里所有的假期都留出来,和他一起去完成。

"真的假的?"

"当然是真的。"

以前觉得缺钱,后来觉得缺时间,其实是缺一个人。有了那个人,没钱也没事,家门口绕几个弯都有甜甜的味道。没时间也没事,发个手机短信都感觉在约会。对小琴来说,Lucas 就是那个人。

"这些不是和最爱的人一起去完成的吗?" Lucas 一脸诡笑。

"喀，如果你现在不犹豫的话，立刻就可以不是。"

"我想去海边看海豹晒太阳，想去环球影城，想去拉斯韦加斯赢点钱，看《泽西男孩》音乐剧，把几家最好的酒店的海鲜自助餐都吃一遍，还想去波特兰吃当地新鲜的火腿……"Lucas突然喜悦起来，他身体里好像有一个惧怕世界的小男孩，终于被小琴放出来了。他也觉得自己是不是兴奋过头了，打算收敛一些。小琴立刻说："继续，我很喜欢看你说话时自带笑声，让人很高兴。我也很喜欢看你吃饭的样子，好像什么都能吃得很香，让人很有食欲。其实你这样比较好，如果你总是像个大人一样照顾我，我会丧失思维能力的。不过话说回来，你想去的地方还挺多的，但也挺容易实现，你都来五年了，还没去过，是因为身体？"

"身体只是在很多半推半就时的理由，和一群人去感觉也挺无聊的，彼此要照顾感受的旅行比一个人待着还累，又没有出现一个让我觉得非要一起旅行的人不可。而且美国干吗都挺贵，既然没兴致就不如攒钱。读大学之后，我每个月都会给我妈寄点钱，她倒也不缺，只是让她安心，觉得我过得不错。大概是这样吧，你想去哪里？看看你的品位如何。"

"我想去洛杉矶的天文台，我喜欢艾玛·斯通，听说她在那边取景拍了一部音乐剧，想去看看；还想去帝国大厦，你懂的，我喜欢《西雅图夜未眠》最后男女主角相见的场景；我还想去玩一次漂流，可以肆无忌惮的那种。在国内，女孩都不敢玩，说太冷了对身体不好，也没合适的伙伴，家人觉得我太疯了，总之就是想去玩一次漂流。对，也想去环球影城打卡。以及没有认识你之前，我就计划好了，课程结束之后买一辆二手车，自驾去一号公路，沿着太平洋一直开下去，开几天，然后把车卖了再回国。欸，你要参与吗？可能不行吧，你还有工作，我都忘记了。"

还没等 Lucas 回答，小琴突然想起 Lucas 在美国是有工作的人，哪能像她一样放肆。

"那你知道我的工作什么时候最忙吗？"Lucas 笑着问，也没等小琴回答，便告诉她，"我是每天晚上以及周末最忙，因为兼做客服嘛，客人投诉和提问比较多。"

"就是现在？"小琴用手指指指地上，此时此刻？

"对啊，现在就是我最忙的时候，你看不出来吧？哈哈。所以我去一号公路是没问题的。"Lucas 很明确就做了决定。

"是完全没问题，还是应该没问题？"

她立刻摆摆手，就当自己没问过这个问题。在国内待久了，她有些不太习惯 Lucas 的表达。Lucas 的表达里就没有"应该""很大可能""争取""尽力"之类的词，行或不行，就代表了他当下所有的情绪。

他就没学着给自己的行为找条退路。

小琴又理解了自己喜欢 Lucas 的理由，她之前觉得他吸引自己是因为幽默，因为干净，因为聪明，这些都是她喜欢的，也是她的交友准则。后来她完全信任他是因为他值得被信任，做事细心。而现在她知道自己为什么那么喜欢 Lucas 了——他如果信任你，就毫不隐藏自己，你不必去猜他每句话背后的意思，他也尽量不让你感觉到困扰。能做到这点的人，似乎只有眼前的 Lucas 了。

"怎么了？"Lucas 举起杯子在小琴眼前晃了晃。

"没什么,我已经想好了下周去干吗了,我们去约塞米蒂国家公园吧。"

"嗯?怎么那么突然就做了决定。好啊。"

"你不是说自己想睡在大自然,看着星空,随便聊些什么吗?"

Lucas 愣了一下,小琴也就尴尬了那么一小会儿。当她听到 Lucas 说想和爸爸一起露营、一起看星空、一起聊天的时候就想着,如果他还想完成这些事情的话,自己一定要陪着他才好。Lucas 的眼睛红了,小琴伸出手摸摸他的头:"你的帽子歪了。"

十三、我们共同的愿望清单

小琴拿出手机给我看她和 Lucas 一起旅行的照片。

一张是小琴在洛杉矶天文台上,用手机闪光灯写了一个巨大的 LA。为了拍这张照片,Lucas 调试相机十几次,终于成功了。

"以前拍照,拍两张拍不好就不拍了,觉得麻烦,也会嫌弃拍照人技术不好。但和他在一起就不觉得麻烦,反而两个人会一起埋头研究哪里出了问题,也不在意旁人怎么看。后来居然成功了,所以我们一起上了帝国大厦,从下午一直待到晚上,就为了拍夜幕下的纽约。你看就是这些。"

一张一张照片滑过,是纽约城从白天到夜晚的转换。

"我和他就在 102 层天台上,看着身边游客换了一拨又一拨,但我们一点都不觉得无聊,就趴在栏杆上,静静看白云飘过，看日光变幻，看纽约的灯一点一点地亮起，照亮整个夜空。这张照片是我俩最喜欢的，我们都洗了出来挂在客厅里。这几张是去波特兰漂流，早上八点就开始漂，一直漂到下午两点，上午温度不到十摄氏度，中午才慢慢回暖。整个漂流只有前五分钟我很兴奋，之后的两个多小时我都在懊恼为什么自己要拖着 Lucas 来玩这个。Lucas 也冷，嘴唇都乌了，还一直跟我说笑话，转移我的注意力。你看到这张没，这是中途路过的悬崖，有十米高，向导问谁有胆量爬上去跳下来。Lucas 为了让我热热身，就主动爬上去跳了下来，他鼓励我也这么做。我真的跳了，整个人掉进水里，冷到不行。大家都为我鼓掌，上了皮筏艇就开始觉得身子暖和起来了。他们每个很重要的景点都有专门的摄影器材，这些照片都是他们免费提供的。你看，我们每个人的表情都很狰狞。"

"噢，这就是他。"

一号公路上，Lucas 开着车，夕阳迎面打在他的脸上。小琴估计想抓拍一张他的侧脸，然后他的脸朝小琴的方向很配合地转过来，一个四十五度角的右脸微微笑着。黑 T 恤外面穿了件棉质的白衬衣，袖子挽到胳膊上，一个黑色的棒球帽，五官坚毅，镀了层夕阳的金边……和小琴形容的一样，像男人也像孩子，坚毅又柔和，萧萧肃肃，爽朗清举。

约塞米蒂国家公园里，Lucas 订了靠近湖边树林里的独栋木屋。

夜间的红杉林起了很重的雾气，湿凉凉的，月光很亮，透过隐约的树影，可以看见湖面泛起的银光。Lucas 将两张椅子放在木屋檐廊上，用木炭生了火，拿了很厚的羊绒毯，加热了两杯牛奶放在椅子把手放饮料的地方。

"你见过月亮落山吗？"

"没。"

"今天带你见识一下。"

"真不睡了？我倒没事，但你开了一天车，明天还有一天，不累？"

"那明天你来开？"

"哈哈，行啊，如果你在车上睡得着的话，我没问题，反正我特意申请了国际驾照还没试过。"

"算了，还是我来吧。你的国际驾照下次用好了。"Lucas很随意地说了句。

这句话说出口，仿佛在半空中触碰到了什么，两个人都不约而同地端起了杯子，各自喝了一口，想要把喉头某个喷发而出的东西给咽下去。

下次用好了。

小琴心里咯噔了一下。

其实她早就想到了这一天，那天她握着Lucas的手，像两个流浪很久的人遇见了彼此。那时她就在想，如果一个人没有进到自己心里，什么事都没有，但像现在这样，总有告别的一天，该怎么办？是提早当玩笑说出来，还是一直不提，等到告别前一天再聊？

越是热闹的相聚，越有惨淡的分别。

小琴和Lucas都在刻意回避这个话题，没想到却在随口的玩笑中被提及了。

其实也不是玩笑，而是心心念念在考虑的问题。没认识

Lucas 之前，对小琴来说，每过一天只是离回国的日子近一天。认识 Lucas 之后，每过一天就是相聚的日子少一天。两个人明明不是恋爱，甚至比牵手更亲密的举动都没有，为何却像心里被挖走了一块。

她在想如何缓解这种尴尬。

又是 Lucas 先开口："感觉咱俩认识就在昨天，怎么时间能过那么快？"

"中国有句老话，和错的人在一起度日如年，和对的人在一起光阴似箭。证明我们的相识是对的！"

"不仅是对的，感觉都是满分的试卷。"

小琴故作轻松地拍了拍 Lucas 的肩膀："没关系啊，以前不来美国是因为没啥理由来，但认识你之后，就可以常来了啊。而且如果你有假期的话，也可以去中国嘛。"

"话是这么说，我不喜欢这种感觉。"Lucas 用胳膊撑着后脑勺，抬头看天，"人和人之间最好的关系就是不用去维系，也能很好。但我和你，如果不维系，就永远也走不到不必维系的阶段吧。不过说这些也没用。"

"Lucas。"

"在。"

"你后悔咱俩认识吗？"

"你觉得呢？"

"那我换个问题吧，你认识我开心吗？"

"开心。"

"我也是。"

"如果你是我弟就好了。"

"你一早不是觉得咱俩是姐妹吗？"

"现在也觉得是。"小琴咬着嘴唇，一副很得意的样子。

"Sunny，你知道为什么我喜欢跟你在一起吗？"

"我好想知道！你快告诉我！"小琴学会了Lucas的语气。

"就是你刚才这样，你让我觉得你不是Sunny，不是小琴，也不是异性，你像我想象中的那个人。就是我可以把从小到大所有的感受都告诉你，你就像当时陪着我一起成长，在我身边的那个人。你懂，你也愿意倾听。如果不是你，那扮演这个角色的就是我自己，但你出现了。"

"你什么时候发现我是那个人的？"

"和新朋友认识都像玩迷宫游戏，以往遇见的人，聊几句就到了死角。但和你，一直在通关，转个弯就是新的路程，看到新的风景。就像此刻，我们坐在这里，森林、月亮、星光、湖水，像梦。这不是我的人生，我也没有这样的兴致，但因为你，我觉得这就是我最喜欢的样子。"

"Lucas。"

"嗯。"

"我有写日记的习惯。"

"嗯。"

"我把每天发生的事写在了日记里，你刚才说的就是我想在告别时告诉你的。我发现人和人之间的关系有那么多种，以前我很肤浅地认为异性之间最好的关系是爱情，但现在我不这么认为，我觉得是爱，没有那个情字。你知道吗？爱这个字在词典里的解释是对人或事物有很深的感情。而情这个字没有解释，它连在爱的后面，只是为了稀释爱的成分。爱情不如爱，情毫无意义。"

Lucas看着小琴轻轻地点头以示理解，听到最后一句忍不住笑了起来："如果不是我，这个世界上应该没有人听得懂这个意思吧？"

小琴耸肩："没事，所以我才写在日记里。日记是我理解自己的方式，也不求其他人理解。"

"啊，你等我一下。"Lucas突然想起了什么，猛地站起来进屋，打了一通电话，又跑了出去。

小琴看着几十米外银色的湖面，森林里的月光把一切都装点得宁静。此刻她是幸福的，有一个人可以让她透透彻彻地把所思所想告诉他，不必猜忌，也不必掩藏。她很清楚Lucas对自己是特别的，自己对Lucas也是。比爱情简单，比友情亲密。

Lucas一脸灿烂地回来了，举着两个钢叉和一大包东西。

"我果然很招人喜欢啊，我忘记去领烤棉花糖的工具了，刚去的时候都被借完了，但是前台小姐姐把她的借给我了。"

烤棉花糖？

小琴从躺椅上噌地坐起来，她从未见过这样的吃法。

"我也是第一次烤，哈哈，如果不是和你一起，我都忘了这件事情。"Lucas把一个钢叉给了小琴，给了她一块棉花糖，"对，放进去，把表皮烤焦就行。啊，起火了！唉，这块不行了，都煳了。来，换一块吧。"

小琴和Lucas围坐在炭火旁，像两个五六岁的孩子，立刻就忘记了刚才的不快。

如果你能遇见这样一个人，是倒数着珍惜还是宁愿从未遇见过?

十四、没有如果没有，也许只有现在

从圣地亚哥到拉斯韦加斯，从波特兰到旧金山、费城，从华盛顿到纽约。

抬头看两千岁的红杉树，在悬崖边听海浪拍打的回响，落地拉斯韦加斯时机窗外的斑斓，西南航空差点弄丢的行李，波特兰漂流时突破天际的喊叫，两个人坐在候机厅的地板上候机，旧工厂里的西餐厅，骑着自行车绕城市一圈，葡萄酒庄的酣畅大饮，开车穿过一号公路太平洋的雾气，迎向未来。

站在9·11纪念广场的方形水池前，四周的人工瀑布形成流水汇入中间的深渊，隆隆的回响中有巨大的别离感。小琴和Lucas站在刻满逝者姓名的墙壁前，一种莫名的伤感涌上心头。

时代广场的阶梯上，年轻人一拨又一拨地拍照合影，每个人的脸上都映着各种大屏幕广告的色彩。还有三天，两个人就要告别，在热闹异常的纽约街头，谁也发现不了小琴和Lucas眼里的不舍。

"你还想去哪儿？"

"随便去哪儿都行。"

"那我带你去我第一次到纽约住过的地方吧，布鲁克林区，挨着布鲁克林大桥。"

布鲁克林大桥闹哄哄的也都是游客。

走了一段，两人找了一条长凳坐下，某种情绪在酝酿。

"那个……其实,我们也不用那么难过。如果我们那么在意告别,那就认认真真告别,认认真真告别是为了做好准备再也不见。所以,我们不必这样,随意点吧。"

"如果太随意,万一真的是最后一次见面呢?"小琴问。

"嘻,我的病是个慢性病,不会突然死的。我会坚持到我俩再见的那一天死的。而且,告别和认真与否没关系,也许未来你会因为真正想认真告别一次而再来见我也说不定。"

Lucas 吐吐舌头。小琴生硬地挤出一个笑脸。

"如果……"小琴说。

"没有'如果',只有'只要'……"Lucas 打断了小琴的话。

小琴也就不再继续说下去了。一开始什么话都直来直去,想让对方知道自己是谁。但此刻什么话都只能埋在心里,就算不说,对方也知道要说什么。从孩子般的交往到成年人的相处,不过短短三个月的时间。

最后两天,两个人吃了四川火锅、泰国菜,每餐都喝了酒,一切像流水般正常。

很识趣地,没有倒计时,只有一起走往截止日期。

小琴离开那天,到了机场,Lucas 帮着小琴看指示牌,看着她换票、托运,问她饿不饿,又在机场的一层找了家简易的汉堡店坐下来。

Lucas 买了两个汉堡,加了两杯啤酒。

他说:"第一次见面喝了啤酒,今天也要喝。"

小琴说:"回去就千杯不醉了。我妈昨天问我这几个月学到了什么,我说学会了喝酒。"

两个人说话像下雨,每滴都不挨着,那么大一片天空,细细密密。

吃完汉堡,喝完啤酒,时间被一直拉扯着,谁也不肯先放手。

"你进去吧,我回洛杉矶的飞机也要到时间了。"Lucas 说。

"嗯。那我走了。"小琴从座位上站起来。

"我送你到安检口。"

"好。"

两个人一前一后走着,一路也没说话。小琴偷瞄 Lucas 一眼,正好撞见 Lucas 看她,两个人都尴尬地撇撇嘴角。

"到了,好快。"

"是啊,好快。"

谁都不知道该怎么办。

还是 Lucas 先开口:"你要进去了,我们就要告别了,最后我们再交换一句话吧?"

小琴沉默了一会儿,然后凑到 Lucas 耳边,略带玩笑地问:"我特别特别想问你一个问题,那我就问咯,你不是弯的吧?"

Lucas 轻轻地笑了笑,左手搭在小琴肩膀上,右手摸了摸她的头:"那我也问一个问题吧,你真的回去就要结婚吗?"

两个人看着彼此。

成年人的世界有些复杂,有些话是问题,也是答案。

"你快进去吧,到了告诉我。"

小琴转身挥手告别,转过通道,然后又透过转角的空隙偷偷地看外面的 Lucas。他看着自己离开的方向发呆了几秒,然后利索地转身朝国内的安检口走去。

小琴靠在角落难过了很久,像身体里突然缺失了一块。

两个人最后的对话像下雨,每滴与每滴都不挨着,那么大一片天空,细细密密的都是遗憾。散场后,他俩说过的话最终都落到了地上,连绵成了一片,像汪洋,翻滚起思念。

我把故事写了出来。

小琴发给了 Lucas。

小琴没有结婚,和 Lucas 约了几个月后去西班牙见面。

我问小琴:"那你们到底是什么关系?最后会成为什么关系?"

小琴说:"以前你问我人与人的关系,我都能回答得很明确。那是因为我们把自己和对方定义在某一种情感里,所以就用那种情感去交往和维系。但 Lucas 和我没有用任何情感去定义,所以我们就像是一片黑暗中遇见的两个人,相互跟随,也没有走丢。你听说过一个游戏吗,叫《风之旅人》(Journey)。我把文章发给 Lucas 后,他说我和他就是在这款游戏中相遇的两个人,只不过我们比那些人更幸运,我们是在现实中相遇。"

我下载了那个游戏,玩了十分钟。我想绝大多数人都会放弃这款游戏吧,你操纵的角色在一个未知世界探险、通关,一路只有你自己,你可以到处逛,到处游荡,我玩了十分钟都不知道自己在干吗。你有很小的概率会遇见别的玩家,彼此不能说话,不能打字,只能发出简单的信号。通过信号,你们可以问候,可以告别,可以一起结伴前行,一切都靠默契。你也不知道对方何时要下线,什么动作代表再见,下一次遇见是何时。我没有遇见过,我只是远远地看着一个山头有个影子,我很惊喜地跑过去,那个人已经走了,就再也没遇见过别人。

但我懂小琴说的意思——在孤独的沙漠里突然出现一个可以结伴的人,什么都不用说,他就是你在这个世界里安心走下去的意义。

成年人之间的爱很复杂,了解了这一句,就会珍惜很多事。

第二章 一个人 可以一个人

如果生活一成不变，
那自己对待生活的态度就要改变。

无聊虽然看起来无聊，
但无聊之后，往往才能有的聊。

人生当中很多事，
只要真的坚持去做了，就会觉得超美。

以前觉得很多人喜欢自己真好，
后来觉得自己能一直喜欢一个人才好。

记得住每一年，又看得到每一年自己的改变，
就不会害怕年纪变大。

谁说精彩的人生都是别人的

二十出头时,我是回答不了这个问题的,因为人生在未来,我只希望人生会如自己的想象,为此,我也愿尽力去做。

到了三十出头,我问自己这个问题,思考了一阵,很高兴地说:"现在的生活真的就如我之前的想象,甚至比我想象中还要精彩。"

我指的精彩是自己算是快乐的,虽然会遇见种种问题,但能想方设法解决,身边也有志同道合的伙伴,总体看起来就挺好的。或许在我二十多岁的认知里,无论男女,一旦过了三十五岁,人就应该变得很压抑,各种人际网、人生大事、人生道路都已标注得清清楚楚,难有动弹的可能。而真的到了这个年纪居然发现,还挺好,还能自己做很多选择,没有成为被动者。

但现在的人生和我理想中的一致吗?

显然不一致。

其实也不怕被笑话,如果需要不假思索地描述,我的人生理想如下:每年能到处旅行,走走停停,有不菲的积蓄,至于多少也不清楚,总之是花不完的那种。除了旅行,要和心爱的人住在人烟稀少、风景绝佳的山谷中,四季轮替,雨天起雾,两到三个孩子,至于工作什么的似乎也不在每日的焦虑之内。春天种下花果的种子;夏天有私藏的阴凉和随时能一跃而下的河流;秋天坐在院子里喝茶饮酒,清晨去采摘想吃的食物;冬天在壁炉边听着喜欢的音乐，隔着落地窗看满山飘落的皑皑白雪，狗子和孩子在楼下嬉闹或在雪地里打滚。朋友们隔三岔五来看我，羡慕我的惬意，我帮他们铺好白色的床单被套……

写起来都觉得很带劲。

但就像在剧本会上我和编剧们彼此常问对方的问题："主人公的设定真棒，但有一些问题我想问，谁如果想清楚了可以解答一下：他的性格是怎样的？什么星座？喜欢过生日吗？他是如何一步一步走到这里的？房子是买的，还是租的？自己起的，是买地自己盖的吗？他的家庭关系如何？当地还有什么亲戚吗？做什么工作养活自己？还是有一笔意外之财？他为什么要选择山谷？他喜欢大海吗？他会做饭，擅长家务吗？如果不擅长，是不是有个当地的阿姨每天帮他？如果他有爱人，爱人和他是怎么认识的？爱人也没有工作吗，跟着他就出来隐居了？两个孩子，是男孩还是女孩，还是一男一女，抑或是双胞胎？孩子上幼儿园怎么解决？之后的教育呢？山谷里哪里有学校？他们有车吗，还是走路出山？如何添置日用品？那个地方能网购吗？整个居住区里还有别的邻居吗？离他们最近的邻居有多远？邻里关系如何？他的父母呢？为何父母不和他住一起？还是父母离开了？那他们老家还有亲戚吗？……"

半秒之后，我放弃了这个理想生活的打算。

想象当然很美好，然而我们却活在现实。

现实究竟有多现实？我回望了自己三十多年的人生，全然没了之前的喜悦，原来我的人生极其普通。

十八岁前，被教育要努力学习，要考上一个大学。我考上了。

上大学，一定要选一个方便找工作的专业，我选了中文系。

很顺利地，大学毕业后我找到了一份电视台记者的工作。

工作两年之后，想出去看一看，也没有离开传媒行业，做了一名北漂，进入了一家不错的传媒公司，从策划岗位做起，中间经历了一次很短的跳槽又回到老东家，就这么连续工作了十五年，换过十二个岗位，成了一个不大不小的管理者。在这样的传媒公司也并没有什么特别，每周一的早晨都是公司例会，满满当当的人挤满大会议室，晚到的人没有座位就站着，迟到的人会被人力记录，按迟到时间罚款。这些年我站过，也被罚过款，以至于到今天，每周一我都要给同事发信息："别忘记，先帮我占个位子，我不想站着。"

在这样的北漂日子里，结束了一个项目，立刻又开始另一个。公司永远在催促：你们的计划呢？你们的年报表呢？你们预计自己的收入是多少？利润是多少？你们是否遵循着公司的末位淘汰制度？你们手上有几个项目？还有什么有苗头在筹备的项目？

好的。好的。好的。好的。

一晃十五年过去，一件事又一件事，老板依然那么拼，同事跳槽、离开、回来，或在另外的合作项目中遇见，连感叹都免了，一个心知肚明的笑，这不就是我们的人生吗？

除了工作，聊聊人生。

北漂时的前三年，天天加班到深夜，不是觉得朋友不重要，而是忙到不需要朋友。我妈问我什么时候回湖南工作，我说快了，让我再看看外面的世界。过了第三年，我妈认为我还没看够北京，就帮我攒了一笔首付，帮我在北京四环外买了一个六十八平方米的一居室。

二十七岁那年,我咬牙贷款买了辆自己喜欢的车。

三十岁,存款不超过十万,那年的生日在一家小小的湘菜馆,本想着和几个朋友胡乱闹一下就迎接新人生,没想到喝醉了,拍了不少出洋相的照片。前几天看到那些照片,有些朋友已经好几年没有见了,最大的变化是我们还死扛在北京,而那家总给我们预留小包间的湘菜馆倒闭了。

以前天天盼着双休日,现在双休日不敢休息,知道自己要做什么事,不做完就永远没人帮你做。在公司负责过一个项目又一个项目,熟悉了一批又一批导演和演员,然后因为各自有了下一个项目,从每天见面到不再见面,到朋友圈偶尔互动,最后大家逐渐失去了联系,就好像什么都没有发生过,唯一的交集就是电影片头或片尾写在一起的名字。

这样的生活有趣吗?

就这么被我写下来真是超无趣的。

无趣的生活中,总得找点乐子吧。

我开始喜欢上看外国电影,初衷并非真喜欢看电影,而是喜欢看国外的样子,就好像自己躲在出租房里打开任意门真的去了一趟。

睡前看书,尤其爱看有很多地点的书,我曾买过一整套带图片的彼得·梅尔的"普罗旺斯"系列书,很贵,但我就喜欢。看着那些地点、那些图片,然后在心里描绘一张地图,想象自己在那里生活,跟着主人公从农场走向一整片薰衣草田,在山顶呐喊,用尽全身的力量去摆一个很潇洒的姿势。你看,我征服了普罗旺斯,我过上了最棒的田园生活,哪怕只是在图片里。

合上书，我清楚地知道，我一年待得最多的地方不过是首都北京和湖南郴州，一个是我这些年必须拼搏的地方，另一个是生我的家乡。

无聊的日子里，总得给自己一点希望吧。

三十三岁那年，公司告诉我，我有可能通过人才引进申请到北京户口，让我准备材料。我在各个地方开各种证明，搞得精神焦虑，然后立刻安慰自己这是一件多好的事啊，都说对子女有好处，虽然我还没有子女。当然，最后我也并没有被引进。

到了这几年，我又被告知可以参与到积分落户计划里，每年我都计算一遍自己的分数，虽然最后总在还差几分的懊恼中继续期待着第二年。

这些都没跟人说过。

开证明开到想放弃人生时没有。

被告知我的稿费纳税不算我的个人劳务纳税，很抱歉不能给你算分时也没有。

嗯，人生，可能就是这样。

年轻的时候想浪迹天涯，却迈不出半步辞职的步伐。谁养家？谁对未来的自己负责？想一掷千金，却在买一张去外地的高铁票时都要纠结是一等座还是二等座，买张打折的凌晨机票也行，然后心里再衡量一下，自己都那么辛苦生活了，是否还要继续在旅程里委屈自己？

绝大多数的人都像我这么想过吧。以为自己的人生能不一样，在悬崖边充满斗志地一跃而下后，并没有被风吹到有秘籍的山洞里，而是变成了自由落体，随时都有可能啪嗒一声——那是人生被盖章，被盖棺论定的声音。

一直闭着眼睛面对生活，你的生活就是等死。

稍微调整姿势，睁开双眼，去改变一点点空气流动的方向，也许本该落到水泥地的结局就能因此变成落到泥潭，甚至可以压出很漂亮的水花一头扎入海洋。

有个同事因为热爱电影，所以就进入光线做了字幕翻译，把电影字幕翻译成英文发行到海外。因为英文真的不错，脑子又好使，所以就一边翻译英文一边帮同事对接海外发行公司。后来，负责海外发行的同事离职了，公司暂时招不到人来接这个岗位，就把海外发行的工作交给了她。又因为在对接工作中极其认真，就被公司其他项目负责人挖过去做电影执行制片人，从头开始学。最近又与电影《哪吒之魔童降世》的监制一起去参加了奥斯卡，比公司绝大多数同事先圆了参加奥斯卡的梦。她在年会上说："我很喜欢现在的生活，虽然似乎一眼能看到头，但我知道只要我努力去改变一些什么，时间长了，这个弯度一直持续，将会画出一个更大的弧线，我的人生自然就能变得不一样吧。"

三十五岁那年，我去美国学了四个月英语，结果我的语法依然没有多好，但唯一的改变是敢说、敢比画了。回来后接受了一个采访，说起学英文的感受，我分享了一段："在国外，没有人在意你的口音有问题，也没有人嘲笑你的语法不准确。单词用错了，只要你努力表达，沾点边，哪怕全是肢体语言，外国人都听得懂，他们都会很热情、很乐意帮你。可以前在国内，只要我说英文，周围的人就会说我发音不标准，语法有问题，搞得我心理压力特别大，慢慢地就不敢说了。语言是用来交流的，不是用来炫耀准确度的。国外人都不嘲笑你，为什么要害怕国内人的嘲笑呢？我们会嘲笑一个外国人普通话说得不好吗？对方敢说，我们就很开心了啊。"

　　这一段采访后来被一些学英文的网友看到了，有的是学生，有的是参加工作的公司职员，他们有人给我留言、发私信，说他们以前和我一样，怕被人瞧不起，现在根本不怕了。那一刻，我突然也意识到一个问题，正因为大家都处于某种惯性生活之中，明明不舒服，却不知道做出哪些改变能让自己明朗起来。是因为懒吗？我觉得不是。是因为想不到吗？我觉得有可能。但这个想不到也绝不是没想过改变，而是不知道自己改变后的人生能那么精彩。没有好结果的诱惑，以至于不相信未来会更好。那句老话还是很有道理的：我们到底是因为看到了好结果才去坚持，还是因为我们的坚持才得到了好结果？

　　我妈前些年牙齿坏了好几颗，还掉了一颗，所以每次笑的时候，都会下意识地用手挡住嘴巴怕被人看到，但她越是用手捂嘴，越是引人注意。更有意思的是，我妈是一个笑点极低的人，无论别人说啥，她都喜欢笑，所以有很长一段时间，我妈的右手几乎就缝在了嘴巴上。我强烈恳求她去整牙，她都拒绝，一会儿说怕痛，一会儿说太贵，一会儿说年纪大了，到时候又要全部换成假牙……总之理由一套一套的，关键是每一个都还挺能说服我们的。

　　学英文后我意识到一个真相：能解决的事绝对不要拖，解决不了再说。我帮她约了医生，告诉她我付了钱，她不去，也不会退钱。了解我妈的人都知道，只要跟我妈说"不退钱"这三个字，你让她学跳伞都行。妈妈去了，医生检查之后说修几颗、换几颗、补一颗，其他都没问题。弄完之后，一开始她还会用手捂嘴，后来慢慢地，大概也意识到牙齿很整齐、很好看了，终于解放了右手。现在她笑起来就很自信，我问她："当初不是还不愿意弄牙吗？"她想了一下说，没想到弄完之后整个人那么美。

人生当中很多事，只要真的坚持去做了，就会觉得超美。

我也是在朋友的建议下，开始做了一些改变。

比如我这些年要么不买衣服，要么就买很多，其实也是懒得再花时间。朋友说你疯了吗，买那么多，我就安慰自己说是为了以后参加活动穿（写到这里的时候，自己忍不住笑了起来，因为每天工作忙得要死，根本就没法参加什么活动）。而那些衣服放在衣柜里，标签都没时间扯掉，每天依然是白T恤、黑运动裤、一件外套、一个帽子去上班……

前段时间，有朋友来家里看到我那些从没碰过的衣服，觉得太可惜了，就说你必须每天穿一件不同的，然后自己搭配，最好的方式就是每天给自己拍一张照片，坚持一个月，看看有什么不同。我觉得朋友说得有道理，就尝试着去做。前两天几乎放弃，一周之后，我突然觉得每天穿不同的衣服上班真的令人心情愉悦，而同事也总问我："今天是要参加什么聚会吗？"一开始我有点尴尬："没有啊，我就是想穿认真一点。"被问了很多次才知道，因为我真的让他们觉得认真了，所以总是被问这个问题。无论别人怎么想，起码我觉得自己每天的日子都充满了仪式感，以前躺在衣柜里的那些衣服也终于拥有了自己的生命。

类似的事还包括，因为我喜欢听歌，所以花了一整天时间在家里每个房间都安上无线音箱。那种感觉太奇妙了，早晨起来洗漱，做早餐，走到任何地方都有音乐，一下就让我的清晨也变得美好了起来。

出门前，喝一杯黑咖啡，心情超愉悦。

每天中午午休半小时，下午效率超高。

每年约很会拍照的朋友出去旅行，多请他们吃几顿，换好多好看的照片，发微博也很有动力。

和两个朋友定期交换自己看的书，然后点两杯酒，聊聊书里的内容。

我想不是每个人的人生都能活得像个传奇，我们能活成一本算是精彩、有些细节的日记就很不错了。毕竟，大多数人的人生都是这样，上班，下班，养活自己，照顾家里。但我们依然能把人生搞得很精彩不是吗？

活得平凡，但能过得不平凡。

过得平凡，但也能活得不平凡。

别人的精彩终归是别人的，回归到自己身上，如果明天开始，你变得幸福了，这才是属于你的，真的。

重看了一遍，觉得自己在用各种方式给自己找乐子。

如果生活一成不变，那自己对待生活的态度就要改变。

前两天看了一部纪录片《最大的小小农场》，说的是美国一对夫妻领养了一条狗，因为狗每天都叫，所以一直被投诉，房东也不让他们续租了。他们商量之后就决定租一大块地，开一个农场，从写计划书，到发起众筹，找投资人，找合伙人，真的租下了一块一千二百亩的地。纪录片就是从第一年一直拍摄到了第七年，肉眼可见农场和物种的变化，每年遇见的生物链上的灾难，但你也看得到那条狗从小到大，到老去，再到这对夫妻有了自己的孩子。纪录片看得我心潮澎湃，半夜推荐给朋友们看，第二天我们聊天的内容就变成了"怎么办，好想开农场"。

看《孝利家民宿》，就很想在风景好的地方开一个民宿。

看《咖啡之友》，就很想在橘子园开一个咖啡馆，手冲咖啡给大家喝。

看《地球脉动》，就想辞职去世界各地旅行。

看《小森林》，就想去农村住上一年，记录一年四季春夏秋冬窗外的风景。

看《富豪谷底求翻身》，就想从现有的轨道上下车重新创业，试试自己的能力。

没有梦想何必远方，但梦想太多也是灾难。

只能把种子埋在心里，任它生根发芽，当有一天时机到了，也许它已经在心里郁郁葱葱一片了，然后再告诉大家说："嘿，我打算去干一件有趣的事情咯。"

这样想想，倒也觉得合适，不必因为冲动而做出错误的选择，就放在那儿，如果真的是心心念念的事情，它也一定会被你的偏爱滋润得拥有自己的雏形。

而在这些之前，可以做的就是让不够飞扬的此刻变得有趣。成为一个有趣的人，才配拥有未来更有趣的人生，不是吗？

记录是一件有趣的事——我的 54 套穿搭分享

原来奶奶是那么厉害的女人
——写给九十一岁的奶奶

一、奶奶应该在看着我吧

奶奶走了，九十一岁。

几年前外公走的时候，我在公司的小酒吧大哭了一场。

小姑给我打了电话，我挂断，说在开会，发短信。

小姑发微信给我："奶奶走了。"

我看着微信，默默地关上，我以为我会哭，但是我没有。

交接了一些工作，订票，跟同事说起时也很淡。

在高铁上，我发信息问朋友："为什么我都不难过？一点都不想哭，我是不是有什么问题？"

飞机转高铁再转汽车，晚上十点，我回到了祁东老家村子。

路上问小叔叔："为什么我一直没哭？奇怪……"心里更多的是愧疚，如果奶奶知道她走了，我都不哭，她会很难过吧？毕竟小时候，是她一直带着我。

奶奶生了七个孩子，带大了四个。爸爸本是老三，后来成了老大。因为爸妈医院工作忙碌，小时候我跟着爷爷奶奶在桂阳县荷叶煤矿生活了很长一段时间。

奶奶很宠我。清晨五点起来，去菜地摘菜挑到市场去卖，下午回来，卖得一元几角，就会偷偷给我那几角："婆婆给你的，不要告诉爷爷，不然爷爷会骂人。"

为了报答她，我常跟着奶奶在送煤矿的路上捡货车上散落下来的煤块，一小块一小块，手和脸乌七八黑也不管，一个上午能捡一大筐。

也是从那时起，我养成了一个坏习惯——每次吃饭都不好好吃，我知道只有这样，奶奶才会给我去做一碗面，上面会放我喜欢吃的油渣。

这个习惯一直延续到2007年。那年我弟考上大学，大家一起庆祝，我也专程请了假回家。看见奶奶从车上下来，我很开心，可是我发现奶奶已经不记得我了，经人提醒才从记忆深谷里唤出了我的名字。

那是我第一次接触到"老年痴呆"这四个字。

我知道是因为自己常年在外工作，淡出了奶奶的生活，也就率先被奶奶的记忆藏起来了。

就在奶奶还记得我的那个春节，全家团聚，坐在旁边烤火放空的奶奶突然站起来对我说："同同，想吃面吗？奶奶去给你做一碗。"那时她七十八岁，手脚已经不利落，我明明可以说"不用"，但偏偏说了"好的"。

家人都觉得我不懂事，我也觉得自己不懂事。

但我看奶奶一个人坐在火炉边放空的样子，想着也许再也吃不到她给我做的面了。所以当奶奶摸索着走进厨房，我也跟着进去，拿出相机，一张一张地拍着。

"那么多菜，为什么你非要吃这碗面？"大家都不理解。

我在心里对自己说："一生吃了那么多碗奶奶做的面，这恐怕是最后一碗了。"

奶奶把面递给我，上面放了很多肉，但忘记了放油渣。

我知道，以后是真的吃不到奶奶做的面了。

我接过那碗面，拍了一张照片。

奶奶给我做的最后一碗面，《谁的青春不迷茫》中有一篇文章叫《人生的一碗面》，写的就是这件事。

进了村子，家里亲戚朋友都在守夜，分了好多桌在打牌。

爸爸看见我来了，带我去上香。

看见奶奶的照片，我还是感觉不到奶奶走了。跪在那儿，心里跟奶奶说了好些话，站起来。姑姑们说："咦，同同居然没有哭。"

我说："你们不也在打牌吗？还那么大声，不怕吵醒奶奶吗？"

如果奶奶听见我们的对话，应该觉得又气又好笑吧？

我看爸爸很平静，不敢问他哭了没。他可能会像《请回答1988》里德善爸爸那样，扛过所有事情后，才会一个人哭得不行吧？

朋友发来微信:"哭了吗?"

"没有,怎么办?"

"你和奶奶没感情?"

"感情很深,但就是哭不出来,也不知道是不相信,还是不难过,我真是很自责。"

我心里很忐忑,万一奶奶连这个信息都能看到,会不会觉得这个孙子也太蠢太薄情了?

为了陪奶奶,亲戚们围在一起打牌,我怕自己睡着,也打了起来。以前我不和亲戚打牌,因为老输。奇怪的是,那晚我一直在赢。

我坐的位置正对着奶奶的相片,所以后来每次一赢,我就侧着头对奶奶说:"谢谢奶奶啊,又保佑我。"

大家都笑了。

一家人热热闹闹的,像过年一般,奶奶的照片放在那儿,就如往常她一个人坐在旁边静静地看着这个她一手带起来的家。

二、爸爸的朋友们

第二天上午开始,陆陆续续来了很多人,很多认识的叔叔伯伯,都是爸爸年轻时的朋友。

老家很远,开车进山很容易迷路。看见那么多朋友来了,爸爸的眼眶红红的,和他们握了手,也不知道该说什么,好像多说一句就会哭。

爸爸的朋友们走到奶奶的遗像前,磕头上香,说着往事。

我跪在旁边，听他们说着当年的那些事，突然就哭了起来。

有叔叔说谢谢她生了爸爸，爸爸是个好人，对他们很好。

有叔叔说谢谢奶奶，他去过奶奶家，吃过她做的菜。

有人感谢奶奶在爸爸年轻时，特别照顾他的这帮朋友，就当是自己的小孩一样。

原来奶奶对那么多人那么好，如果她看见爸爸的那么多朋友为了她赶过来，应该也会很开心吧？开心爸爸交了那么多好朋友，开心自己并没有被人忘记。

第一次哭是觉得奶奶很厉害，她能把所有人重新聚到一起。

中午吃饭，爸爸给朋友们敬米酒。

一位叔叔说："你不要太难过了。"爸爸说："我不难过，我妈前半辈子苦，但后半辈子过得挺好的，无病无痛。早上醒来还是好好的，坐在椅子上安详地离开的。"

爸爸去招呼其他人，大姑也来爸爸的朋友们这边敬酒。他们说都是看着大姑长大的，那时大姑还在高中篮球队打篮球，像个假小子。

大姑说："现在我也像个假小子。"然后给各位敬酒。敬着敬着，大姑突然就哭了，连声说："谢谢你们来看我妈，我和哥哥还有弟弟妹妹都谢谢你们，这么多年了你们还在。"

外公和爷爷走的时候，我都没赶上。我一直以为老人走了，大家都会很沉重、很伤心，但在奶奶这儿，我看到更多的是暖意，来自大家对奶奶说的话，和爸爸的聊天，大姑和爸爸朋友们说的那些话。

厉害的奶奶把所有的人又聚在了一起，回到了几十年前的模样。

三、爸爸的背影

家乡的葬礼有风俗。

爸爸是长子，排在队伍最前面，捧着奶奶的照片，然后是小叔叔、姑姑和其他长辈，我们这些晚辈都跟在后面。

到了时辰，大家听着老人的指示逐一上香，排队走到村口，对着空旷的山里跪下来，听老人们一边撒粮，一边唱经文。

夜晚村子风很大，寒意四下逃窜。

老人的吆喝声一层一层叠在黑暗之上，小叔说这样奶奶不会挨饿，能找到回家的路。

我看不见爸爸的表情，只能看见他的背影，走几步跪下来，走几步跪下来。我想，当年爸爸就是在这里出生的，奶奶在这儿给了他生命。现在爸爸又在这儿送奶奶离开，也算是一种圆满。

远远地看着爸爸，很想过去陪在他身边。我失去的是奶奶，他失去的是妈妈。三天里，爸爸作为家里的主心骨，安排所有事情。偶尔眼眶红，但很快就恢复了平静。事实上，太多事情要处理，很多亲友要接待，也没有更多时间让他难过。直到最后，送奶奶离开之前，主事的老人念了爸爸写给奶奶的悼词。跪在爸爸后面磕头的我，渐渐听不清老人在念什么，爸爸压抑的哭声越来越大，几乎盖过了老人的声音。

全家人都绷不住了，哭声连成了一片。

念完这些，就再也见不到奶奶了，她的一生浓缩在三十分钟的悼词里。

老人说了一些老家话，我并不是听得很懂，却能从一个一个词里重现奶奶的一生。

我一直觉得奶奶是贤惠的,但听了爸爸写的,才发现奶奶真的很厉害。

奶奶的故事从1928年说起,少年成长,与爷爷相亲,结婚生子,爷爷去外地煤矿下井,一份微薄的工资要养活全家十几口人,奶奶一边做着各种零工一边维持这个家,每一步都走得艰难。

爷爷最小的弟弟和爸爸年纪一样大。1960年,他俩都九岁,生活很苦,村里很多人家都吃不上饭,爸爸和小爷爷都在长身体,奶奶不仅要照顾爸爸,还要带着爷爷的弟弟妹妹,于是一整天什么都不吃,全留给大家,自己挨饿……

爸爸小时候半夜生病,奶奶怕爸爸扛不过去,连夜背着爸爸走路去几十里外的镇上找医生,赶到镇上时天已亮了……

每件往事都是当事人成长深处的烙印。

奶奶拼尽了全力去保护这个家的完整,用命去交换每个人顺利地长大。

我想此刻的她,应该是欣慰的吧?

那么难的生活里,爸爸五岁就跑到爷爷工作的地方自己找吃的,不给奶奶添麻烦。十六岁就在药房学抓药,慢慢发现自己喜欢医学,就开始自学,跟师父临床,努力读书考大学,去上海瑞金医院进修两年,拜各种老师学习中西医,后来成了厉害的做手术的外科医生、主任。在学校教学,一点一点从初级到中级,从副教授成为现在依然在医院问诊和在学校上课的教授。

记忆里,每每提到奶奶培养了一名大学医学教授时,她都很开心。其实她根本没有那么大理想，爸爸说："我老娘能让我们健康长大，就是她最大的目标了。"

记忆里，爸爸只哭过两次。

一次是我三十岁那年，依然在误解他当年不让我学中文，非要逼我学医时，他哭了。他逼我学医，因为只有这样，他才能像个爸爸一样保护我，就像当年奶奶死命保护他一样。

第二次就是送奶奶走，他哭成了一个小孩，号啕大哭。

其实，就算他回到五岁，以我爸的性格都不会这么哭。

他要跟妈妈说"再见"了。

不哭，就再也没有机会了。

四、爸爸也在假装自己是个大人

爸爸在送亲朋时，我问妈妈："爸爸之前哭了吗？"

妈妈说："这几天除了最后和奶奶告别时，都没哭。"

"那爸爸还挺坚强的。"

"想起来了，他接到小姑电话说奶奶走了的时候，拿着电话哭着跟我说：'我妈妈走掉了。'"

时间过了一年多，我和几个朋友在家吃饭，不知怎的说起了各自奶奶做的那些好吃的。一个朋友说，奶奶走之前得了阿尔茨海默病，忘了所有人的名字，就只记得他。他从小就喜欢吃奶奶做的糖醋蒜，刚上大学那会儿，奶奶已经发觉记忆力开始衰退，做糖醋蒜时总是会忘记放一两种调料，所以干脆买了好多罐子，每个罐子都放好多蒜，一个罐子一个罐子开始腌。朋友回家看到这么多罐子，妈妈告诉他："如果哪个罐子不对就别吃了，总有对的那个。"这时奶奶已经无法完整说出一句话，只能笑一笑。奶奶走了之后，无论罐子里是什么味道的糖醋蒜，他吃得都小心翼翼，因为害怕吃光了。

我跟大家说，奶奶走的时候自己哭不出来，打麻将守夜时还跟她开玩笑，好像奶奶还没有走，又说奶奶做的面很好吃，我还拍了很多张她最后一次给我做面的照片。说着说着，我说不动了，突然大哭起来，根本止不住。

我突然意识到，奶奶真的已经走了。

我一哭，其他朋友也绷不住了，几个大小伙子哭成一团。

然后，我们互相看着对方，又忍不住笑了起来。

如果几位奶奶知道孙子因她们又哭又笑，应该会被笑醒吧……

突然长大的记忆

我刚工作没两年,就帮领导去面试新人。一方面他们总是很忙,觉得面试有些浪费时间,行不行在工作中很快就能试出来。另一方面是我总会提醒他们:"我们是否能招 A 性格或者 B 性格的人?C 性格也行啊。"他们也都很尊重我的意见,所以也忘了具体从何时开始,领导就会跟我说:"欸,刘同,下午你帮我去面试一下新人。"

面试是一个很令人兴奋的过程,尤其是在媒体行业,你太容易找到志同道合的人了,有时面试没多久,就会和面试者聊到飞起来,很希望对方立刻加入我们的团队,以至于 HR 总是提醒我:"刘同,你能不能稍微矜持一点?"

所以到今天,只要我觉得我很喜欢谁,就不再提问了。显然,我会越问越失态,让人觉得我们公司特别不矜持,很浮夸……但我又很想继续了解这个人,于是我就把问题交给对方:"你有什么问题想要问我们吗?"

我常把一句话挂在嘴边:"以前觉得看一个人成熟不成熟,要看他是如何回答问题的,后来意识到,看一个人成熟不成熟,要看他是如何提问的。"

可能各种面试的教程太多了,所以教人如何回答问题的方法也多种多样,充满了伪装。但教人提问的教程不多,所以我特别喜欢听人提问。

问的问题太傻,证明对方没自己想象中稳重。

问的问题太少，证明对方思考也很少。

问的问题有逻辑错误，证明这个人还没有形成完整的思考逻辑。

不过，我遇见过最古怪的提问，应该是柳岩的经纪人小张同学。

他那时刚从中国传媒大学毕业，特别聪明，回答问题也快，东西也写得好。我实在怕继续问下去就会当场对他说"你放心，如果 HR 不要你，我跟他们拼了"之类的话（真的，做业务的人最害怕 HR 对业务人员提出反对意见）。于是我就问他："请问你还有什么问题问我吗？"

他说："我其实特别想问你一个问题，但我怕我问了，你会觉得我有神经病，然后淘汰我。"

这种提问技巧简直让我头晕。

我当然立刻表现出极大的好奇和兴趣："不会，不会，你随便问，我想看看你的问题到底有多神经病。"

我真的很想知道他对自己的定位是否准确。

他说："呃，你身上这件玫红色毛衣真的好好看，颜色好正，是哪里买的，贵吗？我也很想买一件。"

我吸了一口凉气，告诉自己："他真的好合适做经纪人哦……真是又贱又跳跃又让人开心。"我告诉他这件衣服的牌子和价格，好像也就两百多块。

他立刻说："算了，算了，买不起，买不起，很好看，如果我获得这份工作我可能会奖励自己一件。"

我真的恨不得当场告诉他，你离开光线就可以去买一件犒劳自己了。

他进入光线之后先是在经纪部做宣传,练习拍照和写稿,慢慢地就转行成为执行经纪人,带主持人参加活动对接流程,再慢慢地成了柳岩的大经纪人,开始和柳岩一起打拼。

我也有过一次类似的经历,但那时我已经毕业四五年,刚被公司调入广告部工作,职位还挺高的,副总经理。

领导让我好好思考两天,然后找她。

我完全不懂这个行业,但周围很多人告诉我,谈广告一定要懂得搞关系,而且这个行业很黑,你一定要知道怎么收买别人,知道怎么谈回扣。

我觉得自己十分纯良,完全不会搞这些,所以很讨厌这份即将到来的工作。在找领导之前,我把所有令我困惑的问题都写在了笔记本上,满满当当将近五十个问题。现在想起来,真的蠢到家了。

我的第一个问题是:如果别人问我要回扣,我要给他们多少合适?这可能是我人生智商、情商最低的阶段……果然,领导一听第一个问题居然是这个,抬起头认真地看着我。"我觉得你太可笑了。"然后劈头盖脸把我一顿骂,"你知道我们所有节目的收视率吗?你知道我们每个节目都有哪些广告形式吗?你知道我们的报价是多少吗?你翻阅过我们以前成交价格的合同吗?你知道哪些客户对我们满意或者不满意吗?你知道什么是补点收视率吗?我们的广告形式和其他媒体的节目比起来陈旧吗?我们需要创新吗?你从节目部调入广告部,公司是希望你创新的,然后你第一个问题是你要给别人多少回扣?你脑子坏掉了吗?"

我被骂蒙圈了,还有点不服气:"可我周围那些做广告的朋友都是这么告诉我的啊。"

"那你以后少和这些人交朋友,他们告诉你的都是什么歪门邪道?你还有什么别的问题吗?"

我偷偷看了一下自己的本子,第二个问题是:"请客吃饭的标准是多少,多少钱可以报销?"

我很清楚,如果我说出来,应该马上就会被领导扔到窗外去。

"没了,没了,您刚才说的那些问题确实很值得我思考,我重新规划一下未来,有问题再来问您。"

说来也奇怪,被这么教训了之后,我突然想通一件事——刚才我所有的问题都是走投无路之后的办法,潜意识里总觉得自己的广告卖不出去,不吸引人,所以才会有那样的想法。但其实,在走投无路之前,我还有几十、几百条别的路可以选择,让自己不必走投无路。

这个客户条件谈不拢,是不是可以找找他们的竞争对手也问问?

这个方案不行,是不是可以想出更吸引客户的方案?

客户对我们的明星不满意,我们是否能找到让他们更满意的明星?

一切问题都能从正面思考找到解决办法,人也开始主动了起来,不再看别人的脸色。就像今天面试时,有个新同学问了我一个问题:"你现在还想跳槽吗?"

我笑了,答案是不想。

但这个问题也困扰了我多年,如果不是他问起,我都忘记了自己曾有一段那么奇怪的时光。大概是从刚参加工作到工作第十年，我一直觉得，笃定地觉得，一个人如果能被别的公司挖，被猎头公司打电话挖，证明这个人很有价值。因为只要有人挖，就证明工资会翻番，证明有存在感，证明未来有无数可能性……而我，特别奇怪的是，几乎没有公司来挖过我。

后来，我和老板越来越信任对方，我问她："我一直很困惑，为什么没有人挖我？"

"你很失望吗？"

"对啊，感觉自己挺没有价值的。"

"没有人挖你，可能是因为你的价值更大。"

我没听懂，只觉得老板果然是老板，说的话真的很深奥。直到有一天，想起大学时一个要好的女性朋友跟我说起她的前男友，我想通了。

她前男友很帅，家境很好，运动学习都很厉害，很多人喜欢，但她却说这个男孩不值得爱。我以为她是谦虚过了头。她接着说："我不否认他很优秀，但他不值得我爱。因为他常常会告诉我，他又收到了谁的告白，谁对他有好感，一直在暗示我，如果他不和我在一起，他有很多的选择。我觉得他实在是太幼稚，一个人只有让你感觉到他死心塌地，他才值得被爱。不然，你对他所有的爱都很有可能泡汤。很多人不优秀，但值得被爱，因为他们专一。很多人优秀，但总给自己留很多退路，他们也不会在一个地方扎下太深的根，因为他们随时准备离开。再说了，即使很多人说喜欢他，是真的喜欢吗？只是感兴趣吧？很多人要和他在一起，只是为了尝试一下在一起的感觉吧？如果你和一个随时会离开的人在一起，每天都提心吊胆，这种人再优秀也不值得你浪费时间。"

大学的我对感情这回事也是一知半解，没受过什么伤，也结不出什么真正的盔甲伤疤。直到我把老板说的话和她说的这段话联系在一起，突然就明白了——如果一个人总是以有很多退路来作为炫耀的话，这个人本身就不安定。一个难以安定下来的人，可以一直用新鲜感来吸引人，一两次还好，三四次就真的会被嘲笑。

十年前，公司空降了一位管理者，各方面都特好，同事也都特喜欢他。后来听说他两年内已经换过三份工作，每份都只是半年，大家就觉得这个人有点怪，但如果工作做得好，也不会往心里去。

没过一年，这个人果然离开了，又跳槽去了另外的公司。同事们说起来还觉得有点可惜。没过半年，这个人又跳槽了，换的工作越来越奇怪。同事们也根本懒得提了，"那是一个跳槽怪"。

现在和朋友聚会，一般说到"他和他爱人在一起十几年了"，大家就会特别羡慕，说到"他是我最好的朋友，我什么都会跟他说"，大家也很羡慕，说到"他在这个行业中做了十年以上"，大家会敬仰。随着时间推移，专一、持续、认准一条路的人反而会更让人尊重。过去十几年在光线，我也想过跳槽，后来想明白了，我想做的事情在光线能做，但我没做好，换个公司，依然还是要做同样的事，那换工作的意义是什么呢？

人都是在反复中成长，也总是在自我否定中重生。推翻以前坚信的东西不是容易的事，能记住并以此提醒自己，似乎就显得更为重要。就像前面说到的，以前觉得自己很会回答问题，后来才知道学会在什么时机提出最好的问题才更好。

以前觉得很多人喜欢自己真好，后来觉得自己能一直喜欢一个人才好。

以前觉得自己可以去很多公司才好，后来觉得自己能在一家公司成长，看着公司越来越好才好。

以前觉得写东西一定要写一个故事才好，现在觉得只要能记住什么，并立刻写下来让自己在文字里反刍一圈回忆，才是真好。

因为最近和公司发生了一些矛盾，哈哈哈哈，导致自己工作起来内耗太大，正在尝试着和公司沟通去解决。本想改这篇文章的，但看了一遍之后觉得也没错，跟着一家公司一起成长，一起变得越来越好肯定是好的。如果无法继续走下去，一定是有一方出了问题，无论是自己出问题还是公司出问题，对自己而言都不算是好事。

人的想法会随着时间改变，但底色不变就好。

我们的人生真的有很多看不见的黑洞

这个城市有很多陷阱，一不小心整个人就会陷进去，很难脱身。

所有写着"跳楼价""打骨折""商家破产倒计时"的门店是为我妈设的陷阱。而所有贩卖"皮制"商品的地摊就是我爸的陷阱，也不知道他为什么那么喜欢牛皮的、猪皮的、羊皮的、马皮的、蛇皮的东西。真懂倒还好，他鉴别皮制品的方式只有一个，放在鼻子底下使劲闻，而且，还会逼我闻。

所以，每次遇见这两种店，我都会赶紧带他俩绕道，不然我也会被拖垮。

我也有自己的陷阱——超市。我并不是常去超市的人，但只要看见了超市招牌，整个人就会莫名其妙地被吸了进去。大超市不用提，屈臣氏是暴击，连路边的全家、罗森、7-11 都能让我心跳加快。

我的好奇心很重，一进超市，就喜欢研究，什么都想买来试试。洗发水柜台的阿姨最怕回答我的问题，她们常问我："你是干性头发还是油性头发？有脱发困扰吗？染发吗？需要修护吗？"一连串问题之后，我会很严肃地看着她们："哪一款最好闻？"

我太喜欢买新鲜玩意儿了，以至于常常会在家里发现一个写满外文，却完全忘记是干吗用的东西。唯一能看得懂的是……噢，又过期了，扔了吧。以前看过一个说法，喜欢买东西的人是因为焦虑，购物可以释放压力，缓解情绪。当时觉得挺有道理，因为新鲜感可以打败苦闷，于是就买啊买啊买。可无论那东西多贵,当时多喜欢,买回来用一段时间也就没什么兴趣了。电子产品也好,服装也好,背包也好,都一样。

我意识到,我买东西只是为了新鲜感,与这个东西有多好,多实用,多划算,一点关系都没有。我把钱花在了新鲜感上……原来是我自己败家。

不过,我立刻又从另一个角度说服了自己——有了新鲜感,人生才有动力,才有更多力量去挣钱养家糊口。我相信很多人都是这么对自己说的,唯一的原则是希望我们挣到的养家糊口的钱要远远多于为了新鲜感买买买所花的钱。

写到这儿,突然想起一个同事小北。她是我们另一个子公司的总裁,每天都要从淘宝上买各种东西,她的办公室全是快递——没有拆过的快递。她的病比我严重,我是要用一段时间才会腻,她是下完单就腻了。我真为她的未来感到担忧啊!

不过话是这么说,我也对自己很好奇,别的稀奇古怪的东西需要新鲜感也就算了,明明很多东西是生活必需品,每次我却也能扎进货柜里花很多时间重新研究一番,仿佛是第一次使用它们。我都快四十岁了,不说人生过半,起码也早就应该拥有了自己的价值判断才对啊。

肥皂永远用不一样的,餐巾纸一直用不一样的,洗发水囤了快十种品牌。就拿牙刷来说吧,我用过软毛的、声波的、3D蓝牙的、宽幅大头的、红点设计款的、炫黑丝柔的、全方位深层清洁软毛的、微纳米小头的、防出血小头的、无印良品极细毛的……说实话,光对比它们就浪费了我很多时间。对了,我还用过一种叫草本活力的微笑牙刷,挺贵的,但回想起来,根本说不出它们的区别是什么。洗发水是,沐浴露是,洗手液是,护发素是，卷筒纸是，洗衣液是，衣领净也是……每次都买不同的，就在各种品牌中挑选确认沉沦迷失。

我是什么时候意识到超市对我是个陷阱的呢？

有一次我在同事办公室用到一种特别好的餐巾纸，因为实在是太好用了，我就上网去搜，发现那个店还有别的盒装纸，我稍微对比了一下，就买了一种抽数最多的，二百五十抽。因为我很烦用几天就没了的盒装纸，每次换都觉得自己很浪费，虽然我也知道抽数少的纸会更便宜，但我还是很讨厌总是换纸的感觉。

等我买的纸到了之后，才知道究竟有多好用。以前大半个月要用一盒，现在两个月才用一盒，价格也不是特别贵，十几块一盒，质量好，也经用。大家肯定想问是什么品牌，我就不写了，免得像在做广告。我的重点不在这个纸是什么品牌，而是当我意识到我需要很经用的餐巾纸时，我立刻就告诉自己，以后再也不买别的品牌了。（写到这儿，我怀疑是不是会有很多会过日子的读者嘲笑我幼稚，可能你们早就这样了吧……但这一点对我来说真的很管用。）

从此我明白了，所有的必需品，我确定一种就好了——我也挺心疼自己的，离家十几、二十年，连生活必需品都无法确定一种。

我一直希望自己是一个生活得有效率的人，可回过头来却发现我的生活真是杂乱无章啊！遇见什么买什么，遇见很多还要纠结一阵，先买什么试试，然后一个没用完又买了一个新的。

还好，当我确定餐巾纸必须用哪一种之后，至此，我家的餐巾纸已经有两年没有换过了，我把爸爸妈妈家的餐巾纸也换成了自己用的那一款。卷筒纸、洗手液、洗发水、沐浴露、防晒霜、牙膏、牙刷全都固定了下来，因为我知道自己不会再换，所以每次打折就购买一批囤着,再也不会为挑选哪个而困扰了。

所以现在看见朋友在超市购买必需品的时候不停地对比价格,对比数量,我都很庆幸自己有了一个很准确的选择,然后拍拍他们的肩膀告诉他们:你们啊,生活真是缺少准确性……

我太不要脸了。

当超市再不能勾起我的欲望时,我整个人再看见超市就轻松多了。

嗯,虽然超市不再是我的陷阱,但后来网购变成了我的黑洞。这个我过几天再写写。大概就是在网上胡乱买东西,一次两次还好,在我为此专门录了一个 Vlog 之后,才发现自己有多么不正常。大家可以一会儿扫描二维码随意看,别笑话我就行了。

像我这样的人多吗?我不信只有我是生活白痴。
于是我问了一些朋友,他们是否有常年不换的日用品。
有朋友牙膏用了十几年,因为只认那个味道。
有朋友洗衣服一直用滴露,觉得可选择的品牌少。
有朋友护肤品、香水、牙刷、发胶、维生素、辣椒酱、狗粮一直没换过。
行行行,原来我周围的朋友都挺棒的。
还有一位朋友说自己并没有固定的,我心里一喜,觉得终于找到同类了。
然后他补充:小时候家里很穷,爸爸妈妈都是什么便宜买什么,所以不固定。现在我挣钱了,生活变好了,我都是什么贵给他们买什么,也没有固定的。
……为什么他突然要煽情,但他真是个好孩子。

我的大型购物翻车现场

这个春节，我没有和父母再吵架了

1

带爸妈春节去旅行是一时忏悔之下产生的念头。

很多年的春节，我到了家，放下行李，就跑出去和各种朋友相聚。爸爸妈妈跟在后面喊："什么时候回？早点回！"我头也不回地说："一年没见了！晚点回。"

一个假期就七天，除去路程两天，只剩五天时间，全部都在见各种朋友、老同学、亲戚，五天后又踏上回归工作的旅程。回到北京，朋友相见，个个觉得懊恼："我好像都没怎么陪父母。"

其实，我和朋友待在一起的时间比和父母的还要多。

我在家只吃了三次饭，他们做了好多菜。

我回家的时候，他们都睡了。我中午醒来又赶着和别人吃午饭。好像每次回家和父母都没好好聊十分钟，没有仔细看过父母的样子，甚至都懒得听他们抱怨，不知道他们是否会用微信语音聊天，对父母的了解还只是停留在很久很久之前。

几个朋友都悔不当初，但子女也各有苦衷。

有人是因为和父母聊两句就会被催婚，害怕。

有人是因为和父母消费观念不一样，怕矛盾。

有人是因为完全不知道和父母怎么聊天，怕尴尬。

就算我们要和父母待在一起，那又如何能让父母开心，我们也自在呢？

我说:"要不然,我们组织一次带着父母一起的旅行。他们年纪相仿,有共同话题。我们在一起也能互相照应。"

"好啊好啊好啊,那就努力吧。"

2

要带父母一起春节旅行是商议了很久的事,一方面春节旅行比国庆黄金周划算,人少;另一方面父母初七回老家还能继续和亲戚朋友过年到元宵。

但麻烦也很多。

一是父母根本不愿意在中国传统节日跑出去旅行。那行吧,我们就大年初一出发,起码在家过了除夕。二是我们的父母彼此都不认识,肯定会很尴尬,而且他们也不熟悉我们的这群朋友。

那就让他们熟起来。这是一个浩大费时的工程,但既然决定去做了,就不要怕浪费时间。

之后,每次有朋友的父母来北京,朋友们就一起出现,一起吃饭、喝酒、聊天。父母们看到自己的子女有这么一帮有趣、性格好、工作努力的朋友,自然也放心了。

渐渐地,我们都与大家的父母熟悉了起来。

那就到了第二步,找个假期带着父母一起去朋友的家乡串门,先让少数父母熟悉起来。

比如我爸特喜欢喝酒,于是我的朋友Will带着他喜欢喝酒的爸爸去了郴州。一开始Will爸爸还非常拘谨,拿着分酒器把白酒倒在小白酒杯里要跟我爸爸客气敬杯酒。我爸拿起面前的分酒器对Will爸爸说:"嗨,老弟,我们第一次见,就直接干了分酒器吧。感情深,一杯闷;感情浅,舔一舔。"Will爸爸哪里见过这种顺口溜,一愣,然后毫无意识地干了分酒器里的白酒。

我妈妈和Will妈妈在旁边急死了。

我爸拍着Will爸爸的肩膀说:"好兄弟,这才够意思。"

没一会儿,两位爸爸的脸开始泛红,我和Will对视一眼,妥了妥了,他俩已经成为朋友了,而两位妈妈因为很气两位爸爸喝酒,也瞬间成了姐妹。

Will爸爸说:"同同爸爸,我还有一个好朋友,达达爸爸,很喜欢喝酒,也很讲义气,下次我们约他一起喝!"

达达在旁边鼓掌,说:"下次你们喝,我给你们准备解酒药!喝了头不疼!"

大概花了两年时间,四个朋友的父母认识了我们,而父母之间也相继认识。子女既然是朋友,自己也不能丢脸啊!然后我们在大家都很开心的时候提议:"爸爸妈妈们,你看我们在一起很开心,不如我们下次春节一起出去旅行吧。去一周,好不好?带你们吃好吃的,喝好喝的,买好看的。"

妈妈们笑成了一朵花,爸爸们大手一挥:"你们说什么我们都可以!"

3

八大四小旅行团是去年开始的,一起去了热带海岛游泳。

今年我们选了雪山泡温泉。郴州常见到雪,所以爸爸妈妈说:"雪有什么好看的,但你们要去就去吧。"

等我们到了酒店一出门,真的是漫天飘雪,一片一片跟鹅毛似的,我妈瞬间大喊起来:"哇,我第一次见到这么大的雪啊!"

"妈,你去雪地里玩雪,我给你抓拍一张开心的照片。"

我妈就开心地跑到雪地里躺着,开始摆拍。我从来没见过妈妈那么开心的样子,突然就舍不得拍照了,默默地把拍照模式切换成视频模式,想把这一刻记录下来——我妈真傻,但真的好可爱。

后来我就上瘾了,总是骗她说给她拍好看的照片,其实只是为了拍视频。

比如我跟她说:"妈妈,你在雪地里跳起来会非常好看,来跳一个……"

4

这些天,我和父母同住一个房间。我才知道父母一般都是几点起床,起床后我爸第一个去洗手间,我妈起来之后立刻大声说话,完全不在意我还在熟睡。以前觉得我爸鼾声很大,我半夜爬起来去摇他,现在发现他的鼾声完全被我妈的盖过了……

原来,我妈只要一累,就会打鼾。

他们并不知道如何使用智能马桶,也分不清楚酒店的洗发水和沐浴露。

他们会爬起来去关每个角落的灯,不知道床头有一个总控开关。

他们不敢吃房间里赠送的点心,怕多收费。

我妈旅行喜欢带着便携式脸盆、便携式衣架,因为每天她都要清洗自己的贴身衣物,却找不到地方晾。

我说:"妈,以后出来不要带这些脸盆了,你多带几件换的就行了,回去再洗,更简单。"

爸妈都喜欢用手机看书。

我爸看人物传记。

我妈看《霸道总裁爱上我》(好像是这个,而且特别喜欢看,一回到房间就看,吓死我了)。

我妈喜欢玩《连连看》,最擅长的是《开心消消乐》,已经一千多关了。

我爸没有支付宝,但微信支付溜到飞起。

他随时随地都要拿出纸巾来吐痰,我问他到底怎么了,他说年轻时在药房制药,很多废气排不出去,吸到了肺里,有了慢性咽炎。

我们几个朋友准备学滑雪,我爸跑过来说他和另一个爸爸也要滑,我们怕他们摔伤就不同意。但不管我们怎么说不行,他们都要滑,我爸还生气地说:"如果来了滑雪场不滑雪,我来这里干吗?赏雪吗?湖南没雪吗?"

我又生气又好笑,帮他报了一个双板练习班。

他一个人吭哧吭哧地练了两个小时,告诉我:"学会了。"

妈妈们围着商场的帽子柜台看来看去,边看边说:"戴帽子好奇怪哦，好奇怪哦！"然后拿着帽子试了起来："也不知道为啥要帽子，有什么好看的。"

我们趁妈妈们不注意，把她们试过的好看的帽子都买了下来。

"好贵啊，为什么要买？！"

"不好看，我们不会戴！"

"戴帽子会被人笑死的！"

我们说："不戴就不戴，反正买了也不能退，那就浪费算了。"

她们很不情愿地戴上了帽子，然后，接下来几天再也没取下来过……

她们知道自己好看，但没人告诉她们好看。

她们从小鼓励着我们要相信自己，现在也需要我们去鼓励她们相信自己。

5

十八岁前，不想让父母了解自己，更不想了解父母。

后来想，日子还长，总有时间能和父母好好聊聊天。

一两年，七八年，十年，二十年，我们只是子女，他们只是父母，双方并未走得更近。

我们安慰自己，血缘嘛，就是不走近也能在一起一辈子。

给我爸买鞋时，我妈总是看价格。

我对我妈大气地说："他想买哪双都行，不要考虑价钱。"

售货员问我爸爸鞋的尺码,我一愣,问我爸:"42吧?"

我爸说:"41。"

不走近也能算是在一起一辈子吗?

恐怕不是这样的。

回北京的飞机上,朋友 Will 说:"在飞机上无困意,翻看了每一张照片,感觉抓拍到的瞬间都是真开心,欣慰每一幕的珍贵。"

想想父母从第一年的偶尔局促到今年的松弛,甚至小心放肆,从对外面世界的不了解或紧张产生的时常不屑的自我保护,到现在每一个举动和疑问都自然随性,像儿时的我们刚刚接触新世界时的好奇和反抗,真有意思。

三口之家留在生活里的琐碎与不耐烦、遗留在旅途中的呛声也变得慢慢柔和了很多。人一生都在学着长大,了解自己,彼此尊重,没有任何一刻是做到足够好的,所以需要更多时间去提醒、磨合,不断接近更好。

看到此时的父母,想到孩子时候的我们,犹如在轮回中互相多借些时间。

还有半个小时落地,我妈靠在我爸的肩膀上睡着了。

小时候,爸妈鼓励我走向世界,会带我认识更多的朋友,会放下自己的工作,让我和他们朋友的孩子在一起玩。到了今天,轮到我们做这件事了,抽出更多的时间,让他们走出自己封闭的小世界,去认识我们朋友的父母。

曾经,我害怕他们老了。

但当我看见他们对新世界兴奋的样子,我知道他们没老,只是在一样的环境中待久了,麻木了。

还给他们一些时间,他们能老得更慢一点。

2020 年春节,因为疫情,我取消了所有事先预订的酒店和机票。

一天,爸爸喝着酒,自顾自地说:"过年还是出去比较好玩啊。"我笑了:"当初让你出去,你不是不愿意吗?哈哈哈。"我爸根本没理我:"你 6 月有假吗?如果去不了很远的地方,那就去海南吧?随便逛逛也好。"

晕。

无聊到底是个什么东西

无聊是个什么东西？

与闲着、发呆、寂寞、孤独、无趣、无所事事一样吗？还是说它们都不挨着？

重读一遍，发现自己最不能忍受的应该是无所事事。大概是有时间，但不知道怎么用，手上做着一些事，但并不想要什么结果，仅仅是消磨时间罢了。

无趣还好，有时下班去运动，跑步、游泳、器械，或多或少都会产生一种"现在真的很无趣"的念头，但心里又很清楚，虽然无趣但是有效，然后说服自己，有效也算是一种有趣。

孤独，老生常谈的话题。孤独挺好，整个世界被自我意识占领，别人进不来，自己也不渴望出去。孤独是整个地球都在放烟火，你有两张门票，想了想，选择一个人欣赏。而寂寞是整个地球都在放烟火，你有两张门票，你试了试，发现票送不出去，只能一个人欣赏。

发呆是舒服的状态，随着精神的放松，想到哪儿是哪儿，脱离现实的滤镜，潜入最深的海底。

闲着是带着一点不值一提的焦虑，无人提及便是自在，若有人问起，也能潇洒地回一句"闲着"。"闲着"看起来是"没事做"，实质只是一台快速运转的机器上盖的一层防尘布，一旦有丁点儿令人兴奋的事，说"闲着"的人比谁都能更快进入状态。

有时候，我会在书桌前坐上一两个小时，什么都不做。

说什么都不做是错的，其实做了很多事，听听老歌，翻翻各个出版社寄来的新书，倒一杯茶，喝完再换一杯咖啡试试，如果兴致还好，就会喝一点酒，时间很快就过去了。

因为所有的举动都是毫无目的的，听歌不是为了要唱，也不是为了要记住歌词，只是觉得有个背景音乐让人舒缓。翻新书也不是为了写读后感，而是想看看有什么故事或文字可以让自己进入一整段时间。如果读两页有趣，就会放在一旁，利用专门的时间来阅读。读书不是为了学到什么，而是让情绪放松。看电影、旅行、睡觉、谈恋爱都属于这个范畴，所以要找到自己愿意投入时间的那个事物就很重要。

我曾经把自己的这种举动称为"无聊"。

但也正是因为无聊，所以就想从众多杂物中找到"有聊"的东西，但不花时间去挖掘，又如何能找到自己感兴趣的东西呢？

有人说，可以直接上网看推荐，看豆瓣，或者问周围的朋友。那是很好也正确的方式，准确度也高。别人觉得有趣的东西，我作为一个普通人，自然也会觉得有趣。但我想找到一些不是这种"大众的有趣"，而是属于自己，或者小众的有趣。这种"靠自己去发掘的有趣"以及主动"跟别人推荐什么有趣"的过程比被动接受有趣的东西有趣得多。

以前日记里写过：人啊，常常是矛盾的，你喜欢一个人，就希望所有人都能喜欢这个人，但如果你喜欢一个歌手或一首歌，你又不希望他／它成为万人大合唱的代表。但无论如何，若是比别人更早发现有趣的东西，那种感觉会让你觉得自己很有价值。

因为喜欢听歌,所以就会听到很多惊为天人的歌曲,然后会分享到社交平台上。以前听到过一个歌手的歌,觉得太好了,唯一的缺点就是不红,然后连发了两条微博说此人不红天理难容。过了几年,他就获了金曲奖。也有那种很喜欢的歌曲分享出来,过了几年上了综艺节目,成了大热金曲。虽然自己并不是改变他们命运的人,但在小小角落里看到这些变化,就会觉得自己还蛮有眼光的嘛。

我喜欢无聊的时间,因为在无聊的时间里,不存在目的性这回事。一旦没有目的性,似乎做什么都是对的,就像我玩角色扮演类冒险游戏,别人都是按照线索前行,而我是操纵主角到处跑。我想看看这个游戏的世界到底是怎么设计的,一花一草一树一山,远方有云,近处有水,一大片废墟也显得壮丽唯美,捡起掉落的石头扔出去,再捡起,再扔出去,看看石头扔到不同的地方会有什么不同的反应。

朋友问是不是有什么隐藏关卡,能触发什么线索。

我说我乱来的,我就是无聊想看看。

朋友说我真的很无聊。

虽然没有触发任何机关,但我知道在这个游戏开头的废墟宫殿场景里,右边有五根柱子,每根柱子的花纹不一样;地上掉落了五块砖头,这五块砖头大小纹路不一,它们对剧情推进起不到任何作用,但我想为什么是五块而不是七块,一定是游戏开发人员讨论过的吧。继而想到自己工作时为角色写台词,为什么一定要这么说,为什么要用疑问句,不能用感叹句,不能用陈述句,虽然这句话说完只需要不到两秒,很大程度不会被观众记得，甚至连演员都会忘记自己曾说过这句话，它立刻就会被遗忘在整部电视剧里，可它就是里面很重要的一个部分，少了它，不是说不行，从整体来看，总是会觉得哪里很别扭。

"那五块砖头就是这个作用吧。"我对朋友说。

朋友哈哈大笑："你真是很无聊啊！"

"你真是很无聊啊"这句话突然让我想起上次回家时，我和爸妈在饭桌上的对话。

我跟我爸抱怨："那么多年了，我很不能理解妈妈，客厅明明有黄色的灯，多温暖，她总不开，反而老开那个白色的灯，感觉特别阴冷。而且明明屋子里那么暗，她也不开灯，为了节约电，可万一外婆摔倒怎么办？"

我爸也很惆怅地看着我："我也不喜欢白光，我也喜欢黄光，但说了那么多年她也不听。"

我就扭头问我妈："你到底怎么回事噢，心里有没有考虑过我们的感受啊？"

我妈还没回答呢，我爸突然说："你妈属蛇的，这个年份的人跟属相一样，就喜欢阴冷的环境，所以不喜欢开灯，比起黄光来也更喜欢白灯。跟在不在乎我们没关系，这个是天性。"

我顿时脱口而出："爸，你真的很无聊啊！"

没过两秒，我回味了一下，觉得我爸说得很有道理，我妈不是不在意我们，而是她本性就是这样。我突然就释然了。

无聊虽然看起来无聊，但无聊之后，往往才能有的聊。

前两天，我突然发现衣柜里的衣服有点凌乱，摆放已经完全看不出规则了。

于是我就把衣柜里的衣服全部拿了出来，决定按颜色重新摆放。刚开始觉得一个小时就能搞定，没想到忙了三四个小时，一边放一边骂自己无聊。可当我把衣服全部拿出来的时候，我发现了很多我找不到的衣服，很多我买了没穿过的衣服，很多已经不会再穿的衣服。

彻底整理一次之后，这两天打开衣柜，心情好多了。

无聊应该是一种平和的状态，不应该是一种寂寞的心情。

二十三个从别人身上偷来的小闪光点

从中学到大学，再到如今，遇见了很多自己很佩服的人，很希望自己能像他们一样说话办事，于是很认真地回想这些很棒的前辈或朋友，总结出了二十三个我很想学甚至到现在还在学习的闪光点。

1. 任何事，只要麻烦了别人，耽误了别人的时间，一定要说谢谢。没有任何理所当然的接受，也不能因为没胆量而不开口，说谢谢不仅让自己心情好，也会让对方开心很久。

2. 工作时一定要很专注、很投入，因为见过朋友特别认真工作的样子，觉得他突然帅气了一百倍，自己也想要那样。

3. 工作能力有很多种，但解决问题的能力是最重要的一种。会解决问题的人在周围人看来都会闪光，也许当事人自己也会得意，但也不怕被人讨厌。

4. 和人聊天时，专注地盯着对方的眼睛。以前觉得好奇怪，后来发现，敢盯着对方眼睛的人都很坦诚，有勇气，也让对方觉得投入。敢一直注视对方眼睛，就显得很大方。

5. 用完的东西要放归原位，不要让下一个看到的人皱起眉头。

6. 白 T 恤一定要白；衬衣一定不能有皱；指甲要按时剪短，千万不要留一个很长，别人会误以为你要随时掏耳朵；头发要保持清爽，不然就戴帽子。

7. 打喷嚏总是扭头侧一旁，打在胳膊肘上，让人觉得有分寸感。

8. 主动开口提及别人的优点，一样显得大方。

9. 主动承认自己哪些地方做得不妥，显得很有担当。

10. 能控制情绪，无论是爆发、暴躁、反驳还是自证清白，尽量都不要失控。

11. 遇见脸上写着焦虑的陌生人，要主动走上去问："请问需要帮助吗？"

12. 遇见哭泣或难受的陌生人，要主动走过去关心，不是多管闲事，而是给人温暖与安全感。

13. 和人沟通时，很清楚自己要表达什么，不会杂乱无章。如果能用很有逻辑的词来层层递进就最好不过，比如"首先，其次，再次，最后"，或者"我大概要表达三点：第一，第二，第三"，又或者"因为，所以，其次，总之"。自己要能保持很清楚的逻辑，让对方感觉沟通起来舒服而简单。

14. 能记住周围重要朋友的生日，并提醒其他朋友。

15. 无论是朋友、同事还是上级，交代的事都要及时反馈和回应，让人觉得你很把事当事，也很上心。

16. 和朋友相约出去，要提前做好攻略，无论是美食还是购物，摄影还是观光，让人觉得安心。

17. 对自己说出的每一句话都要负责，也能很清楚地知道哪些话是自己说过的，哪些话是不可能说的，有一套自己的为人原则，就不会记不清自己说过些什么。

18. 在别人和你探讨他人隐私时，最好说自己不想参与也没兴趣，如果无法拒绝，不发言保持沉默也好。

19. 会和周围人分享自己觉得好的东西，无论是商品、音乐、电影还是书籍。乐于分享，证明你是一个对世界有好奇心的人。

20. 对别人提出的要求，应该是换成自己也能接受的那种，虽然每个人都学过"己所不欲，勿施于人"，但不是每个人都做得到。

21. 保有一个爱好、一项坚持的运动，能让人生机勃勃。

22. 定期去书店选书，不一定非得看名著或豆瓣高分，只要能看进去，能读完，并有所感受，就是好习惯。

23. 对待事情的态度要明确，不暧昧，不要给自己和别人造成更多困扰，这样的话会更有担当。

记得住每一年，又看得到改变，就不会害怕年纪变大

2018年，我三十七岁，有年轻读者看到后很讶异，觉得天哪，这个年纪离自己很远，却又因为我而让他们觉得很近。

哈，以前我每长大一岁也会觉得天哪，又大了一岁！人生真可怕！

以前害怕，是因为觉得自己虽然长了一岁，可今年的自己与去年的自己、前年的自己没什么区别，虚度人生。长大长大，年纪长了，心却没强大。

恐惧的不是年纪，而是从未改变过的自己。

现在的我，很期待每一年的生日，然后认真坐下来，花大半天时间梳理过去一年的改变。

做了哪些过去不敢做的事？

克服了哪些缺点？

交到喜欢的新朋友了吗？

有哪些人淡出了生活，为什么？

是否找到了新的人生准则？哪些人生准则又被再度验证？

明年还有什么事想要完成？想起来就兴奋。

于是，我将每一年每一件重要的事认认真真打包起来，存放进专属于这个年纪的罐子，放进柜子，想起来的时候就随时打开，看看曾经的自己。

记得住每一年，又看得到每一年自己的改变，就不会害怕年纪变大。

我现在就开始期待，三十八岁的自己应该会更帅吧？

一年之后。

2019年年初，在回家的高铁上，我回想着2018年年初的展望，总结一年里的生活工作心得，得到了十一个感受，分享给大家。

1. 一个人在一件事上做不好，改去做别的事，很大概率也做不好。

2. 好的团队在一起是加法，每个人都能对自己的部分负责。更好的团队在一起是乘法，不仅能展示彼此，还能互相激发。

3. 每个人一定都有缺点，决定合作时，就要明白自己能帮对方弥补这一点，而非事后再抱怨对方不行，事后翻旧账只能证明你不行。

4. 为了省事而做的事，一定会花更多时间去弥补，可真正重要的事连给你弥补的机会都不会有。

5. 眼看事情要搞砸了才说"早知道就应该多花些时间"，说这话的人，一般都没有为事情花时间的习惯，所以即使当初你给他更多时间，他也做不好。除去天赋，一个人的能力和此刻你给他多少时间无关，和他的习惯有关。

6. 尽量关注身边人每一个细节的波动，这样就不会在对方改变时惊讶，失败时失望，离开时愤怒，关注细节也是给自己争取更多机会。

7. 尽可能快速地承认自己决策后的失误，不要硬撑。硬撑的结果是让你浪费更多时间去掩饰一件大家都看在眼里的事。你一直掩饰的样子比一时死撑的样子更令人担心。

8. 想要获取更多，以前是看别人能给自己带来什么，现在是看自己能帮到别人什么。你越是能帮助到合拍的人，合拍的人就越能回馈你更多。

这几年依然觉得很正确的三个感受：

1. 做得到的事尽力去做，做不到的事立刻放弃。

2. 每个人一定要尽早找到"花时间就能做好"的那件事，如果三十好几了还没找到，在别人还没有看扁你之前，你自己早就放弃了自己。

3. 你心底相信且不认怂的事，别人只会觉得还没结束。一旦你认怂，事情就只有一个失败的结局。

写完以上，发现自己这一年完全没有提及朋友。

奇怪，朋友对我分明很重要。

想了一会儿才意识到，前年我写了一条关于朋友的原则——不要与朋友合作，不要让利益破坏了彼此的关系。正因为如此，这两年我都没有相关的困惑。

以上总结对我来说，因为对比了工作与生活中的种种，所以越来越趋于正确，不一定适合所有人，权当是分享。

我一直确信，一个人越来越有明确的行动原则，面对世界就会越来越明晰，望所有人未来都好。

感到羞愧很容易，但要改变却很难

你有让你特别羞愧的事吗？好几年都不敢想，想起来就想躲起来，过了好几年，羞愧感被时间消化得差不多了，心里也觉得自己再也不会那样做了，才敢尝试着提起。

和朋友聊起这个话题，突然想起一件事，真的是很羞耻又很惭愧啊……

五六年前，我去参加一个图书颁奖活动，主办方很好，邀请到一位资深前辈给我颁奖，现场还有很多媒体同行和读者，我坐在观众席特别紧张，一直在想一会儿应该说些什么。

颁奖人上台公布奖项和获奖人，于是我就站起来朝台上走去。没想到，我已经站在那儿了，颁奖前辈还在夸我，用了很多我受之有愧的词，观众席开始响起一些笑声，我也不清楚是笑我站在一旁很尴尬，还是笑前辈表扬我的那些话。

我天生是一个害怕被人当众夸奖的人，只要别人夸我一秒，我就会立刻让对方转移话题，不要再提及我。这种心理很古怪，也许是觉得自己并没有那么好，也许是觉得自己马上就要垮掉，不值得被夸。总之，只要所有人的目光都投射到我身上，我就觉得自己下一秒将会被聚焦的目光点燃，烧成灰烬。

于是我心里碎碎念着："谢谢老师，请快快说完，让我领个奖，我就下台了，求你了。"

之后颁奖老师说的那些话，我一句都不好意思听，满脑子都在想如何化解自己的尴尬，然后鬼使神差地想到了要说的话。

灾难开始。

老师很热情地把奖杯给我，然后我们用力地握手。

我很做作地看了一眼奖杯，然后说："谢谢老师的肯定，如果我不在现场，还以为自己在参加谁的追悼会，夸得也太狠了。"

底下很多人笑了起来，我也笑了，还挺得意的，觉得自己化解了尴尬。

下了台，主办方负责人过来找我，我们认识好几年了，年龄相仿，所以他很直接地对我说："刘同，你刚才的发言很幽默，但是可能会伤害到为你颁奖的前辈。"我很蒙，回想刚才发生的一切，突然清醒过来，瞬间起了一身冷汗。

我立刻意识到自己的错误，在一个那么庄重的场合开了一个很不合时宜的玩笑，我甚至也能回想起颁奖老师抑扬顿挫的语气，他是真的看了我写的东西，是发自内心地在表达他的看法，他是为了鼓励我，而我为了避免自己的尴尬，连带他的那一份真心都拒绝掉了。

我一下就蒙了，我让主办方负责人带我去找颁奖老师，要当面道个歉。他说老师已经走了，也没提这些，应该没问题，只是提醒我以后要注意。

我再三请求他们帮我道歉，然后对同事说："我真的想一拳把自己打死。"

此后，这件事我再也没有跟任何人提及，大概是觉得这个错误很难再弥补，只能在往后的日常里改变和克服。

不得不说，羞愧感能让一个人活起来更谨慎也更谦卑，不再那么肆无忌惮。

朋友很有感触地说："因为小时候有很多毛病，所以会被同学吐槽。那时大家都是小孩，说话没轻没重，但每句话其实都伤害到了我。最初我是讨厌那些骂我的人，后来我很讨厌自己，为什么自己身上有那么多问题被人嫌弃？随着年纪慢慢变大，我才知道，确实是因为自己身上有很多东西让人不舒服，所以大家才会有奇怪的反应。虽然他们的表达方式对我伤害挺大，但也让我明白了如何去看待自己的言谈举止。后来，我就很小心地说话、做事、笑。这种小心不是压抑自己，自己还是自己，只是调整了自己和外界的沟通表达方式。慢慢地，这种羞愧感让我开始变得轻松，不再觉得自己会让人不舒服。有一天，有人突然跟我说，觉得和我相处很安静、很舒服。其实，我自己也觉得很舒服。"

有人讨厌自己，选择回避身上的问题。

有人想帮助自己，消化掉难以下咽的问题。

以前觉得做事稳重的人厉害，后来觉得不犯错误的人厉害，现在又觉得能改变自己的人才厉害。

稳重很好，但似乎缺少了一些热血。不犯错误也很妙，但每一步都走得小心翼翼，看不到更多风景，不知人生弯路上学到的经验同样必不可少。而能改变的人才算厉害，敢承受失败，也能学习总结，不停调整方向，吸取正确意见。相比起来，一个愿意改变的人才能走得更远吧？

嗯，我又读了一遍，觉得确实。

三十八岁的我，真是晚熟啊！

写完这篇文章，我立刻发消息问默默、浩森等几位朋友："你们觉得我是愿意改变的人吗？"

虽然我一直觉得自己挺自知的，但能从朋友那里听到一些肯定当然更爽咯。

哪怕我到八十岁，也会问他们："我年轻时挺热血的吧？"

过了十分钟，他们陆续回复我了。

第一个："非常是啊，但是你的执念也非常深，你认为对的事情，就觉得都应该自己来解决，不太想借用过多外力，这样，弱者在你这里就没啥用，强者就觉得你不愿意改变。哈哈哈哈哈哈哈哈。你是实在没辙或者想得非常通的时候才改变，你不是轻易会改变的人。"

第二个："是的。但箍牙前，我觉得你不是，你死活觉得箍牙没有意义，直到你愿意箍牙之后。"

第三个："你已经有自己的一套方法论和做事的方式，但是如果别人说得有道理，你是听得进去的。"

第四个："为什么突然问我这个问题？你怎么了？"

第五个："你会为了自己改变。这个改变一定是对自己有好处，但未必利益会在自己身上。简而言之就是你挺想得通的。"

嗯，虽然答案都不是特别肯定和令我满意，但能有几个可以问这种奇怪羞耻问题的朋友，他们还会回复我，我就很厉害咯。

不信你试试？

如果这段时间你和我一样很焦虑

1

"好想去上学。"

"好想去上班。"

"好想参加会议,在会上和同事面对面辩几个回合。"

疫情期间,"你最近怎样"大概是大家最常听到的一个问题,别人不问你,你也想问别人。也许你并非真的关心对方在做什么,只是借对方的回答做个对比,看看自己活得是否真实。

见的人越来越少,说的话越来越少,低头一看,似乎已经看不见自己的下半身了——这样的日子久了便产生一种奇怪的不真实感。我尽力把时间填满,看书,看影视作品,写文章,开剧本会,每天固定在家运动一小时。

可越是这样,我越困惑——这么下去,到底是不是对的?

有一天,我躺在沙发上放空,放着放着,我决定做一些能让自己更有安全感的事,于是向几个朋友要了邮箱地址。

他们都问我怎么了,我说:"我想给你写信,有空就回。"

没有一个人说"你很奇怪",相反,他们都说"好"。

于是,我列了十个问题,比如:"你人生中最黑暗的日子是什么时候?""你的人生还会有变化吗?如果没有,为什么?如果有,你做了哪些准备?"

很快,我收到了回信,然后开始聊。

就这样，我们聊起了许多从未聊过的话题。

2

第一个给我回信的是一位老朋友。

她是个性格开朗又有趣的人，每年回老家，我们都会坐在一起聊聊天。高中时，她看了《还珠格格》，决定放弃文化课，改去表演学校学表演，没想到很快喜欢上一个男生，一毕业就结了婚。婚后，他们过了一段很不错的日子，可不久家里生意失败，人生最黑暗的日子来了。

她回信说："那时老公在境外处理生意，我怀孕七个月，每天守在饭店，挺着肚子坐最晚的公交车回家，还不敢跟父母说实情。我没演上小燕子，却接到了比小燕子还惨的剧本。那段时间，我天天在公交车上哭，感觉人生比窗外的夜还要黑。"

我说："虽然你也三十多岁了，但还是跟二十多岁的小姑娘一样，一点没有认命的迹象。"她说："岁月每天都在摧残我，可我无时无刻不在思考东山再起，没时间搭理它啊。"看着这么搞笑又辛酸的回复，我眼泪差点掉下来。如果不发这封信，我永远不知道她经历过什么。那一刻，我更了解她了。

另一位回信的朋友来北京已经十年，人品没的说，可做了几茬生意都失败。我问他，这些年有没有让自己觉得生活还是很有希望的时刻？他回信说有几个瞬间。第一个瞬间是刚来北京时和朋友们去 KTV，一个朋友在唱歌，他为了不挡住歌词，弯着腰低着头走出去。突然，唱歌的朋友不唱了，停下来对他说："这里不是开会,你不用弯腰。你那么在意别人的感受,要是好好发挥这个优点,一定能在北京待下去。"这是第一次有人肯定他,让他觉得未来有希望。第二个瞬间发生在老家,他和朋友一起玩,朋友向陌生人介绍他时说:"这是我最好的兄弟。"简单一句话,让他觉得未来很美好。

3

和几个朋友写了几天的信,我心里的焦虑和空虚感消失了。

人是需要碰撞的,无论是面对面的交流,还是观点与观点的碰撞。一个人长期单独待着,便会有奇怪的真空失重感。与人相见,与不同观点碰撞,会产生回响,让你明确自己在什么地方,是什么模样。

这些天,我常和小区里的好朋友见面,很刻意地聊起各自对很多事物的看法。大家的观点常有不同,但我们都会安静地听对方说完立场和看法,再一点一点讨论。这样的聊天不是为了争输赢,分胜负,而是想让自己更加客观理智,完整而不偏执。

也许是人们花了更多时间上网,很多网上新闻都有非常精彩和丰富的评论。面对这些,我和朋友会尽量多看多了解,而不是急于表达观点。之所以刻意不急于表达,是因为没人知道网络的另一头是谁,他们是否会像朋友那样面对面、客观理性地和你讨论,聊出一些真相。看多了评论,你会发现,一些人之所以发声,只是为了捍卫自己的观点,全然不在意别人说了什么。网络真的让人离真相更近吗？这要看你说话的动机，是为了真相，还是为了表达自己。

如果你和我一样焦虑，有不真实感，我建议你多和朋友聊天，写信、打电话都行，把时间从手机和电脑上抽走一些，让情感流动起来，让观点碰撞起来。

人的真实建立在与外界的碰撞上。山本耀司说过，"自己"这个东西是看不见的，撞上一些别的什么反弹回来，才会了解"自己"，跟很强的东西、很可怕的东西、水准很高的东西碰撞，才知道"自己"是什么，这才是自我。

其实，只要你愿意与外界发生碰撞，就已经迈出了让自己变得更"真实"的那一步。这样做的最大好处是，如果对方和你一样焦虑，你也就不必焦虑了，大家都一样，又不止你一个。一个人感到焦虑，往往就是觉得自己是那个唯一，唯一一个被甩下的，唯一一个落后的，唯一一个孤独的⋯⋯

如果对方不焦虑，你就多问问原因，对方的体验一定能帮助你减缓焦虑。

4

最近把自己的文字作品改编成剧本，遇到了一些瓶颈。问了出版社的编辑，也问了其他编剧，大家都在各自立场发表观点，都没错，似乎又都不对。我被夹在中间，焦虑了好几天。

我一直在想该怎么办。

一天，洗澡时，我脑子里突然闪过一个人——一个很厉害的人。他也是创作者，也做过自己作品的编剧，但我和他没私下见过，也没那么熟，贸然提问非常唐突。可是，能解决我问题的只有他了。想着想着，澡都没洗完，我就立刻擦干手，发了微信过去，坦陈自己遇见的问题，冒昧地想请教一下。

没过多久，对方回了消息："好啊。"

就在这一瞬间，我心里的那个结似乎解开了。

无论你是在家里办公，还是在等待开学，抑或者即将毕业不知找不找得到工作，想要解决焦虑，除了多和身边人交流之外，似乎也没有更好的办法。朋友也好，家人也好，对他们说出自己的担心，让大家看到真实的你。停止瞎想，避免抑郁，给自己建立一个时刻有回应的环境——你不会被抛弃，也不会被忘记，你活在人群之中，过完这段时间，依然可以勇往直前，争取你想要的一切。

我将邮件中的问题整理出来，列在下面。如果你正在焦虑，或者很缺乏安全感，不妨认真思考一下。

1. 你正在另一个城市工作或学习吗？为什么？还记得刚到这里时的感觉吗？
2. 你觉得有多少存款才能够松一口气？如果有一大笔钱，你想用它做什么？
3. 你人生中最黑暗的日子是什么时候？
4. 上一次哭是因为什么？
5. 你觉得三年后的自己会做什么？
6. 你是怎么认识最好的朋友的？
7. 你的人生还会有变化吗？如果没有，为什么？如果有，你做了哪些准备？
8. 还记得读书时的梦想吗？实现了吗？周围有实现你的梦想的朋友吗？
9. 你觉得一个人最大的孤独是什么？
10. 你最大的优点是什么？

第三章

一个人 就 一个人

"无法常见面"才是生活的本质。

很多老朋友哪怕很多年不见,
一句话、一个举动就能消除因时间产生的隔阂,
瞬间回到以前。

当你愿意花时间去做自己擅长的工作,
人生离改变就不远了。

焦虑是一种负面情绪,
但也证明了你对生活的积极。

人最怕的就是没有尽力,
导致没有把握住机会,
尽力了也没有把握住机会,
有什么可难过的?

三十八岁的我,想跟你聊八个新感受

三十八岁的我和之前的我有什么不同呢?

可能最大的不同就是我很怕再浪费时间。

我也是三十五岁左右开始对自己真正认同起来——只要我很想做的事情,就一定花时间去完成。

换作十年前,我是不敢这样说的。

首先,我不敢肯定我要做的事是否正确,我是否适合或擅长,我是否会浪费时间而没有结果。

从二十多岁到三十多岁,明确了一点:总有一天,当你愿意花时间去做自己擅长的工作,人生离改变就不远了。

这个改变不仅是指物质的回报,更多的是精神上的满足与自信。

当我明白时间对我的重要性之后,很多事情开始在我心里有了主次之分。

经过这两年,我觉得有八点心得对我的生活很有帮助。

依然在生日这天拿出来分享,如果对你有启发,就很好。

如果你不认同也没关系,世界上大部分事情因人而异。

1

能用文字说清楚的,绝不用语音。

能发微信的，绝不打电话。

能打电话说清楚的，绝不碰面。

2

与合作者沟通，能沟通一次就彼此了解最好。

如果沟通两次不行，那就放弃合作，寻找别的更好沟通的。

很多事例告诉我：短时间内要让两个几十年时间才形成的价值观达成一致，太艰难，尽量寻找更匹配的。

3

今天看朋友肖莹发的一条动态，大概的意思是：我们都是成年人了，你不用对我撒谎、婉转、顾左右而言他，我们并不生气你的欺骗，我们只是生气你在浪费我的时间。

没错，当我意识到这一点之后，我并不生气那些拒绝我、不给我面子、瞧不上我的人。

比起这些，我更讨厌那些把我当傻子的人，他们或许觉得傻子的时间不值钱。所以一旦我察觉到不直接的沟通方式，要么追问到底，要么直接撤退。

4

可以踮着脚尖去够一些优秀的合作者。

能够得着,证明你实力和能力都到了。

够不着,不用纠结,也不必懊恼,这只是证明你们不匹配。

比起去够最好的资源,找到"最匹配自己"的资源可能更有效。

很多过往经验告诉我,拼尽全力够到了我自身能力驾驭不了的东西,未来给自己造成毁灭性后果的可能性更大。

就合作而言:抱团取暖是最差的选择,抱大腿也不是最厉害的结果,如果你能在芸芸众生中找到一个与你旗鼓相当、平分秋色、各有千秋的合作者"强强联手"才是最优的。

你是一桶汽油可以随时点燃我,不如我俩都是打火石,碰撞在一起有火花更精彩,也高效。

5

遇见不喜欢的人、不喜欢的事,能避开就避开。

以前对于很多事,我会说"不喜欢",现在我只会说"不感兴趣"。

"不感兴趣"能节约很多时间,包括生气的时间、憋屈的时间、解释的时间、憎恨的时间。

"喜欢和爱"可以冲淡绝大多数负能量。

反之,充满负能量的人一定缺少"自己的喜欢和爱"。

6

给自己多设立一些生活原则。

比如与朋友不发生经济往来。

早几年前,因为没有这样的原则,所以从发生经济往来开始,再到过程,再到结束,好人都做成了坏人。

为了保护自己的心情和友情,就定了"绝不和朋友发生经济往来"的原则。

从此,只要有类似的事情出现,我都会直接告知朋友。

朋友也都能理解。

这对于我的生活和心情是一种极大的改善,不会让自己长时间一直陷入某种纠结里。

7

二十出头的时候,到处找机会,什么都想做,无可厚非,那是一种对自我与世界的试探。

但过了三十岁,应该要分得清什么是真的机会,什么在让你滥竽充数。

有很多烂机会光鲜亮丽,让你想要付出,实质上它们只是想找一个"更便宜""更好管理"的人。

你和更多"愿意更便宜""随便管理"的人一直竞争,最后赢了,做了也毫无成就感,输了更是令人丧气。

真正的机会能成就你,假的机会只能让你成就机会。

8

最后一条关于父母。

很长很长一段时间,我和父母没法沟通,说什么都是错,说什么都不听,于是我就躲着,不发生正面冲突。

有一天,我突然想明白了一件事:如果他俩任何一个突然离开了,我会怎么办?

一旦我有了这个假定,我爸妈说任何东西,我都不生气了。

"一旦发生最坏的结果,你会怎么办?"

这么说可能很多人接受不了,但我想明白了:之前我生气,是因为我一直觉得他们是父母,我是子女,我从起点走过来,习惯了。过了三十岁,我不再是"从起点走来的人",他们变成了"走向终点的人"。

不愿意失去重要的人,是解开心结最好的方式。

做最坏的打算,能让我不再浪费时间与父母怄气。

以上就是我想和你们分享的几点。

今天我三十八岁了,感觉很好啊!

像狗一样思考，人生估计更美妙

北京的春天阳光明媚，容易让人误以为是秋天。

北京的秋天算得上是最好的季节，一切似乎都是透的，人和人的关系微妙又简单，咖啡馆里的交谈欢乐且悦耳，建筑物也在各自坐标上发着光。就像一夜之间，有人为北京的秋天充了三个月的 VIP 会员，开启了蓝光原画模式。

但现在依然是北京的春天，同喜安静地趴在离我不远的地方晒着太阳，假装自己是一只猫。

我看了一本买了很久的关于切尔诺贝利幸存者的采访实录，连着三个故事看得眼泪汪汪的。同喜似乎察觉到什么，站起来走到我脚边又躺了下来。我看它实在是躺得太心安了，索性放下书，也侧身躺在它旁边。它扭头看了我一眼，眼神里传递出"你又闹什么花样"的意思，继续养神，仿佛是在为下一刻的自己充电。

躺在一条狗身边，和它一起晒太阳，感觉很奇妙。

它在想什么，能想什么？

最近它也没交新朋友，但和弟弟二白的关系处得相当不错，发零食会先让给弟弟，然后安静地坐在一旁，心里大概想："吵也没用，跳也没必要，反正想吃什么，只要在收纳它们的柜子前摇摇尾巴就好，再不济呜呜两声，什么都有了。"

我养了两条泰迪，一黑一黄，黑的叫同喜，十一岁，算是大孩子。九岁时，因为我工作太忙，怕它一个人在家得抑郁症，

刘二白　　　　　刘同喜

　　就给它找了一个弟弟——二白。之前还找过别的，但同喜不喜欢，老躲着，没眼缘就很要命，直到遇见了三个月的二白，同喜会一直闻它，绕着二白呜呜叫，大概就是愿意分一些地盘给这个小孩。

　　我躺在同喜身边，饶有兴致地揣测着它的思考。

　　十一年间，它搬过很多次家，尿过很多草地，占领过一些地盘，也不知道现在那些地盘都是哪些狗在闲逛，曾经被我怒吼的大狗们现在还好吗？听说后来北京五环内都不允许养大狗了，它们被迫和主人一起搬家，或被主人送到了更远的朋友家。

　　同喜突然"唉"地叹了一口气，大概是想道："我喜欢的那个白色布偶兔子呢？"上次被二白玩了之后就不见了，也许又被它甩到哪张沙发底下了吧。

　　突然，同喜和客厅的二白同时叫了起来，仔细听能听见门铃声在它俩此起彼伏的叫声中求生。

我的外卖到了。

中午点了一份海南鸡饭。很奇怪，每次不知道要吃什么时，海南鸡饭就会自动跳出来说："那就吃我吧。"本是备选中最稳妥的选项，一来二去就成了午餐的标配。餐盒里是熟悉的摆得很整齐的一排海南鸡，能看出厨师切块的手速和姿势，配了一碗被鸡油炒过的米饭，每一粒都裹着黄褐色的光泽，还配了一碗清汤。我在备注里写了蘸料只需葱油，所以就配送了一份量很足的葱油蒜蓉姜末料。虽然好吃，但我连续点了几次之后，便从纸袋里翻出了一张餐厅的菜单。我都能想象得到餐厅的伙计和送餐员说："这个客人好可怜，每天都要吃海南鸡饭。我们店也有别的好吃的，别老吃一种啊。"

什么东西好吃，我就会囤好多一直吃，直到吃腻了为止。拉面一次买几十盒，冰棍一次买好几箱，果冻一次买二十斤，好处是想吃的时候立刻能吃上，坏处是一想到还有那么多，就不着急吃了。总体下来还是有好处的，就是让我养成了克制的好习惯。

有段时间特别喜欢点小肥羊和海底捞的火锅外卖，后来索性就在网上各买了二十袋火锅底料。你猜怎么着，自从买了这些底料后，突然就没那么想吃火锅了。

得不到的，就想立刻得到。想想反正都有了，那缓缓也不迟。

以至于此刻我自己都没想明白这到底是一些恶习的解药，还是影响人生态度的毒药。

同喜和二白又开始呜呜叫。它俩站在放狗零食的柜子前，绕着圈圈。

狗就不一样，喜欢什么就可以一直吃，吃到天荒地老，不在意别人的看法，也不会觉得因为柜子里有很多零食就突然不想吃了。

一直热爱，一直兴奋，让柜子里的零食们也觉得自己很有存在的价值。

因此，吃完海南鸡饭的我，又去冰箱里取了一根冰棍。

我需要把它们都吃完，不然感觉自己连狗都不如。

《谁的青春不迷茫》里写过一个小故事，一个杂志的记者采访我时问我觉得自己像什么动物，我说特别像一条贱狗，待在角落可以一动不动，你喊我就过来，不喊我也不觉得落寞，不觉得自己了不起，能适应一切环境。

说自己像贱狗时，我还没养狗。

这些年，我养了两条狗，黑泰迪叫刘同喜，十一岁了，黄泰迪叫刘二白，两岁多了。我给同喜开了一个微博，用狗的视角发了很多"狗生"的思考。当然，如果它真能看懂微博的话，可能会觉得我特别傻，还误以为它也特别傻。

养了它们之后，我发现有一点我和它们特别像，就是念旧。

同喜有一个笼子，从小它就生活在里面，每次它犯了错误，我一大声批评，它就会躲进笼子里。到了现在，只要我回来发现垃圾桶倒了，眼神一瞟，同喜就会带着二白迅速躲进笼子，大意就是——啦啦啦，我们进笼子啦，你打不到我啦啦啦。

小时候我爸妈打我，我就会钻到床底下，他们也钻不进来，拿我一点办法都没有。以至于现在我对床底下都有一种奇怪的安全感……超像我家的狗。

杯子、入眠音乐和其他

一、杯子

看了一会儿书，突觉太阳有些大，户外还只是五摄氏度，透过玻璃却错觉夏天快来了，于是就想喝一杯冰水——纯净水里加冰块那种。

起身去橱柜里找杯子。

两年前，我常用的杯子就一个，喝茶、喝水、喝饮料、喝酒都是那个从宜家买的大玻璃杯。

后来，和朋友去日料店，点了一瓶清酒，店员拿来一个很大的托盘，上面放着十几个清酒杯，颜色各异。杯子呈上来的那一刻，我忽然明白——原来喝东西是要搭配心情的。

目光慢慢抚摩过每一个清酒杯，想象着拿它喝酒的心情。

蓝色螺旋纹的，应该和朋友一起，聊聊夏天出行去海边的计划。

石灰渐变暗墨色的，应该和合作伙伴一起，聊的是未来几年的工作目标。

还有个镶满碎彩色玻璃的，拿它喝酒第一句话一定是"今晚不醉不归"。

那晚回家路上，我决定多买一些杯子，各作各用。

现在喝冰水这个，当初买下的目的并非如此单一。

因为朋友们来家里做客，杯子都一样，很容易拿错。

杯子呈上来的那一刻,
我忽然明白——原来喝东西是要搭配心情的。

    我妈的办法是贴便利贴,写上名字。

    我的办法是买一套透明的动物头像的玻璃杯——每个杯底都烧制了一个动物头像。我喜欢大白熊,你喜欢可达鸭,有人喜欢恐龙、小狐狸、泰迪……应有尽有,这样多好,八只动物就解决了很多问题。

    杯子好看,选杯子时朋友也很开心,但很快我就发现,呃,好像失误了。杯子是透明的,只要倒入咖啡、红酒、橙汁、茶等任何带颜色的液体,立刻就看不清里面的头像了!

    真是有趣啊!

    这个好笑的结果比这个杯子更有趣,不是吗?

    也好,只用它来喝冰水,单是看到这些动物头像,就很有夏天的感觉。

八个透明的带动物头像的玻璃杯摆成一排放在柜子里,就好像一个合唱团。每当我和它们目光对视,就感觉它们会一起合唱:这是一个大傻子,买了我们好多个,居然不能喝果汁,没文化还没知识……大呆子大白痴……这次只是买杯子……下次……

赶紧转移视线,不看它们。

唱吧,唱吧,有这样的背景音乐,生活也格外有声有色。

二、入眠音乐

前两天睡前,Apple Music 给我推荐了一张郑秀文 2004 年的粤语专辑,旋律一下就把时间拉回到了读中学的时候。

那时我都是开着音乐睡觉,后来也不知道是从哪一天、哪一岁、哪一年开始,再也不这么做了。

躺下,熄灯,戴耳机听歌。

回味是一件很妙的事,黑暗里,我似乎又回到了中学时代,舍友们都入睡了,而我在歌词里细想着未来。

听歌睡觉的感觉格外踏实,就像躺在浴缸里,耳机流淌出来的音乐渐渐填满浴缸,将整个人包围,进入梦乡。

只是没想到,梦见自己去了迪厅,聒噪的鼓点、刺眼的激光灯让人心神不宁,突然半夜惊醒,原来耳机里放着一首郑秀文的电子舞曲。

中学时用的是卡带机,一面放完就自动停止,电池用完也会自动停止。大学时用的是 CD 机,听完整张就自动停止。而过了这么多年,我竟然忘了,手机里的音乐会循环播放,一直不停,直至天明。

以前的音乐像是朋友,看你入眠了,也就躺下来让一切安静。

现在的音乐像是异国他乡,一觉醒来,不依不饶,音乐对你说:"嗨,你醒了,我们可是玩了一整夜哦。"

三、其他

长大后的生活自然便利了许多,但也常会怀念幼时的那些小习惯、小愚笨或小冲动,那些如果此刻再做就会被人嘲笑为"你傻不傻"的举止。它们在成长的过程中因为规矩,被我们在与幼稚告别时一一放进了年岁的书架上,积满尘灰。

踩着梯子随意探寻每一年的书架清单,真是丰富有趣。

你看这张照片,大概是初中吧,妈妈突然很沉迷于把黄瓜切片敷脸,我总跟着一起。我妈嫌我浪费,我也不闲着,吃完西瓜用西瓜皮给自己抹一脸,听别人说西瓜敷脸更有效!我妈还信了,跟着我一起敷,还不让我爸把吃剩的西瓜皮扔掉。

我爸说他是个医生,怎么看不懂我妈。

我妈说自己是护士长,不需要他看得懂。

反正那两年夏天,冰箱里从来没有少过西瓜,以及,吃剩的西瓜皮。

还有张照片,是我的双面名牌衣。关于它的故事在《我在未来等你》一书和电视剧中都有提到,还让服装老师专门给我做了一件留下做纪念。

那天拍完一场戏,我穿着衣服美滋滋地回家,正反两面穿给我妈看,问她:"还记得吗?"我妈说:"你这是假的吧?怎么可能一面是耐克一面是这个什么马?"

我一愣,反问:"你知道是假的?你知道是假的为什么小时候还给我买,还骗我是超级大名牌?"

我妈表情很淡然,看着我说:"哪有?不可能。"

难道是我撞鬼了?那这段剧情是从哪里来的?老天托梦给我的?

"你还写成剧本了?"我妈问。

"对啊,这是我的真实经历啊。"

"你不能这样,这就是败坏我的名声,以后大家都说我给你买假的了。"我妈有点急。

"你刚不是说你不知道吗?没有吗?"

"懒得和你说。"

照片里记录的傻事真的挺多。

夏天太热,想在下午喝冰水,就把瓶装水放在冰箱里冷冻,然后永远都带着一坨冰去上课,明明渴得要死,瓶子里却还是冰。

喜欢一个人,就给对方买吐司面包,啃成心形送给对方,被嫌弃了一整个学期。

攒了一年的零花钱,只够买一个世嘉 MD 游戏机和一款游戏,买回来后发现是全日文的……又不能浪费钱,只好把每个选项都选一遍,来回试,浪费了巨多时间,硬是打通关了。同学问："日文你都懂？"我沉默许久。我知道自己一个字都看不懂，但又总感觉好像什么都看得懂，但我不能说，不然同学又会嘲笑我。

陪妈妈值班，妈妈说冬天胶带黏性不大，要稍微温热才能贴在皮肤上。我就拿了一块胶带放在火上烤，然后贴在自己额头上，一撕，那块皮没了……很长一段时间，我的额头都有一道胶带的痕迹，别人问我怎么了，我说我是另一款哈利·波特。

想起一个朋友，小时候父母不想让他看电视，就把电视声音调得很小，他只能偷偷地趴在窗子外面看。久了，他就学会了读唇语。

很怀念那时的我们，不是因为蠢事有趣，而是因为那时的我们有趣，做了很多奇怪的事，对很多事有奇怪的理解，那些奇怪让我们的过去格外精彩。

犯了错，吐个舌头或硬着头皮，大人们乐呵呵的，小孩们贱兮兮的。

朋友给我发来一个视频，说特别好笑。

这是一段外国人的脱口秀，在跟外国观众介绍新冠肺炎疫情背景下中国老百姓的生活，现场放了很多中国老百姓隔离在家自己拍的视频。有人隔着一栋楼在落地窗前斗舞；有人戴着恐龙手套，模仿着一口一口吃掉街道上来往的车辆；有人在家里设置景点带孩子逐一参观；也有人在家里开小卖部；还有人坐在客厅的鱼缸前钓鱼……外国人看得哈哈大笑，原来中国人那么幽默，而我笑着笑着居然有了一种感动——其实很多成年人并没有丢掉他们童真的一面，有些事并不是不敢做了，而是没有机会做了。

我给好朋友发了一条短信:"你上次不是喊我一起去跳街舞吗?等疫情好了就一起呗。"

"你不是嫌自己跳得丑吗?"

"不怕了。"

"好。"

杯子、音乐也好,西瓜皮也罢,文字最好的作用就是可以随便写些什么,让自己清楚地记得当时的心情,但如果不记录下来,只是当时开心,事后就会全然忘记了。

我打开手机备忘录,翻了翻曾经做过的记录,发现了一些和朋友开的玩笑,一些很棒的句子,看美剧时觉得很精彩的编剧技巧,这些都以很短的文字存在备忘录里,时刻提醒着我——你看,这里还有很多你在时间里打捞上来的东西。

我愿意一直记录下去,无论何种生活、何种境遇。

焦虑是一种负面情绪,但也证明了你对生活的积极

"你很久没写点什么了。"

"没什么可写啊,焦虑。"

"那更值得写了,别忘了,你二十多岁那些破事都能每天写进日记里。"

"也是哦。"

我和我的对话。

1

焦虑,真的是焦虑,最近每天如坐针毡。

两年前焦虑的是剧本,后来焦虑的是演员,再后来,焦虑拍摄,焦虑剪辑,焦虑定档。

每天被无数人问:"怎样了,你那个剧能上了吗?"

因为没有最后定,所以什么都不能说。

有时在公司待久了,怕又被问,干脆去健身,运动两小时,暂时忘却一些焦虑。

2

《哪吒之魔童降世》好看,票房也好,全公司上下都很振

奋,很多朋友都对我说:"光线真厉害,恭喜你啊!"

"谢谢,谢谢,会越来越好的。"

外人看来,光线真是耐得住寂寞,让我觉得作为光线人也很自豪。但公司内部来看,这部片子是光线动画业务板块彩条屋的作品,彩条屋的头儿就是年会上我"吐槽"的高标准、严要求的易巧,他1988年生的。

又焦虑。

想到大家都是来北漂的,都进入光线很多年,他比我小七岁……

唉,又想去健身房挥汗如雨忘记世间的烦恼了。

当然,唯一可能还值得庆幸的是,我还在心里反思,想看看自己的差距在哪里。

如果有一天光顾着为别人庆祝,那就真算是彻底放弃了吧?

<u>3</u>

我有一个小老弟,里则林,1990年生的,我们因文字在网络上相识。

后来,他来了北京,如今我们楼上楼下。

前段时间,他将小说《疯犬少年的天空》改编成电视剧,所以最近和我见面时,总是逮住一切聊天的空当,掏出手机对我说:"同哥,你看看我们的片花、我们的宣传片、我们的花絮、我们的片段……"

我只能被迫看,其实我根本不想看,原因也特别简单,因为看了之后更焦虑……拍得真的很好,演员也演得好。我只能拿出手机反攻:"那给你看看我们的片花和 MV 吧。"

他看完之后也很焦虑:"好感人啊,你们什么时候上啊?我很担心我们撞期。"

"在等呢……"说完,又想去健身房了……

我终于明白为什么每次朋友 Will 来我家时,我给他看成片,他都拒绝。他不是嫌弃,也不是不上心,是因为每次看完,他都会很由衷地感慨一句"真好",然后整个人立刻陷入那种"我自己该如何是好"的状态。

看到他的样子,就想起了我的样子,那种恨自己不成钢的样子……原来每个想变好的人都会有这种样子……

所以,为了避免焦虑,他从此拒看所有与我们有关的东西。

真不是人……好歹可以让我开心一点啊!

4

我问团队的同事:"为啥在这段时间,在没有确切消息的日子里,我做什么都很焦虑呢?"

没想到,他们异口同声:"我们也是……"

沉默了一会儿,我大概明白了如此困境的原因。

"你们不觉得吗?我们团队手头的事太少了,就这么一件事看起来成形了,所以所有的希望都放在上面,整天风声鹤唳的……如果我们像彩条屋那样,同时开展很多项目,哪一个出了小状况都没问题，解决就是了，就不会再天天患得患失了。"

大家仔细咀嚼了其中的含义，觉得还真是这样。

立刻，大家就把各种项目进程表拿了出来，开始盯进度——事实证明，无论是人生还是工作，一旦有了各种明确的计划，就不会每天跟傻子一样等着一件事的结果。换句话说，如果一件你看中的事没有结果，难道你的日子就过不下去了吗？

当然得照常过。

所以，重点不是这件事的结果如何，而是你对未来的规划是否足够明确，不受任何事的影响。唯有做到这样，才不会像我前段时间那样整天冒冒失失，只能靠运动去打发时间吧。

5

要说开心事也是有的。

一焦虑就去健身房，一焦虑就去健身房，一焦虑就去健身房，一焦虑就去健身房，一焦虑就去健身房，一焦虑就去健身房，一焦虑就去健身房，一焦虑就去健身房，一焦虑就去健身房，一焦虑就去健身房，一焦虑就去健身房，一焦虑就去健身房……

那么多、那么多的焦虑，硬是给挤出了一点腹肌……

腹肌请强行脑补……

强颜欢笑脸。

好朋友，老朋友

> 碰不到节庆，也没有烟火游行。
> 不常有流星，没太多的任性。
> 我会适应这爱情的毕业旅行。
> 但是都已经都已经来不及，
> 曾经坚持的约定，现在谁还履行？
> 错过的风景以及爱情，
> 亲爱的你。
>
> ——《毕业旅行》（黄湘怡唱，李焯雄词，伍思凯曲）

听了那么多年《毕业旅行》，好像从未研究过它讲的是什么。

于是认真阅读起歌词。

没仔细看之前，只记得旋律悠扬，向往明天，适合做毕业歌曲，学业完满结束，一个人踏上新的旅程，在途中学着长大。看了歌词却愣住，似乎是我误会了，这是一首爱情歌曲，说的是一个人在爱情里毕业了。再仔细想想，似乎我的理解也没错，爱情结束，告别那个人，独自踏上新旅程。

脑子里迅速走了一遍画面，发现身边人失恋是常态，比失恋更常态的是一个人稳妥地生活——去常去的餐厅，与相熟的服务员说你好，连菜单都不用看，直接一个微笑，"还是老样子就好"，一顿饭，一条街，一个 7-11，一只猫，一条狗，关上窗帘是黑夜，打开窗帘是世界。

单看他们，也许会觉得他们曾失去了另一个人，而养成了一个人的固执。

但也许是他们根本不需要另一个人，疾风骤雨，都是自己，抖一抖身上的雨水，就算是解决了所有问题。

没爱人没关系，后来连朋友似乎都能戒掉。

早些年，觉得朋友之间的关系应该是一束满天星，捧在手里，星星点点，却也欣欣向荣。

后来发现，不是所有朋友都在同一个节奏上，随着自己对生活和未来有了新的认知，便选择了很长一段时间的自我反思与蛰伏。这期间朋友四散，沉的沉，落的落，加班到半夜，抬起头觉得孤独，幸而还有几位分布在星座里闪着光，自己与他们的距离虽遥远，但想到大家都在各自的地方努力，也能组成别人眼里的星座棋盘。

这样的朋友少见，也难找，大都是少年时期相遇，因为义气冲撞，发现彼此身上的善良，就成了朋友。跟恋爱一样，朋友也是要经历过甜蜜期、冷淡期、信任期，才能在突然联系对方时不拘谨，发个信息说："很久没见了，我来你的城市了，见一下？"

朋友H，在长沙。读大学时，我代表学生会出去拉晚会赞助，他是一家眼镜店的小老板，生意不大，但觉得我和同学三番两次去找他，连夜写各种方案，只为争取三千块的赞助金，就应承了下来，甚至在活动还未开始前，便跟我说："以后如果拉赞助那么麻烦，你就来找我，我赞助你们。"因为关系稍微要好了，我很不好意思又直接地说："哥，其实我们也没什么特别大的效果,你的生意也不是那么好,总坑你我过意不去。"

H 哈哈大笑:"我只是觉得你不必浪费时间去拉赞助,然后商家给的钱也不多,意见又多,你们根据他们的意见改来改去,活动都变味了。"

H 给我上了一课,第一次让我知道什么叫得不偿失,但那时自己年纪小,不觉得时间是有价物,整天挥霍,直到他当头一棒,才明白过来。我们常常会聊天,如果听说我们要做什么活动,他就说:"别找别人了,直接给我,随便把我们放在哪个环节都行。"

我说:"万一你不满意,不是坑了你?"

他说:"你自己看着办,我信你。"

因为有了这种信任,我把以前绞尽脑汁做各种方案给各种商家的时间拿出来仔仔细细为眼镜店做了一些针对性方案。只要我觉得有趣,H 都说好。

大学毕业那年,我说:"谢谢 H 哥,我要毕业了,要去湖南电视台工作了。"

H 说:"那以后你们电视台有什么赞助也可以来找我啊。"

我说:"恐怕你的钱不够啊。"

H 说:"那我就努力啊。"

H 是一个很努力的人。

他不像别的老板那样,开个眼镜店等着顾客上门,他每天都在思考如何帮助到更多学生,很多方法放在此刻都令人觉得不可思议。只要是在他那儿配了眼镜片和眼镜架,碎了断了免费换,无论原因。隐形眼镜当时还是月抛、年抛的,如果掉了一个也可以免费换。

我问:"如果别人骗你呢?"他说:"骗就骗啊,起码人来了,做生意就是需要人,有人就不愁养不活自己。"就这样,我看着他的小眼镜店慢慢地越来越火,先是一层小门面,后来把二层也租了下来,再后来又搬迁到一栋小楼,最后独立起了一栋楼。而他也真的在我工作一年后给我打电话说:"我想赞助你们电视台的一个活动,你帮帮我呗。"

我和H不是每天在一起的那种朋友,但奇怪的是只要聊到工作,我俩就有很多话可以说,似乎时间从未把我们隔远。他也会偶尔给我发信息,说看到我做的节目,挺有意思的,我跟过去一样,从没变过。

再后来,我到了北京工作,没跟他说,我们也很多年没联系了。

有一天,我回母校,去他店里,他不在,员工说他出去开会了。

我给他打了一个电话,他一听是我,一定要我等他,一起吃个饭。我说我来不及了,下午就要离开长沙。我在店里坐了一会儿,走的时候,他非得让店员给我一个袋子,里面是礼物。我不收,店员说:"老总说了,你不收,他就要开除我。"

好吧,我收下了,我在出租车上打开袋子,是几副墨镜。我给H发信息:"哥,这墨镜是怎么回事?"

他回:"每次我看到适合你的墨镜就会扔一副到柜子里,想着哪天咱俩要是见面,就可以给你。"

我笑了起来,被人惦记的感觉很好。

我甚至也不知道下次和他何时会再见,但说起和他的关系,我敢说,我们是老朋友,虽然不常见面。以前想到这些不常见面的朋友，心里会有一些内疚感，"不常见面"是不是等于"不是朋友"。但现在知道了，"常见面"并不是常态，每个人都有自己的河流，都要在自己的河流里划着桨逆流而上，所以"无法常见面"才是生活的本质。无论是朋友还是家人，珍惜每一个见面的机会才是正确的。

比如阿 Sam，他是我在网络博客时代认识的朋友，十几年了。我喊他师父，让他教我摄影。

我们这些年的文章经常提到彼此，但提到最多的还是"不常见面"。

我们见面聊的话题分两个阶段。

前一个阶段是他还没有从杂志社主编的位置上辞职的时候。

他在上海，我在北京，见面很难，但每次见面他就会说："我真搞不懂你啊，工作那么忙，每天还要写东西，还要出版，你怎么搞得过来啊？"

我也没有好的答案，就总说："我刚好比较喜欢，喜欢所以不觉得累。你也可以啊，你拍照那么好，那么会写游记，就应该专门做这件事。"

后一个阶段是他辞职了，告诉我他想明白了，他要去做这件事，在自己的公众号"阿 Sam 的午夜场"上专门写旅游心得，从一开始每篇几百的阅读量到几千，到现在的大几万，从以前一个月自费出去旅行一两次，到现在一年几乎每天都被邀请在各种旅途中。

这下换到我问他了："你每天都在飞机上，在旅途中，还要写文章拍照，不累吗？"

他说："我终于知道你说的那种感觉了，因为这件事是我喜欢做的，所以我一点都不觉得苦恼。"

我和他一起出去旅行过一次，到法国。

一大早，阿 Sam 说："走，我带你出去逛逛。"

我就跟着他，从早餐便开始喝酒，走到哪儿喝到哪儿，就这么喝了一整天。

我们什么都没聊，一整天在巴黎各种街区里一前一后地走着，各自沉浸在酒精的微醺里，很开心的样子。

我们很少见面，却是老朋友，只有老朋友才能在相处时想说可以一直说，不想说便可以什么都不说，而一切都那么舒服。

很多老朋友哪怕很多年不见，一句话、一个举动就能消除因时间产生的隔阂，瞬间回到以前。老朋友不会莫名消失，不会让人尴尬，自己有老朋友很好，自己能成为别人的老朋友更好。

想起了 W。

大学中文系的学姐，毕业后去新加坡读书，回来后定居深圳，结婚生子，也是多年未见。

读大学那会儿，很多人因为我和她是朋友而感到奇怪。

确实，我们完全搭不到一块。

W 比我高一级，讨厌和学生会的人来往，学习很厉害，年年都是特等或一等奖学金，要找她就三个地方——教室、图书馆、宿舍，看起来是个书呆子，但参加任何比赛都能获奖，极有天赋和才华，大家背后都说她是"好看一点的男人婆"。

这样一个学姐突然有一天拿着校报来找我："这是你写的文章？"

我被吓了一跳，看了一眼，点点头。

文章简析了亨利·米勒的《南回归线》《北回归线》。

W 说："那你告诉我意识流写作是什么？"

我摸不清她的用意，是找碴儿还是怎样，总之很害怕，尽量按照自己的理解又重复了一遍："意识流写作并不是写作者意识流动的反映，而是因为各种意识在脑子里是同时存在的，所以我觉得意识流写作是写作者有逻辑、有思辨力，最终落在某一个结论里的写作。读者阅读时思绪会跟随写作者有逻辑的意识流动，最终回过头会发现，写作者暗地里早已拉了一根细微的风筝线。意识是风筝，落点一直在手里拽着，只是不被读者发现。"

W 听完，拍拍我的肩膀说："挺好，看你吊儿郎当的，但感觉你是花过时间的，期待能看到你更多的东西。"

她转身的时候，我刚松了一口气，她立刻又回过头对我说："还有，如果真的要写文章，就不要在署名时写你是校学生会外联部副部长什么的了，让人觉得很恶心。我都不知道你是为了告诉大家你在学生会任职才写这篇，还是真的想写。"

W 说话很直，我很喜欢她，因为不用假装。

后来我们在食堂遇见过两次，她看我一个人，就招呼我过去和她坐同一桌。桌上常有学长学姐，都是很厉害的那几个。然后 W 就会跟他们介绍我："学弟，脑子挺灵，文笔不错，但人有点俗，还在混学生会。"其他人会哈哈大笑，她一副冷漠高级幽默表情，我也会立刻说："我明年就不干了。"

我们交换过几次关于人生大事的看法。

我大学毕业是 2003 年，那时民营企业并不是大学生的首选求职目标，因为不是铁饭碗。在电视台没有公开招聘前，我考入了美的集团，身边很多人都反对，但W说："你看着吧，接下来民营企业会很厉害，尤其是这种基础好的企业，只要你自己喜欢，就可以。"她这番话给了我很大信心，当我选择去美的之后，辅导员还在毕业动员会上对我进行表扬，说我敢尝鲜。现在想起来，对比今天的市场，那时对我的表扬十分魔幻。

W放弃了保研，她想去新加坡留学，说只是想过一种别的生活。我说趁你还有资格选择人生时去选择，总有一天你连选择的资格都没有。她说："虽然我早就做了决定，但你这句话让我觉得我是对的。"后来她去了新加坡，我也因为电视台招聘而放弃了美的，我们好多年没见。再后来，我突然收到一条短信，她回来了，在深圳，让我有机会去找她。

有一年公司要在深圳开演唱会，我问她要不要看，她问能不能看到我。我说可以后台见，她说好。七八年未见，她还是那头短发，穿着短款皮衣，看起来酒店集团的管理工作很适合她。

她见到我的第一句话是："你还是那么瘦哦，挺好，干劲十足。"

"哈哈哈，工作太忙，胖不起来。"

她取了票就对我说："行，你先去忙吧，下次等你有时间我们再聊。"

我说好啊。

同事问我："你姐啊？"

我说："算是吧。"

"你俩还真洒脱，常见？"

"七年没见了。"

他一脸惊讶，我反而觉得很暖。

去年我去深圳出差，多了半天的自由时间，就给 W 发了条信息："我在深圳，下午有半天时间，你呢？"

她说："好啊，我在万象城等你。"

没有问我为什么来、最近在干吗、下午想去哪里，就跟多年前我在她宿舍底下等她一样。

听说我晚上要参加一个交换礼物的聚会，她就带我去选购礼物。挑着挑着，她说她已经很久没有逛过街了，自从做了母亲，一切日常都被剥夺。我笑着说："你现在状态很好，不像个孩子妈，倒很像单身女青年，难道没人跟你搭讪吗？"

她笑起来："可能也有吧，每次有单身帅气的男生和我聊天，我都觉得可能会发生一点什么。可每当这个时候，我的儿子就会从旁边跑出来，无论多粉红的少女心都会被这灭霸响指般的一声'妈妈'打得灰飞烟灭。"

"那你有什么想和我聊的吗？"

"我生了小孩之后，觉得自己没有了人生，我老公就像个被儿子叫'爸爸'的工具人，我也不觉得他像老公，现在我一个人要照顾两个人。我在想是不是我只照顾一个人会更好？"她笑着看我，"你还记得我出国时你跟我说过什么吗？你说趁着我还能做选择时去选择，以后没有机会选择才可怕。"

"真的假的？我从小就那么睿智？"

"少来了。你打从娘胎出来就这么睿智。"

大年三十那天，我和 W 互发短信说新年快乐，注意身体，不要出去乱走。

她说："我离婚了，儿子过年跟着我前夫。我爽死了，刚追完最新的《爱的迫降》。"

我看着手机欣慰地笑起来，然后眼泪流了出来。

"你真厉害啊！"

那个爸爸生病，我找朋友帮他爸爸住进当地医院，他不知道怎么说谢谢就给我寄了好多家乡辣椒粉的老朋友。

那个只要我出书就会主动问"同哥要拍宣传照片吗"的老朋友，从日本到中国郴州，从中国厦门到北欧，我们就一路拍了过来。

那个只要我父母家有事，我打电话给他，立刻就放下手头工作帮我父母解决问题的老朋友。

还有那个只要我有朋友去杭州，打电话要他照顾一下，他就会立刻开着车全程招待，把我朋友当成他自己朋友的老朋友。

虽然我们不常见面，但我们都知道我们是好朋友，是老朋友。

当年我们把对方互作原料放进酒缸，有的故事是酒曲子，有的故事是酿酒酵母，经过时间的摊晾、压榨，现在散发的所有香气都不过是我们彼此的思念罢了。

我把这篇文章给提及的几位老朋友看："看！这就是我心目中的我们。"

然后，其中一个朋友回我："其实判断是不是老朋友还有一个标志，我这两天才发现的。我和别人微信聊天都是你一句我一句，但咱们几个群聊天都是你突然发好多，不在意我们回不回。我也突然发好多，也不在意你们是否看见。这种完全不在意回馈的聊天，也只有在老朋友面前才敢吧？"

我想了想，好像也是……

很想事不关己，却总无能为力
（几日小记）

很想事不关己，却总无能为力。

重情却被辜负，念旧不得要领。

别成为这样的人，总活在自我感动里，结论早已写在提笔处。

1

心情不怎么好的时候，就会从歌单里选一张专辑反复听，然后就会恢复平静，不见得会好，但起码能静下来。

我尤爱雨天。

来北京十几年，几年前仍有看见喜欢的伞就会买的习惯，直到某天终于下雨，我看着家里一堆伞，不知该带哪一把。

终于，选好了一把，拿着到了地库，开了车，到了公司停车场，看着离公司也不过二十米远，雨又不大，完全可以跑过去。但我还是很认真地撑开了伞，感受一下雨落在上面的声音，认真地走进公司。

不到一分钟的路程，心情突然变得怪好的。

到了北方之后，难有雨天。

有了车代步后，难再用伞。

很多失去，看似无奈，都是自己的选择。

2

今天看到三段话。

第一段是本山大叔说的："自己没能力就说没能力，怎么你到哪儿，哪儿的大环境都不好，你是破坏大环境的人啊？"

第二段话大意是：人长大了就不再会抱怨别人的问题，所有的处境都会先从自己身上找原因。

第三段话。

何为油腻中年？就是没原则却常有理。无论发生什么，讨论什么，都能讲出一套一套的道理，正着说有理，反着说也有理，反正自己最合理。

每段话你都能从身边找到对应的人。

不是别人，就是自己。

3

和朋友聊天。

聊到多年前我们认识的一些人。

有些人那时风头劲不得了，最近几年毫无动静。

有些人被寄予厚望，可卡在了某个点上，没有过去，就永远成了那个只能被"寄予厚望"的人。

还有些人，你觉得他们恐怕不行了，但他们真的用最笨的方法，花了巨多的时间，突然活过来了，好像变成另一个人似的。

在我个人角度，周围没有任何人能一帆风顺，都是好一段时间，然后进入焦灼、瓶颈、转型，无论怎样的天花板，都可以用"至暗时刻"来形容。

不遇见"至暗时刻"的人，人生就是一种样子，大家看到你是怎样就是怎样，久了，别人也好，你自己也好，这个世界也好，估计对你都不会有任何期待。

遇见"至暗时刻"，熬不过去，掉头就走的人，久了也会养成掉头就走的习惯，因为他们先从心里觉得自己不行，做不到，投降一次之后，就会彻底放弃尝试。

绝大多数这样的人，他们选择事情的标准是找自己觉得舒服的事情做，而不是找一件自己必须突破的会发生质变的事情做。

"至暗时刻"并不是随随便便的一项挑战，放弃了就放弃了。

所谓的"至暗时刻"一定是你在上升期遇见的阻碍，如果能扛过去，你就能成为一个"越来越有自信"的人，而别人也会对你刮目相看。

"早说了，他就是那样。""想不到，他还能那样。"

很简单，却截然不同的两句话，你需要付出很多。

4

正在写这篇的时候。

有朋友在微信上抱怨起了她的工作。

估计她已经有了结论，所以上来直接说工作受挫，决定去做自己喜欢做的事。

如果她不找我，我也不会多事。

既然被信任了，我就多嘴问了一句：为什么受挫，能跟我说说你具体是怎么做的吗？

她说：不重要了。

行吧。我决定闭嘴了。

一个成熟的人会对自己的每一个决定负责。

最后我跟她说：工作中我最怕几件事。

1. 明明你不行，你还觉得别人不对。

2. 你不行，你也不知道，也不想知道自己哪里不行。

3. 其实你很行，但是你却被认为不行，你也就相信了。

在我的观点里，无论是何种问题，我都会弄清楚原因，是继续克服，还是彻底放弃，死个明白。

没有什么反正也不重要的态度，看起来挺有个性的，但愚蠢到炸，但要知道愚蠢到炸这个真相也要等到一个人变聪明了之后才会知道有多炸。

工作并不是一件很难的事情，只是有点复杂。

梳理清每一步的原因，才能迈开下一步。

"算了，懒得想，麻烦，不重要，就这样吧……"

当你冒出这样的念头时，虽然爽了一时，但几乎可以肯定你未来会在工作上继续愚笨一两年。

因为真的明白工作是什么的人，怎么可能会对自己说出这种话。

5

最后给大家推荐一首歌——《避难所》。

我跟周深说:"这是电视剧《我在未来等你》女主角王微笑的心情曲,她心情一不好,这首歌就出来了。我想听听你唱这首歌是什么感觉。你放心,我就是自己感受一下,不会给别人听的。"

然后,他就相信我了。

我逼着他工作完毕之后立刻赶回家去录,可我又不知道怎么转换格式,就东转西转地,终于把一段小样上传到我的公众号了,声音听起来好奇怪。

凑合听一下吧,哈哈哈。

原来很多道理我们早就知道了

小时候，父母、老师和社会教了我很多道理，但我都没怎么当回事。这几年开始上网看事情，发现原来打捞上来那么多早就听过的事，以前不当回事，直到三十八岁这一年才严肃意识到：噢，原来是对的。这是迈入三十九岁第一天和你们分享的十二个感受。

1. 三十八岁这一年才严肃意识到：喝了酒，最好不要拉着人聊天，容易说错话。虽说酒后吐真言，但真言往往伴随着积压了很久的情绪，容易让人听不见内容，只看得见情绪。如果非要说，那就说一些开心的。感激谁，谢谢谁，喜欢谁，正面的话让你喝了酒也可爱，负面的话让你喝了酒变得狰狞。

2. 以前给朋友下的定义太多了，什么不能和自己讨厌的人玩啊，放假了要在一起啊，要能互相分享秘密啊。二十出头的时候觉得都好对，现在可能也没啥秘密了，就觉得最好的朋友一定是那种你问对方接下来该怎么办，然后大家能为你的问题坐在一起出谋划策。能不能帮你解决问题不是最重要的，愿意安静下来帮你分析现状就很难得了。

3. 不要轻易表态，当听见或看见某个会触怒自己的观点或言论时，先去搜集相关事情和人的更多面。现在不是聪明和傻的冲突，而是信息过量，媒介们各取所需的冲突。尽量了解更多再发言，才能不至于显得那么傻。

4. 以前找伙伴和搭档的前提条件是对方有足够多的优点，

资源也好，能力也棒，但这一年才意识到前提条件应该是对方能坐下来和你沟通，你们互相能听懂对方在说什么，听懂了就不再重复，没听懂也能一直说到听懂。听不懂话而放弃沟通的人，再优秀也没用，起码对于你没用。

5. 学会认怂，也要学会立刻站起来别丢了心气。今年年初和一个老友掰了，只是因为大家都喝了点酒，我犯了吐负面真言的错误，而他说："我就是这样的人，我就是没什么能力，我做不到，没那个本事。"要是真没本事，我也不至于生气，但我很气一个人拿自己的怂来对抗外界，然后我说别联系了。我们就没联系了，所以我写了第一段喝酒尽量不要拉着人聊天的心得。

6. 判断一个人能不能做好事，不是看他做的事大不大，挣的钱多不多，又大又多肯定有本事，但小事能做得细致、细心、周全，也很了不起。做事、做人能做得有逻辑，就让人觉得很佩服。

7. 疫情期间和父母一直待在一起，多创造机会和他们聊天，比如陪爸爸喝酒，让妈妈作陪，能听到好多自己不知道的事，自己的，他们的。其实我们并没有那么了解父母。

8. 如果懂得太少，别掩饰太多，最好直接沉默。被人问起，就说我不懂，会显得可爱很多。

9. 别说"我以为……"，直接说"我理解错了……"，会让合作伙伴心情好很多。

10. 如果一定要和人比较，比成绩、比现状都是暂时的，要比就比谁更能沉得住气，更能在某件事情上沉下去。这些年来，能沉下去的人，事业都一一上岸了；一直沉不下去的人，事业都逐渐溺亡了。

11."感兴趣"可以在一起一段日子。"配得上"能在一起很长时间。"一起努力"大概就相当于"不离不弃"。

12. 看到一句话,"这个世界哪有什么真正幸福的人,只不过都是想得比较开的人",想得开很重要。之前写过一段话:凡事最好能做到想得开。想,就是能思考。得,就是有收获。开,就是会开心。做到这三个字,很多事就不是事。

我的三十八岁过去了,谢谢大家的祝福。生日都快乐。

多少恋爱都被扼杀在了朋友圈

一不留神,朋友圈全被立住的扫帚占据了。

看了一下缘由,说 NASA(美国航空航天局)宣布今天是地球引力最小的一天,扫帚只能在今天立起来。

在这之前,我被群轰炸是为了庆祝海底捞上市,抢大红包。我点进去抢到了一百多元,可如果要提现,需要绑定账号并分享到更多群。我退出来质问朋友:"你有毛病哦,那么假,一看就是个骗子,你还分享个啥?"朋友说:"对啊,知道是骗子,反正现在也无聊,玩一玩呗,看看自己能被骗多少。"

我上网一搜,原来 NASA 没说过这句话,这个假消息先骗了一拨美国网友,然后流传到中国又骗了一拨。扫帚为什么能立起来呢?新闻说所谓扫帚挑战,其实只是考验你寻找重心的能力和耐心,和地心引力是不是最小一点关系都没有。我手握辟谣文,打算发在朋友圈扫个兴,突然想起朋友的一句话,于是果断刹车,打算做一个识趣、懂事的人,然后去找了一把扫帚也默默地把它立了起来。

不得不说,在疫情自我隔离这段时间,真的让很多人发现了自己曾忽略的东西。无论是将一把扫帚竖立的耐心,还是突然对一包面粉萌发的创造力,单是身边很多朋友通过视频云聚会、云喝酒,就让我觉得"原来人一旦努力想做成什么事就真的可以"。

有人发现了新的世界,有人闲得要死。

有个朋友小P，三十多岁，恋爱谈了好多次，没一次成功，每次喝完酒他都很无辜地问为什么。我说："你每一次恋爱，好不容易和人有了感觉，就要试着同居，可同居三天你就觉得人家这不对那不行，也不看看你自己啥样？"他更无辜了："那怎么办？我是不是要孤独终老啊？我也不知道为什么自己会这样，感觉根本克服不了。"

过年前小P处了一个新对象，正在热恋期就一起回了趟老家，给对象买了三天后的返程机票。没想到第二天疫情肆虐，武汉封城，政府呼吁大家不能乱跑。小P爸爸不当回事，总跑出去打麻将，于是小P当机立断带着父母回了上海。小P对象是武汉的，没法回家了，那就大家住一起吧。你猜怎么着？四个人回了上海住在一起，住了一个月相安无事。小P说如果没有他对象，他和爸妈待在一起肯定早就疯了。两个人相处得特别开心，又是聊天，又是规划未来，又是一起运动。对象帮着洗碗收拾家务，帮妈妈按摩……他觉得，这一次的恋爱还挺好的。

所以说，哪有人谈恋爱天生有缺陷，只不过是之前没耐心，又不是真需要对方罢了。

一个段子说：现在人人都很寂寞，如果这时都没人愿意撩你，证明你真的毫无吸引力。

我打开手机，嗯……又默默地锁屏。

什么叫撩呢？大概是那种很寂寞的时候会想到你，问你在干吗，然后就能愉快地聊起来。

没有人问我在干吗。

只有人问我有没有多余的口罩。

行吧，别人不主动，自己主动一点也行。颇有好感的人也不是没有，于是打开微信准备问你在干吗。发之前想着找一些话题，就打开对方的朋友圈，看看对方的动态，看着看着就不想发了，默默地进行分组，选择不再看对方的朋友圈。

　　每当这时，就分不清微信朋友圈到底是好是坏，因为一个人所有的下意识都能被朋友圈动态出卖。

　　比如，如果你对一个人很有好感，觉得你们都是那种比较稳重的人，但对方朋友圈几乎都是自拍，你就会开始困惑——为什么一个看起来比较稳重的人会天天在朋友圈发自拍呢？是觉得自己长得很不错吗？严格来说，也没有好看到每天可以发自拍的程度吧？再仔细看，自拍都被美颜过，眼大了，磨皮了，瘦脸了，这真的是我生活中认识的那个看起来还挺自信的人吗？

　　再看留言，每张自拍第一个点赞的都是当事人，第一条回复也一定是当事人，你也不知道对方是手滑还是故意的，反正留言都类似于：今天经过这里，觉得环境很好，就拍了一张照片，谢谢你夸我哦。

　　不出十秒，所有好印象和勇气都被火化得一干二净。

　　之前和好朋友有过一些争论，说如果有人特别喜欢在自己的社交媒体上发自拍，一定是因为这个人觉得自己长得不错，如果长得不好又喜欢发，就证明这个人没有自知，除了没有自知，日常对其他东西的判断也应该不会很好。

　　我问："万一人家并不觉得自己好看，只是热爱生活，就是想发照片呢？"

　　朋友说："那这个人一定非常希望有人发现自己热爱生活这

个特质，于是不停地发照片，释放荷尔蒙，就像绽放的花朵一样，我管你是蜜蜂还是蝴蝶，能来我这儿帮我传传花粉我都欢迎，所以你要做那群可有可无的蜜蜂中的一只吗？"

我被她的话吓了一跳，头摇成拨浪鼓，咚咚咚，咚咚咚，每一下都在为自己曾犯下的错误、留过的不当言论而忏悔。

朋友接着说："你继续再看，如果这个人很喜欢分享高楼美景、酒店、西餐等一切与品质生活相关的朋友圈，你先问自己一个问题，对方是那种靠自己实力就能过这种生活的人吗？"

我被问到一脸黑。

"如果对方真有这种实力，这个人就一定不会那么肤浅，总分享这些。唯一的可能就是对方没这个实力，这些都是别人给的，朋友圈只是在暗示：我的生活水平就是这样，如果你要追我也行，但你也要给我一样，甚至更好的生活。"

我一头汗，朋友未免把每个人都想得太不堪了，虽然我觉得她说得挺有道理的，但还是反驳道："你别把人都想成是攀龙附凤的，万一人家家庭条件好，不是靠别人，就是靠家里无忧无虑的呢？"

朋友看了我一眼："这种人看得上你？你长得普通，不是小鲜肉，不算特别有才华，也没什么特别厉害的作品，银行存款只能说是收入，还不能说是家产或财富，唯一的优点就是稍微有点努力……"

"行，你别说了，我把朋友圈关了还不行吗？"

我很怀念以前没有微信朋友圈的生活。你喜欢谁，就主动去接近谁，发短信、写信、通过朋友约出来，近距离感受到那种展现勇气后的快乐，无论结果好或坏，自己都挺勇敢的。而现在，你决定去靠近一个人之前，早已通过朋友圈、微博把这个人分析得一清二楚，即使有误解，也不会想要追问。朋友有句话说服我了："如果一个人在社交媒体让你误会，那这个人就是一个会让人误会的人。你何必呢？"

每当这时，我总会想起大三那年的除夕，我坐大巴车去另一个城市追求一段自以为的感情，陪对方家人打了通宵麻将，带去的几百块最后输到只剩一张回程车票钱。虽然什么都没得到，但我得到了一个愿意付出的自己。

我还想起二十出头时，喜欢一个人，主动约对方吃饭，快结束时我说："我约你吃饭是因为我喜欢你，我想和你谈恋爱，我一会儿要去公司加班了，如果你觉得可以，就给我发条信息，我们明天继续来这家吃饭。如果不行，就发不吃饭了。都没关系，我就是憋着不太舒服，我想跟你说这些很久了。"

说完，结账，闯进寒风里，好像已经完成了所有任务，有没有答案都对得起自己。

在出租车上，手机响起，进来一条信息，我没看，怕影响加班。

凌晨三点，加完班，我拿起手机，阅读那条短信。

短信写着："今天是你请客，明天我来请吧。"

虽然那段恋爱不过两年就结束了，但想起来真好，一切都是靠人与人的接触而得出的结论，不似今日仅靠社交媒体就能分析一个人的所有。

当然，可以不信邪，明知可能会有问题，偏向虎山行，但人偏偏都在长大，都在计算失误，都在承担生活的其他灾难和打击。于是，本着更爱自己一点、更在意自己一点的原则，便不想把感情轻易交付出去。我厌,但我可以承担寂寞;我勇敢,但我更怕自己在你眼里像个傻子。

如果有一天NASA说,今天是地球磁场最大的一天,每个人的荷尔蒙都是释放最猛的一天,你今天告白最容易成功,我想大家就会纷纷掏出手机来告白吧。

后来,我在朋友圈发了一条信息:"我家有三把扫帚都立起来了!"

发完后,我喝了一杯水。

手机里收到了那个通过朋友圈判定别人的朋友发来的一段文字,说:"大家快把在朋友圈发立扫把的那些男孩子删了吧,穷酸样,家里不仅没有吸尘器,连扫地机器人都没有,太矬了,还是多关注一下那些说家里没有扫把的男孩子吧。"

我回她:"你难道不觉得会发立扫把照片的人很有趣吗?"

世界上哪有幸福的人，不过是想得开的人罢了

这几天，整个人非常焦虑。

之前也焦虑，但不如最近明显。

每当这个时刻，我就很认真地思考——为什么会这样？

因为竞争者比我成功？

因为自己没有达到自己预想的目标？

因为看不到自己的未来？

因为周围创业的朋友都在跟我抱怨日子过得很难？

还是因为工作伙伴没有如自己预想中的那么默契？

除了这些看得见的，还有一些隐隐约约的，类似于朋友都有孩子了，他们会说："你喜欢小孩吗？喜欢的话，真的要考虑了哦。"我说我超喜欢小孩，他们就说如果现在还不计划，等你老了再生的话，你的身体会错过他最好的青春哦。

然后，我就意识到，2020年，我三十九岁了。

我爸三十九岁时，我已经九岁，上小学三年级。虽说每次家长会都让他丢脸，但能拥有一个孩子，丢脸似乎也不是什么大不了的事，对吧？

但是我觉得这应该不是我真正焦虑的事。

决心去做，就能做的事，不值得焦虑。只有那些看不到头，也不知道坚持下去的意义是什么的事才会让人隐隐担忧，而这种隐隐的担忧可能就是焦虑。我安慰自己不必焦虑有一种特别有效的方法，每次使用这一招，确实会心情舒畅很多。我的方

式就是列出从小到大让自己觉得焦虑的那些事。

焦虑是很痛苦的情绪,比什么不开心、被辜负、很孤独可怕多了。所以,在排除了不合常规的感受后,我列出了一张人生焦虑清单。

小学、初中、高中、大学,进入社会直到三十三岁,我在一件事上一直自卑——我觉得自己长得难看。这件事情让我很焦虑,而为了解决这种焦虑,我进行过太多的挣扎和努力。最初去和好看的人一起玩,因为我觉得和好看的人一起玩,自己是不是也会变得好看一些,也会让别人产生错觉——好看的人喜欢和你玩,你应该也不差。事实证明,我是个傻子。

我买过好多港台杂志,根据那些帅气的男明星的图片去买类似他们穿的衣服。现在想起来也太愚蠢了,明星的服装大都是走秀款,我却拿着图片去服装批发大市场到处找,结果常常是没有一模一样的款式,没有就没有吧,颜色一样也行。所以我有很长一段时间的穿衣风格跟鬼一样,这样的过往不忍回首。

那就在发型上努力。

我天真地以为剪个两块钱的头,每天起来就能变成郭富城、林志颖、苏有朋。我气急败坏地去问给我剪头发的肥姐:"为什么昨天我的头发还能立起来,但是起床就塌了?"她说:"你要用吹风机吹啊,我的孩子。"吹风机怎么吹,摩丝怎么抹,发胶什么时候喷?发泥和摩丝的区别在哪里?

以上这些问题,我到今天都没弄明白。

因为工作,我接触过很多造型师,也问过他们,他们也很热情地帮我辅导,告诉我每一个日本男孩都很会打理自己的头发,所以你在日本街头看到的每一个男孩都很精神利落对吧?

我想了想，还真是这样。因为发型认真，所以显得人很帅。

我就开始学，但第二天就都忘了。什么要用梳子梳起来再用吹风机，什么要用电夹板稍微夹起来一点。到今天为止，我衣柜里的帽子超过了三十顶。帽子真是好东西，随便一戴，别人看不出我的发型了。唯一的缺点是朋友看了总吓唬我："你再戴帽子，头发就要掉光了。"

这种外貌焦虑直到我三十三岁开始运动了，才有所缓解。

我突然明白一件事——我觉得自己不好看，于是换着法子打扮，让自己好看，但这都不是我擅长的，反而让我越来越难看，我也无能为力。但自从我运动之后，我觉得自己挺拔了，穿简单的T恤和运动服也挺阳光的，稍微挺起胸膛，同事还会夸奖，身材很不错。

噢……原来身材可以挽救自己的不自信。

从那时开始，我对长相的焦虑才得以缓解。

但那么多年，我迟迟没有找到解决的办法，所以浪费了很多时间，花了很多钱，糟蹋了自己的很多心情。

另一个焦虑是父母总告诫我，如果我选了中文系，他们是没有办法帮我找到工作的。我的家乡不大，我见的世面不多，我认为父母说的一定是对的，所以当我选择读了中文系后，特别焦虑——我如何才能在大四毕业时找到一份工作，而这个焦虑又在我找到一份电视台工作后变成了另一种焦虑——我如何才能不被领导开除？这份焦虑从大一开始，一直持续到我北漂第二年的某天，那天晚上我做了一个被公司开除的噩梦。

我梦见老板让我走人，说我工作不努力。

其实为了保住那份工作，我整整一年每天只睡五个小时，其余时间都在工作，中午十二点到公司，第二天早上六点踩着晨光回家休息。我被梦惊醒，吓得不行，我挺可怜自己的，那么努力了，还那么没有安全感。那是有史以来我第一次站在自己的角度安慰自己：“如果你真的被开除了也别难过，整个公司找不到第二个和你一样努力的人，所以你离开一定能找到工作养活自己，但他们不一定能找到和你一样努力的人了。"

我听到这句话，想明白了，我尽力了，就没有遗憾。

人最怕的就是没有尽力，导致没有把握住机会，尽力了也没有把握住机会，有什么可难过的？从害怕到理解到放下，前后花了七年时间，我觉得值，为解决这个焦虑所有花的时间都成为我在社会上生根立足的养分。

此后，我在光线传媒工作的十几年中，也有很多困难。现在想起来，那些算不上人生焦虑，只是每年的挑战而已。你做到了就是做到了，因为背后有公司，你迈出第一步，只要走完全程，就能到终点，半途不行也会有人来搀扶你。

这么说起来，能称得上焦虑的事应该是我三十五岁拍摄完《谁的青春不迷茫》的电影之后。光线的青春电影一直很热，到了《谁的青春不迷茫》似乎就戛然而止。虽然很多人说从演员到导演都是新人，能有近一亿八千万的票房已经很不错了。票房不能代表一切，但在一个商业公司我心里也很清楚，是我能力的不足，导致这个电影只有这样的表现。每个人都在安慰我，真的挺不错了。我很想有一个人告诉我："其实你应该让它变得更好。"

那段日子，我每日每夜都在想，我三十五岁了，是否已经定型了，我还能变得更好吗？还有这样的机会吗？我的优点是什么，不足又是什么？我还能改变自己的不足吗？光线是一个运转非常快的公司，快到我连百分之一的疑惑都没有想明白，老板就告诉我："别想了，过去了，赶紧投入新的电影剧组。公司有一个大项目现在很需要你。"我从二十四岁进入光线到三十五岁，十几年都是这么过来的。我也不知道哪里来的勇气，我对老板说："我需要想清楚一些问题，想清楚了我再出发，请给我四个月的假期。"然后我就离开了北京，去美国待了四个月，开始了每天学习英语的日子。

我想过去十几年算是我职业生涯的第一阶段，不停地学习，不断纠正，好在我的起跑方向没有出错。但到了今天，我一定要想明白，未来我能做什么。电影《谁的青春不迷茫》豆瓣评分6.6，算是国产青春电影中不错的分数，但公司同事说起话来更直接，他们说："剧本太平淡、很工整，没什么惊喜，只能说你们完成得不错。"

我只能说："导演是新人，我们很快建立起了信任，而且公司对于时间的要求很紧急，在有限的时间内，我们已经尽力了。"同事也根本懒得管我的情绪，继续说："反正就是不够精彩。如果你对剧本参与更多的话，可能会好一点。"回想起《谁的青春不迷茫》电影的创作，那是我第一次参与完整的电影剧本创作，我才知道写剧本和写文章差别居然那么大。比如我随意说这个角色的台词可以这么说，然后编剧和导演就会告诉我："如果他这里这么说了，那他之前就不能那么说。"我说那之前也可以改掉。他们就很耐心地告诉我："如果之前改掉了，那后来他和女主角见面就不会那么说，情绪也不对。"

我们常常因为我的一个提议停下来讨论几个小时。

慢慢地，我知道了，我并不是在帮助他们，而是在给他们设置障碍，以至于后期我提任何意见都要想很久，把人物线索理得非常清晰了，才敢提意见。因为不专业，所以没有信服力，自然而然没有话语权。哪怕你知道有些地方不够好，但你提不出更好的建议，那也没用。所以在那几个月里，我很清楚，如果自己不弥补掉这个不足，未来我依然会遇见同样的问题。

休完那一段长假，我回来告诉公司我想写一本小说，然后把小说改编成电视剧。公司没有同意，觉得我想多了。我也觉得自己确实想多了。首先，我此刻什么都没有，连小说都是打白条，而且就算小说写完了，有改编成电视剧的价值和意义吗？其次，在这个行业里稍微待过三个月就知道一部小说改编成剧本的难度，再进行拍摄，再找到平台播出，如果在意口碑的话，前后怎么也需要三五年，这还是建立在每一个步骤都不能出错的情况下。但公司真正的担心是这部剧就算做完了，也没有办法播出。这个行业每年都积压了上万集电视剧无法播出。不仅是我，连公司都从未有过从头到尾制作电视剧的经验。

换句话说就是："你在想什么呢？"

说是公司没有同意，其实就是三位创始人老板没有同意。

特别清楚地记得我终于休完假回到公司的第一周。我发信息告诉李总，我回来了，也想了想自己未来的规划，想和她聊一聊。我在之前的文章里写过李总，这十几年她是看着我慢慢长大的，给我机会的是她，不顾情面当众羞辱我的也是她。

虽然关系不错，但毕竟是老板与员工的关系。先别说她的心情，站在我自己的角度——一个请假四个月，公司还一直发着工资，回来就想和老板聊聊未来的员工，老板会怎么看？如果我是老板,肯定心里会骂:"聊聊聊,聊个屁,赶紧夹起尾巴好好工作,就知道聊聊聊。"

我对她的判断是准确的,她压根儿就没有回我。

我挺尴尬地在办公室等了一整天,同事们都过来看我,问我接下来的计划,我双手一摊:"李总根本懒得理我。"

大家笑笑走了:"你活该。"

我又给她发了一条微信:"李总,你理我一下,反正你不理我,我一直在办公室等你开完会。今天没时间,明天也行,我也没事做。"

她依然没有回我。

第二天也没理我。

第三天我就干脆堵在她的办公室门口,直到快下班了,她才从外面开完会回来,周围都是其他部门的同事,正在聊着工作,然后我硬着头皮喊了一声:"李总。"

她看见了我,我也和其他几位同事打了个招呼。

同事很热情地说:"同哥,你回来啦。"

我有点尴尬地点点头。

李总特别冷漠地对我说:"别找我,我没什么可和你聊的。"

幸亏我早就做好了被拒绝的心理准备,假装没听到一样继续跟她说:"你不用说话,你就听我说说我对未来的规划,你只要说好或者不好,赞同还是不赞同就行,你不费事。"

李总继续说:"你走吧,我没兴趣。"

我觉得周围的同事都为我尴尬到想要原地爆炸消失了,他们的脸上都写着一句话:"你怎么就那么难……你内心马上就要崩溃了吧?"

我有一刹那的后悔，我不该当着同事的面来找她，现在进退两难了。

"李总，你先忙，忙完之后我就在外面的沙发上等你。"没有更好的办法，就是死守。她的表情看起来很想骂人，但又忍住了，然后说："你这个人怎么那么烦？能要点脸吗？"

她说出这句话，我松了一口气。我最怕她拒绝沟通，此刻她有了脾气，就挺好的。

我嘻嘻一笑："你先开会，一会儿再骂我好了。"

她实在被逼得没办法："你赶紧走，明天下午我找你，还有王总，你看他怎么收拾你。"

几个老板很严厉，但如果你努力想去表达自己，他们也听得进去。这是我在电视事业部最后一年最深的感受。那一年，我明白了很多事，更重要的是我认清了自己，也学到了人生当中最宝贵的一个经验。那时，我正处于从电视部调岗去影业的阶段，算是我最后一次带着节目团队给央视提案。我们打算做一档明星和妈妈的真人秀，提案很好，立刻通过了，但招商迟迟没有落实，而这边公司一直在出着节目样片制作的费用。过了一段时间，公司告诉我："这个节目不做了，卖不出去。"

但节目嘉宾约好了，也给了我们一个很难得的国外演出跟拍的档期。

无论是同事还是我，都很想把这件事做完，哪怕就是这一期节目，也想做完，没准那时赞助商就找到了呢。公司先后批了几十万，然后通知财务，这个节目彻底暂停，不允许再花钱。那时我只是一腔热血，觉得自己做电视那么多年，这最后一次死也要死得明白，就把自己全部的积蓄五十万元拿了出来自己带着团队拍摄。公司知道了告诉我:"你自己出钱,如果没有赞助商,也不会给你报销的。"

我很硬气地说不报就不报吧。

结果如公司所料。再也没有人在我面前提过这件事,我也没有再和人提起过这件事,就当是人生赠予我的一份成长大礼吧。

北漂十年,积蓄一夜清零。我觉得自己好愚蠢,但又不好意思和人说,显得自己更愚蠢。我劝自己,好歹五十万元还换来一点点热血,起码我知道自己是热血的。

那句话果真是对的:世上原本就没有什么幸福的人,只有想得比较开的人。

后来我在影业工作了一年,工资卡突然收到五十万元的转账,我一蒙,不知道是啥,就去查账,发现是公司转的,一问财务才知道公司把我垫的钱还给我了。我立刻去问副总裁李老师,李老师脸色很臭地说:"你现在知道自己蠢了吗?"

拿着多了五十万元的卡,我怎么好意思不承认自己蠢呢?

我说:"我是挺蠢的。哈哈哈,以后不会了,谢谢公司咯。"

就算不报销,我也没什么可抱怨的,那是自己做的决定,那就自己承担。但是报了,我想他们可能比我想象中要善良一些吧。找了几位老板很多次,老板依然不同意,甚至说出了:"你那么想自己干一件事情,那就自己出去独立干吧。"

我也没有那么脆弱,就说:"辞职出去做是最后的选择,但在这之前,我找你们只是想知道,我在公司那么多年了,如果我想在公司做完这件事情,你们能帮助我吗?"

僵持了很久,最后公司还是点头了,说给我一年时间,如果一年之后没有任何明确进展，那就别做了。这一次，我很认真地说"好"。后来的事情大致就是我找来了大学同学谭苗，她北京电影学院博士毕业后在中国传媒大学戏剧影视学院当研究生的编剧老师。我们多年后再见，一个下午推心置腹，决定一起把这个项目做出来。

那一年的时间里，我晚上写小说，白天开剧本会，同步进行，间歇把自己写好的几万字发给出版社，拿到一份不错的合约，然后再拿着出版社合约和写好的几集剧本找到播出平台。写剧本遇见了很多事，找演员遇见了很多事，拍摄遇见了很多事，后期制作遇见了很多事，当我觉得终于可以松一口气的时候，又发生了审查的问题。此后就是这么一环扣一环，哪一环出了一点问题，这个电视剧都无法播出。

以上的过程，我也写下了几个故事，有惊心动魄，也有提心吊胆，算是它送给我的礼物。

终于 2019 年 9 月 9 日，电视剧《我在未来等你》在爱奇艺上线播出，意味着这个孩子终于出生了，意味着 2016 年 9 月 13 日我计划的目标终于实现了。

从 2016 年 9 月 13 日到 2019 年 9 月 9 日，一共 1092 天。上线播出的晚上我回到家，自己给自己倒了两杯酒，一杯碰一杯，恭喜自己。

虽然三年的过程中，我也曾带着负面情绪跟搭档抱怨过："早知道这么多麻烦，我从一开始就不应该做这件事。"但终于播出的那一刻，你问我如果再给我一次机会的话，我还会做同样的选择吗？我想我还是会坚定地去做的。更幸运的是，在 2019 年年底很多电视剧榜单的评奖中，《我在未来等你》都有入围，它的豆瓣评分也从开播的 7.7 一直涨到了大结局后的 8.6，这个评分是 2019 年大陆剧集的第一名，也因此入选了豆瓣 2019 年度十大最佳电视剧。

我记得电视剧播出第二天，李总给我打电话问我观众什么反馈，我大概说了说，她听完之后对我说："上线了，就代表一切都要靠观众了，你的任务已经完成了，不要再沉溺于过去，好的继续发挥，坏的赶紧克服，下周我们谈谈你要做的新项目。"

我说："OK！"

这三年过得日夜颠倒，全扑在一件事里，剧本里的每个字都读过，每个角色的台词都念过，每段剧情都表演过。当时说《谁的青春不迷茫》剧本平淡的同事做了这个项目的总策划，她说这个剧本还不错，有很大空间，但这只是我们认真做的第一个，之后一定会更好。再回头看三年前在李总办公室门口等着她的那个我，无知但热切，愿意为自己的许诺付出所有的精力。我问自己，为什么那时的我还焦虑呢？其实不应该焦虑的，一个能安安心心去做一件事情的人，都不应该焦虑。无所事事，把命运的转机放到行业、领导、同事、搭档、老天爷手里的人才应该焦虑。

当我写完以上这些，我问自己："那此刻的我应该焦虑吗？"

对哦，从小到大，那么多不值得焦虑的都白焦虑了。

那些值得焦虑的时刻也被自己每天一点一点打磨，很长一段时间后，所谓的焦虑都被磨成了值得展出的雕塑。

为了让自己的客厅里有更多的雕塑而放弃焦虑吧，等到八十岁回过头，客厅里不仅没有雕塑，连花花草草都枯死了，才值得焦虑吧。

    写这篇文章的前几天，思考了很久。我给李总发了一条很长的信息，说了自己这三年的感受，工作中觉得不舒服的地方，以及希望公司能帮我解决的地方。

    我提了四个需要公司帮我解决的问题，如果不能解决，大量的内耗会导致我无法全身心投入工作。问题不是突然出现的，只是我一直在回避，如今似乎到了不正面沟通，就只能每天消耗自己情绪的时刻了。

    按常理，我是不大想给她发这种信息的，总觉得在一起工作很多年，这么聊会破坏我们的平衡。但后来又想，如果她真的在意这种平衡，就应该在我站立时也站起来，这才能让跷跷板不失衡。

    问题很多，需要一点一点去沟通。

    发完那条信息，我松了一口气。解决焦虑还有个好的方法，就是去想最坏的结果，你能接受最坏的结果，那此后所有的努力、得到的回报，都算是好消息。

友谊旅馆

去年,我在老家给自己买了一套小房子,心里想着反正父母也不会住在这里,就跟朋友说能不能找一个很有想法的设计师帮我设计,贵一点没问题,一定要很有风格。

朋友立刻问:"你知道有谊民宿吗?"

我当然知道,拿了很多设计奖,是湘南最厉害的民宿。

朋友说,有谊民宿的老板王真行就是这家民宿的设计师,如果我觉得可以,就介绍我们见一面。我连忙说:"别了,我买这小破房的钱可能还不够他的装修设计费。"

朋友嘿嘿一笑:"其实王真行特别想认识你。"

"为啥?"轮到我一愣。

"你知道有谊民宿怎么来的吗?"

我摇摇头。

"有谊民宿以前是友谊旅馆,王真行小时候就跟妈妈一起住在旅馆的杂物间,经历了很多事,后来王妈妈盘下了友谊旅馆,而王真行也将这里改造成民宿,再后来王妈妈重病离开,王真行便辞职接管了。"

我依然没明白为什么王真行想认识我。

朋友说:"他想跟你说说他和妈妈的故事,如果你有兴趣,能不能写成故事,让大家都知道有谊民宿的来历。"

从小住在旅馆杂物间,后来妈妈承包了旅馆,儿子成为设计师,又亲自参与改造,现在成为网红民宿,所有细节都让我很感兴趣。

然后，就有了这个故事。

1

故事从三年前说起。

王真行东南大学建筑系毕业后去了上海，选择进入一家获得过很多设计大奖的设计公司工作——这里除了口碑很好，还会帮员工解决上海户口。可两年多过去了，他这个助理设计师每天都被资历和资格压着，很难呼吸到大上海的新鲜空气，落户的事儿当然也还没轮到他。

公司以往接的都是大单，如连锁酒店、大型建筑、别墅，都是一线城市的大业务，现在情况渐渐变了，越来越多业务咨询来自三四线城市。有一天，总经理在内部会议上提议："我们要不要成立各省市分公司？每个分公司，人不需要多，但可以第一时间了解当地的变化。以我们的品牌实力，要去三四线城市竞争并非难事。我有个想法，可以先从公司内部委任，东北人回东北，福建人回福建，你们有好的资源、好的人脉，三年为限，先把地基打好，什么都好说。谁愿意回家乡做分部？"说完，大家面面相觑，一阵窃窃私语——好不容易从家乡考上大学，从大学来到上海，现在又要把我们流放回家乡？自己能不能接受还是其次，父老乡亲们怎么看？

王真行突然举起了手："我可以回湖南，我是湖南湘南人。"

就这么着，他回到了湘南，与另一位同事负责湖南分公司，他从助理设计师变成了总设计师，同事从客户经理变成了总经理。王真行第一时间找到中学同学阿香，劝他来做项目经理，机会多，提成高，加上阿香活泛的性格，一年整个几十万不在话下。

时间就这么过了两年半，事实证明总公司的决定是对的，王真行的选择也是对的，总公司的金字招牌、王真行东南大学建筑系的背景再加上阿香的三寸不烂之舌，分公司虽然没接到什么大项目，但散客就没断过。与王真行合作过的客人都觉得他既聪明又专业，只要自己提出新房子的装修意见，王真行总能从电脑里找出类似的设计。这得益于他大学时养成的习惯，每每遇见新的风格、设计师的新作品、新的获奖项目，都会分门别类储存下来。最初是为了学习和研究，慢慢就变成了自己接项目的模板。以前他最瞧不起这类设计师，把客人要求的各种元素一拼，调整到客人满意便直接交给施工队。他当然努力尝试过原创，但面对年轻客人还好，年纪稍长些的客人基本都不会选。所以后来每接到一个项目，他都会先做一版原创，再根据客人需求拼贴三版方案。渐渐地，原创作品集越堆越高，接的单越来越多，两者间的距离却越来越远。三年期限快到了，他想回上海，不仅因为回去可以升职，可以解决户口，最重要的是可以单独接项目。这个项目指的是"作品"，而不是"商品"。

他不想让小文看到现在这样的自己。

小文是他的初恋女友，毕业那年决定去美国继续学建筑。告别时，王真行说的最后一句话是："你去开你的飞机，我去开我的拖拉机，五年后见，看看谁比较厉害。"这之后几年，两人除了朋友圈点赞和生日留言外，鲜有互动。分手了吗？似乎没有。会重逢吗？似乎更尴尬……

这天，王真行跟阿香喝酒。

王真行说："等我回上海，你就做总经理，我给你派几个厉害的设计师过来。"

阿香也举起杯："虽然舍不得你回去，但你是一定要去大城市做大项目拿大奖的……对了，你妈还不知道你回来了吧？"

"嗯，不想说。她有她的生活，我也不想再耽误她。"

前两天，妈妈给他打电话，他挂了，回了个"在忙"，妈妈就再没找过他。等他拿起电话拨过去，响了几声没人接，看看手表，晚上十二点半，估计已经睡了。这些年，他和妈妈交流很少，打电话也是简短几句话了事，似乎打电话不是为了交流，只是为了对几个暗号，确认"你还是我妈，我还是你儿子"而已。

"儿子在干吗？"

"工作。"

"好，照顾好自己。"

"知道。"

"吃饭了吗？"

"一会儿吃。"

王真行的每句话都像画了句号，而妈妈使劲把句号变成逗号。

"我上个周末和陈阿姨一起参加了……"

"妈，我在开会，我先挂了，等我闲下来再回给你。"

"噢，好的，你先忙吧。"

王真行并不忙,他看着电话很愧疚,但他不知道怎么和妈妈聊天。从小到大,他们的沟通就没有顺畅过,一直磕磕绊绊的,他知道自己看起来很不孝顺,但孝顺也不是在电话里装乖就够了。

后来,他都不想接电话了,直接发短信。

回湘南两年多,他一直不回家,每月给妈妈寄几千块,然后就没有然后了。

2

王真行成长在单亲家庭,妈妈叫王有谊。

他小时候,妈妈是当地导游,带各种旅行团吃住行获取提成,后来生意不好做,就买了辆小巴车做起黑车司机,总之,什么挣钱就做什么。

谈起王有谊,街坊四邻的第一印象是这个女人很豁得出去,而他们似有若无的面部表情也透露着另一个信息:王有谊是颇有姿色的单身妈妈,所以和男性总有点那个……最开始王真行并不明白"那个"是指什么,后来明白了,大家都说妈妈和男人的关系不清不楚,说妈妈风骚放荡。王真行为这个和人打过好几次架,没一次赢过。后来,他自己也看见妈妈跟很多男司机喝酒,喝开心了就称兄道弟,勾肩搭背,没一点女人的矜持。从此他就躲着妈妈,直到初中毕业他考了个高分,去了省城的高中,人生也终于松了一口气。

王真行渐渐懂事了,也知道妈妈的辛苦,所以大学后再没问妈妈要过生活费,一边读书一边打工,拿下各种奖学金,参加工作的第一个月就拿出一大半工资寄给妈妈。对他来说,这个举动就代表了自己的孝顺,他在这个世界上拥有的本就不多,但他愿意拿出更多给妈妈。除此之外,他和妈妈的互动就暂停了。他想不起妈妈上一次笑是因为什么,也想不起妈妈和自己是否分享过心事,不知道妈妈现在的爱好是什么,有没有闺密,他仅仅知道妈妈用这些年的积蓄买了套属于自己的房子,七十八平方米,有他一间。但除了每次过年住几天,他对那个家陌生得很。妈妈也没闲着,五十好几了,还开着以前那辆小巴车到处给当地老旅馆带住客。带一位有二十块抽成,一天能拉到四五位就算运气很好。

他和妈妈住在这个小城市的两头,互不干涉。

王有谊不知道王真行回来了。

王真行也不想知道妈妈每天在干吗。

3

舒缓流淌的河流中突然迈进了一只脚,溅起的声响和水花惊醒了水草中休憩的鱼虾。

公司刚开门,总经理就跑过来对王真行说:"你肯定不会相信的,有个旅馆的改造指定要你设计。我问了对方,四层楼,二十几间房,这可是一笔大生意!"王真行也一惊,他这两年多一直做单间、双间,最多三室两厅,突然来了二十多间,绝对是好机会,心心念念想做的大项目终于来了。想到这儿,身体都有点小哆嗦。

阿香立刻凑过来:"你看,你小子命也太好了吧,做完这一单就回上海,光荣返沪。"

王真行摇摇头:"对方的要求、理念、预算我们都不知道,没准是个大坑。"

"客户就在会议室,我先过去,你俩准备准备。"总经理说完风一般地刮向了会议室。

王真行取上电脑,出办公室前想了想,反身又从柜子里取出十几本原创提案。阿香拍拍他的肩膀:"认真了,认真了,王大设计师认真了。"

两个人兴奋地踏进会议室,立刻呆若木鸡。

王有谊烫了个头,穿了件裹身旗袍,化着淡妆正和总经理谈笑风生。总经理夸她穿得有品位,她笑得合不拢嘴。看到王真行,总经理连忙热情介绍:"这是我们的王总设计师,东南大学建筑系第一名的优秀毕业生,上海专门派来的,也是本地小伙子,特别优秀,还有半年就回上海高升。大姐运气真的是好……"话没说完,见两边脸色不对头,又追问了一句:"你们认识?"

"不认识,第一次见。"王有谊迅速否认。

王真行手里捧着十几本原创集,觉得自己是个傻子,不知道是该转身出去,还是继续坐下来聊提案。阿香虽然认识王有谊,但看王真行不动声色,摸不清套路。王有谊也不含糊,拿出一张照片:"这是友谊旅馆,三十多年了,老板去了美国,我就把它盘下来了。四层楼,每层六间房,我想改造成更年轻、更接地气的旅馆,按你们年轻人的话说就是民宿。"这旅馆王真行再熟悉不过，五六岁开始，他就一直住在二楼顶头的杂物间。那间狭长没窗户的小屋子也就十平方米左右，王真行住里屋，妈妈住外屋，常年开灯。他满脑子疑问，为什么妈妈突然要盘下友谊旅馆？花多少钱盘下来的？改建费也很贵，她哪有那么多钱？她是知道我早就回来了？她是真的想找人设计，又或者只是过来看看我开个玩笑？

他没说话，阿香也一声不吭，总经理急了："王总设计师，人家王姐都介绍清楚了，你有什么感受？"

"这个项目我不接。"

总经理愣住了。

"妈，你想干吗？"

总经理的脾气刚从脚跟提到小腿处，听到这声"妈"，立刻就钻回了地下。

王有谊比想象中的镇定："我来你们这儿，就是客户，你也别喊我妈。如果有家属折扣最好，没有也行，我就是要找人做这个旅馆的装修设计。这是我和旅馆老板签的合约。你们有能力就接，没能力我就找别家。"说着还从手提包里翻出一沓合约，动了真架势。

"别啊，如果我们都做不了，别的设计公司不可能做得好。"总经理有点迷糊，但绝不想错过这单大生意，"折扣什么的都好说，要不，真行你出来一趟，咱们聊聊。"

阿香也赶紧说："王阿姨，我也出去一趟。"

王真行说了实话："廖总，我家什么情况你也知道。我妈没钱，也不可能拿出那么多钱装修，我怕害了公司。"

廖总说："那就签阶段性合约，先付设计费，再付开工费，一周内钱不到位,项目自动停止,和你没关系,一切按合约。"

王真行叹了口气:"我也不是这个意思。"

阿香说话了:"你先别急,先弄清楚情况。你不能因为一直躲着你妈,所以就把和她相关的事都快刀斩乱麻。王阿姨说得对,在家里她是你妈,在这里她是客户。廖总说得也很有道理,签个阶段性合约,如果阿姨真没钱,也和你无关。但如果真的能把友谊旅馆改好,不也了了你一个心愿?没准小文一回来,立刻就跟你住进去了……"说到这儿,阿香诡笑起来。

"你少说两句,这都什么跟什么?"

在他们的劝说下,王真行妥协了,这家友谊旅馆成了他在湘南的最后一个项目。

4

友谊旅馆虽在市郊,但因为湘南是丘陵地貌,它正好傍山而建,独栋四层,前庭后院,所有房间坐北朝南,一条湘江由东往西。若在下雨天,一切景色就像被高清滤镜过了一道色,树也好,草也好,翠到心里,甚至可以感受到流动的雾气,仿佛身在画中。

一晃十几年过去,衬着朝阳,整栋小楼被描了一道金边。小时候,王真行便清楚地知道友谊旅馆在夕阳下的金边是厚重的,在清晨的金边是跳跃的。王真行踏进旅馆,鼻腔里闻着熟悉的空气味道,皮肤感受着湿气水分,听着老木地板的嘎吱声,踩着斑驳的木制楼梯上到二层,最右边写着杂物间的房间就是他度过八年童年时光的地方。

  他想推门进去,但门上了锁,木头门上歪歪扭扭刻着"请勿打扰"四个字。他也并不想在王有谊面前表现出想念这里的模样,于是很快就走出旅馆,站在院子里思考:除却一层前台,整个旅馆没有任何室内公共空间,室外公共空间也不过就是个院子,摆了些供客人歇息的椅子而已;现有房间都太小,房型也很一致,如果要提高竞争力,或许可以拆除重建,释放更大空间,造更多房型;房间窗户也太小,浪费了友谊旅馆四周的好风景;如果有足够大的落地玻璃,冬天看雪,夏天看星空,雨天看雨滴的轨迹也是好的;楼梯倒可以保留,翻修,或许还能成为具备历史感的标志。他脑中的构想越是丰富,脸上的表情越是凝重。如果真要弄,起码得花两百万元,但妈妈怎么能有两百万元?她接手友谊旅馆要花不少租金,这些钱都是从哪儿来的呢?她都五十好几了,从来就没有做过跟旅馆相关的事,怎么就突然想起来经营了呢?

  眼前的友谊旅馆瞬间变成了一个巨大问号。

  巨大的问题瞬间又变成了一个巨大黑洞。

  王有谊似乎看穿了他的疑惑,突然就走到他身边说:"你看这个友谊旅馆,风景绝好,位置不算偏,湘南这几年旅游业发展得很快,无论是外地游客还是想周末在城郊度假的年轻人都多了起来。刚好顾老板的女儿在美国生孩子,他本打算把旅馆转给美住连锁酒店,去美国带外孙女,我就直接谈下来了。我有预感,这个民宿一定会很受欢迎。你相信你妈,我的预感没错过。"王真行本想问她的钱从哪儿来的,但同事都在旁边,又咽了回去。王有谊仿佛又看穿了他在想什么,接着说:"我不想花太多钱买什么瓷砖来贴外立面，不如把这栋楼全刷成蓝色？远远看过来就是一栋小蓝楼，多美！我看台湾就有这样的咖啡馆，全部刷成蓝色，好多年轻人去合影，特别潮，油漆也便宜。我给你看看照片，特好看。"

她掏出手机，开始在相册里翻照片。手机是苹果六代，还是几年前王真行换了新手机后给她的。

"不用看了，我懂。我就想问一下预算有多少。"

王有谊看了看旅馆，又看了看王真行，反问："你觉得需要多少？"

"我们都是先看客户预算再做。"

王有谊反问："一百万有一百万的设计，一千万有一千万的花法对吧？"

王真行不置可否地撇了撇嘴角。

"这样吧，你给我做两套方案，便宜的和贵的，我看看哪个好。你放心，设计费我照给。"王有谊立刻堵住他的嘴。

回公司的路上，王真行一直沉着脸。

回到公司，阿香问他到底怎么想。

"我太了解我妈的言下之意，她肯定没钱，我给她一个设计模板吧。"王真行随便吃了碗泡面，便埋着头在办公室工作了一整天外加一个通宵，只睡了三四个小时。第二天上午，他让阿香发短信给王有谊。王有谊很快到了，翻了几页方案，就放在桌上。"王真行，你这个方案对付别人还行，对付我可不行。你这不就是把各种各样的民宿装修拼到一起了吗？你把我的钱都花在买材料和装材料的工时费上，但我需要的是改建，怎样让房间更大，走廊更敞亮，住客愿意拍照。住客不仅在旅游季节把这里当个落脚的地方,还要没事也想过来住几天,当成自己的家。明白吗?"

总经理给王有谊跷了一个大拇指就出去了,留他们两个人自己沟通。

没一会儿,王有谊从会议室出来了:"廖总,王真行这个星期跟我回家住,我盯着他做方案,他就别来公司了。"

廖总经理看着会议室里一脸绝望的王真行,笑了笑:"王真行您随便用,反正是您儿子。"

5

一周后,王真行拿出了两百多页的装修设计图。

从公共空间的改造建议,到装修材料以当地产的竹材与原木为主;从无人机拍摄的俯瞰景别设计,到每间房的剖面,每间房都增加了正面的落地观景窗,以木与景相融合……总经理翻了几页就说:"以前都说你来公司时是笔试第一名,我还纳闷,怎么也看不出第一。现在我知道了,深藏不露啊!"

王有谊拿到方案后一页一页地翻,不住地点头,不知道是在肯定王真行的设计还是肯定王真行的能力。看完,她提了一个建议:"我们能不能在四层楼顶再种两棵树?"

什么?王真行不敢相信自己的耳朵。

"就是在楼顶种两棵树,客人可以躺在树下喝茶、喝咖啡。远远地也能看到咱们楼上有两棵树,多美啊!"

"妈,你知道一棵大树的根要扎多深吗?你种在楼顶,根会穿透屋顶。而且,你的预算到底有多少?一棵成年香樟市场价得八到十万元,你能花十几万元买两棵树?"

王有谊嘴里嘟嘟囔囔:"不能种屋顶,那种在院子里也行啊,有没有便宜点的树?"

王真行是按预算两百万元设计的,其中包括二十万元服务设计费。

最终,王有谊和公司签协议,按阶段提前付钱,一周不交就停工。交完服务设计费,王有谊也很麻利地把接下来第一笔拆除费二十万元交了。

改造要开始了。

王有谊对阿香说:"接下来就交给你们了。我还有几个要求,你跟大家仔细叮嘱。一、木楼梯不要拆,顾老板特意交代的。二、杂物间不要动,里面还有很多东西没挪出来。三、202房间上了锁,不要装修,保留原貌就好。"

6

正式开工的第一天早上,王真行刚来到旅馆,就看到王有谊带着几个工人从一辆大货车上往下卸两棵香樟树。

王真行呆住了,不是说了楼顶不能种树吗?就算要买也要和自己商量商量才行啊,种什么树都得配合旅馆最终成形的景观来安排啊……他压抑住情绪,过去问王有谊:"妈,你这是要干吗?"

王有谊很得意地说:"你不是说树很贵吗?我刚好有朋友

承包了一座山种橘子,山上长了很多这种树,我就挖了两棵过来。"

王真行疯了:"这是你在山上挖的树?"

"嗯,你看,这一下就省了十几万元,多划算。老李,谢谢你啊!"王有谊跟大货车司机打了个招呼。

王真行也认识李老头,这个人以前跟妈妈跑过黑车。他顾不上打招呼,很认真且着急地说:"妈,听我的,别惹事,赶紧把树弄回去,哪儿来的送回哪儿!"

王有谊不乐意了:"我几个朋友从昨晚弄到今早,好不容易弄来了,为啥要送回去?"

"一、很难养活,需要专门打理。二、现在没法种,会影响施工。三、山上的树都是国家财产,你这不是节约,是盗窃。"

话音未落,一辆警车开进了院子。原来,莽山森林公安发现有人在景区挖树,一路追到这里。母子两人都得去一趟派出所。王真行无奈地问了一句:"你这到底干的都是什么事啊?"王有谊满不在乎:"没事,我又不知道是犯法。我看这些树长在山上又没人看,我挖过来种这里,还实现了它的价值。"

7

王有谊口中那个承包果园的朋友也到了派出所,一顿道歉,说以为山上的树都是自己的。民警处理过很多挖树的案件,和这位朋友也打过照面,懒得拆穿他的谎话,说了句"下不为例,把树埋回去吧"。

"埋埋埋，一定挖一个比之前还深的坑。"

王真行叹了口气，妈妈的朋友一个比一个令人糟心，这么多年了，就没交过什么正经朋友。

李老头在派出所外面等着，一见大家出来了，立刻说："就这么点小事，惊动那么多人花了那么多时间。走，一起吃个火锅，庆祝一下。"

庆祝？王真行不敢相信自己的耳朵，开工第一天啥都没干，光在派出所折腾，他的脸垮了下来，说不去。李老头一巴掌拍在他肩膀上："听叔叔的，开工第一天就进了派出所，兆头不好，必须红火红火，走！"

王真行去也不是，不去也不是，趁着李老头和其他人在前面走，他一把拽住了王有谊："妈，我可跟你说好了，接下来任何设计你都不能插手，你要做任何事都要经过我的同意。如果你再这么耽误时间，三个月后完不成项目我会立刻回上海，一刻都不耽误。"

"行行行，都听你的，我老了，做不了决定了。"王有谊手一摊，"走，先吃饭去吧，我饿死了。"

友谊旅馆里，王真行保留了木地板，保留了木楼梯，他喜欢踩在上面的嘎吱声，但重要的是他需要把木板一块一块拆开，把底下的木桩垫扎实，坏了的板子也要换掉，光是这一项工作就需要很多时间。之后，他改变了每一层的房间数，把一层的房都拆了，变成餐吧和热带植物长廊，除了承重墙，其他墙面换成玻璃，再把楼梯竖板换为乳白的亚克力玻璃，背后放置光源，让楼梯亮堂起来。

先拆后建，王真行留了半个月去拆除外围不用的部分，同时走改建手续报批。

十天后,他让阿香去城建局问报批回复。阿香说专家都被派去做一个省级项目的评估,私人项目还要等上一个月才行。再等一个月就相当于报批花了四十几天,万一专家组提意见,报告就会打回修改再审批,又要半个月才能通过。这还是好的,万一出点岔子,三个月内能批下来就算不错了。

王真行心如刀割,阿香也很清楚,如果三个月后才走完审批手续,那王真行还要在湘南起码待上大半年,不仅不能赶上回总公司升职,也赶不上回上海办落户手续。

王真行让阿香立刻陪自己去一趟规划局,找相关部门投诉。怎么能因为有别的大项目就不管其他老百姓的项目了呢?但阿香劝王真行打消这个念头,他也跟对方抱怨过,但专家组就这么几个人,只能先就重要的项目来,不是说不批,而是得缓一段时间。

王真行倔脾气上来了,必须去。

阿香也没办法,只能陪着。

两人到了规划局,正商量着要找哪个部门精准投诉,就看见王有谊拿着一沓报告和一个老头有说有笑地从一间办公室出来了。

王有谊看见王真行,立刻叫他过来:"陈工,这就是我儿子,东南大学建筑系专业第一,在湘南开公司,以后他的项目你可要多支持。真行,这是规划局专家组的陈总工程师,大剧院就是他一手设计建造的,当时他们的条件比你们艰苦多了。"

"陈工好,我是王真行,青森设计所的设计师。"

"噢,青森我知道,很有名的设计公司嘛,小伙子有前途。

我们那时做大剧院，几个小伙子都住在友谊旅馆，每次很晚回，都是你妈帮我们煮面煎蛋。那时你还很小，应该都不记得了。"

"陈工正在弄省里的项目，特意抽了时间帮我们把审批报告提前看完了，还夸你的设计方案很好，符合标准也新潮，说等弄好了之后要去住一住。"

"谢谢陈工，我会努力弄好的，到时欢迎您。"王真行给陈工鞠了一躬。

和陈工告别后，王真行问王有谊："妈，你怎么来了？"

"我每天问阿香审批报告怎样了，他上午告诉我说要延期，我就来了。"

"你早就知道我们的报告会送到陈工这儿？"

"嗯。"

"那怎么不早说你认识？"

"你妈是那种走后门的人吗？你不是不让我插手任何事情吗？我怕我多此一举，你就甩手不干了。后来我想你的设计也没什么猫腻，堂堂正正，你不是着急回上海吗？我就来咯。以前我可是给陈工他们煎了不下一百个鸡蛋，你看，这一百个鸡蛋的人情就被你这么用没了。"王有谊把审批报告递到王真行手上。

王真行第一次笑了起来，虽然这笑只是一闪而过的。

他有些惭愧，印象中妈妈认识的朋友都是横七竖八没个正样，而且住在旅馆那几年，他也因为夜里总有住客找妈妈干活儿，于是很生气地用钉子在木头门上刻了"请勿打扰"四个字。但这四个字并没有用，晚上总有人来敲门，妈妈总会消失一阵然后又回来，他恨透了这些客人。他从没想过妈妈会出去给客人煮面煎蛋,但他又突然想起来,难怪有时候妈妈回来会端着一碗葱花鸡蛋面,把他从睡梦中摇醒。他带着起床气和困意吃完面继续倒头就睡……自己好像忘记了很多事。

8

拿到了审批报告,一切按王真行的计划进行。王有谊也没闲着,每天在施工现场"监工",不能抽烟,不能乱扔垃圾,不能磨洋工。阿香很感慨地对王真行说:"以前我觉得你妈一个人把你养大不容易,现在我觉得你被你妈养大才不容易。"

王真行盯着和工人各种沟通的王有谊,有点出神。

时值8月,太阳依旧毒辣,王有谊在家熬了一大锅绿豆汤放在施工现场,后来发现地上到处是一次性杯子,干脆拿个板凳坐在大锅旁监督,哪个是谁的杯子,谁没有喝完。工人们叫苦不迭,让王真行赶紧把他妈领走。王有谊便指着工人说:"我走了谁管你们后勤?渴了喝自来水?"拆墙工人一脸苦笑:"王姐,你还不如让我们喝自来水,简单畅快,水龙头一开一关就行,用杯子太费事。"王有谊笑了:"那不成,浪费我家自来水。"话还没落音,她竟突然冲到院子里,指着挖掘机大喊:"你疯了吗?你给我下来!停机器!你给我下来!"原来,挖掘机的摇臂晃了晃,差点打到院子里的电线杆。王有谊上去把门打开,一把将司机从驾驶室拽下来。听到咆哮声,人们都跑出来看发生了什么。

"你居然睡着了?!现在是大白天,才刚刚十点!你怎么能开挖掘机开到睡着！如果不是我喊你，你就把电线杆挖断了。停电了，我们还要不要施工，万一漏电出事故谁来负责？"王有谊劈头盖脸一顿骂，司机的魂魄都被吓没了。

"你说！是不是你们包工头又让你昨晚通宵去那边美住连锁干了？你们从上到下为了挣钱还真是不要命了！"王有谊急得跺脚。司机渐渐缓过神："没办法，司机就我一个人，我不干，两边的活儿就都干不完。"

"你给我一边去！一楼106有躺椅，你给我躺着去！睡半个小时！"

"啊？"司机蒙了。

"你这样不休息，等你醒过来我的旅馆都被你挖没了。快去快去，别跟我废话了！"

司机远远看着王真行，投去求助的目光，不知怎么办才好。王真行还没反应过来，就看见王有谊把司机赶到一边，自己钻进挖掘机驾驶室，一顿操作猛如虎，点火，左右杆，大臂一升一降，小臂一伸一钩，嘴里念叨着，手里左右摇晃着，轰的一下，围墙推倒了。众人皆惊，王有谊居然会开挖掘机？连王真行都被吓到了，他知道妈妈会缝衣服、开小巴、拍照、砍价、喝酒，但什么时候学会开挖掘机了？推翻围墙之后，王有谊用铲斗把地上的残砖断瓦一股脑儿地挖了起来，一个大旋转，就把垃圾倾倒进渣土堆。这还不够，她又挖起了旅馆前的游泳池，三下五除二，平整地面上就出现了一个十平方米大小、一米多深的坑。

王有谊从挖掘机上走下来，把钥匙还给挖掘机司机说："钥匙拿好，赶紧去睡一觉，一会儿再开工。"司机原本已经想睡，这下又精神了,咽了好几口唾沫,半天后才挤一句:"你怎么还会开挖掘机?"王有谊没接这茬儿,直接说:"谢师傅,咱们都是老百姓,我也不是暴发户,我请你帮我干活儿,你就要对我负责。你在连锁酒店那边认真干活儿,在我这儿就打瞌睡。我们给的都是钱,难不成他们的钱就比我的香?你别说是包工头逼你。他欺负你,你就欺负我?我一个女的,你一个大老爷们,欺负我有意思吗?"

谢师傅不停道歉。

"谢师傅,我希望你答应我就不要再骗我。你知道为什么今天我那么快就喊你了吗?我注意到好几次了,我以为你差不多点就得了。"

"唉,我也去跟工头商量商量,我确实也是没办法。"

王有谊一听也就不再和他争论,直接奔向旅馆四层包工头的房间。王真行也跟了上去,担心他们打起来。显然,包工头早已看到刚才发生的一切,王有谊一进门,他就立刻发誓不会再犯同样错误,保证不会出事,否则自己负全责。

"负全责?你怎么负全责?如果出事了,除了能赔点钱,你能赔时间吗?我们有那么多时间和你耗?"

王真行从没有近距离跟妈妈一起工作过,也不知道妈妈工作起来的性格是这样的。小时候他总看见妈妈和男人一起喝酒,称兄道弟,有些男人还动手动脚,妈妈也笑着打回去,他那时很不理解。随着年纪渐长,看了吴君如和梅艳芳的港片,他问阿香:"你说我妈和那些男人不分你我,是因为她没有妇道,还是因为她不想让别人把她当女的?"阿香立刻拍着大腿说:"洪兴十三妹!我就觉得你妈特别像洪兴十三妹!"

王有谊正在追问包头工出事了怎么办,窗外便传来了几声大叫:"出事了!出事了!"王有谊气得不行:"你看,你看,真的出事了!"有工人跑上来汇报:"王姐,出事了,你刚才开挖掘机把市政供水管挖爆了!"

维修费、管道费、主管道浪费的水费七七八八加在一起,政府开了一张二十万元的罚单,不交钱不能开工。

王真行怀疑自己是不是拿错了人生剧本。他此时宁愿运气差一点,拿个群演角色,第一集被炸死领盒饭,干干净净,但他又是那种绝不能接受扮演这种一路都力不从心的角色的人。

他和阿香面对面坐在大排档。

阿香默默给自己满了一杯酒,喝掉,然后突然笑了。

王真行看着他,一言不发。

阿香问:"你还记得我俩是怎么成为朋友的吗?"

王真行沉默了两秒,点点头。

阿香说:"那次也一样吧,你妈好心办了坏事,然后我们才成了兄弟。"

9

初二那年,王有谊听说班上有五个男同学一直欺负王真行,就想用自己的办法帮帮忙。

一次学校组织郊游,每个班都安排了一辆中巴车接送,王有谊和司机换了班,把其他同学一一送到家门口,偏偏绕过这五个男孩家不停。一开始他们以为司机忘记了,可没过多久,车上只剩他们五个。王有谊扭过头跟他们说:"你们好啊,我是王真行的妈妈王阿姨。"五个男孩吓得尖叫起来,其中就包括阿香。

王有谊并没有停车,而是朝郊区开去,越开路越偏,几个男孩挤成一团,声音都喊哑了。王真行的妈妈要把自己带去哪儿?为什么要那么偏僻?一瞬间几个人脑子里就出现了各种绑架新闻《妈妈为了儿子尊严与一车小孩同归于尽》《欺负我儿就是自寻死路》《小巴车掉下悬崖只因欺负弱小》……越想越害怕,以大虎为首的男孩开始大哭求王有谊不要绑架他们,不要杀他们,他们再也不欺负王真行了……待开到渺无人烟的地方,王有谊把车停住,锁好车门,男孩们全挤到车尾涕泪横飞。

"怎么?这就害怕了?那你们欺负王真行的时候,不是很勇敢吗?大虎,你爷爷是工商局副局长吧,家住北湖路22号4单元6楼对吧?阿香,你爸和你妈都是法院的吧,住在人民西路24号3栋1单元2楼?王耀兴,爸妈都是个体户,开五金配件店,国庆北路3号。陈大鹏,你妈就是学校语文老师对吧?教小学三年级?最后是谢智,你爸妈不在本地工作,你跟你大姑一起生活,大姑是北湖商场收银员……我没说错吧?"

五个男孩头点得跟捣蒜似的,没准都有人被吓到尿裤子了。

"你们别那么害怕,阿姨不会对你们怎么样,我一会儿会送你们回去,阿姨就是想跟你们说几句话而已。"

小巴车厢里,王有谊把五个男孩当作成年人,很认真地跟他们聊起天,把大家说得痛哭流涕,不是害怕,而是觉得自己真的不应该欺负王真行。五个男孩纷纷发誓再也不欺负王真行了,王有谊便坐回司机位,送大家回家。可下坡时刹车突然失灵，怎么踩都没用，车速越来越快，王有谊头上全是汗。男孩们本来都安静下来了，这下觉得不对劲，哭号着让王有谊停车。眼看着这么冲下去一定车毁人亡，还会撞到陌生人，王有谊心一横，让大家系好安全带，自己也系好安全带，看准路边工地的一大堆砂石，按着喇叭就撞了上去。一声巨响，车停了下来，王有谊的头重重撞到了玻璃，她根本来不及擦额头上的血，赶紧解开安全带跑到车厢后面把五个男孩一一抱出来。好在小孩们都系了安全带，只是受了惊吓而已。

第二天，关于王有谊的流言就甚嚣尘上。大家说王有谊为了给儿子王真行报仇，绑架了一车小孩，还打算用车祸的方式毁尸灭迹，制造假现场。理所当然，王真行就成了"杀人犯"的儿子。所有人都躲着他，在他背后指指点点，唯一和他说话的只有同桌小文，以及学校门口的那只白色流浪猫。

更可恶的是，王真行在自己的抽屉里发现了流浪猫的尸体。

无论多久，他都记得那一天自己的心情，他捧着盒子走到讲台上，想哭哭不出来，想愤怒也无从表达。全班人看着他，他低着头站在讲台上，默默地站了几分钟。突然阿香从座位上站起来，走到了王真行的身边。"那天晚上王妈妈要送我们回家，但刹车坏了，她让我们系好安全带，特意找了一个砂石堆撞上去。车停之后，王妈妈头上流了很多血，但她还是先把我们一个一个抱下车，等110和救护车来。那是一场意外，如果换作别的司机，可能我们真的没命了。"阿香顿了顿继续说，"如果有人真觉得自己厉害，就应该去欺负比自己更厉害的人，欺负弱小算什么本事？亚军是要打败冠军，而不是去挑衅比自己弱小很多的人，这样的人一辈子都不可能有出息。还有，以后我是王真行的朋友,如果谁还要欺负他,先找我打一架。"初二的阿香已经一米七了,比一米五二的王真行高一头,他说完话,全班鸦雀无声。

"走,找个地方把它埋了。"阿香跟王真行商量。王真行点点头,小文才知道发生了什么,也哭了起来。

王真行一路忍着回到家,把作业本拿出来,发现桌上放了一个猫窝。王有谊进来了,见王真行看着猫窝发愣,就说:"你不是要养猫吗?我给你做了一个,放在院子围墙边,那里刚好有可以遮雨的棚子。"

王真行突然把头埋进猫窝里哭了起来。

王有谊吓了一跳,心想王真行到底是什么病,不就是给他做了猫窝吗?至于那么激动吗?

10

"喝一杯吧?"阿香举起杯子。

王真行从回忆中醒过来,也举起了杯子。

"那次你站在讲台上说的那段话,说得真好。"

阿香嘿嘿一笑:"你知道原话是谁说的吗?"

王真行摇摇头。

"是你妈妈,那天在车上,她跟我们谈心聊天,说到这段话,一下让我顿悟了。"

"我妈?"

"嗯,她真是个奇女子,如果在香港一定是洪兴十三妹,带着我们冲锋陷阵。我很佩服你妈的。"

"不要说脏话。"

"我是说我很佩服你妈妈。今天她挖爆水管，我没觉得有什么大不了，没准这又会有一个更好的结果，比如小文回来之后……"

"别提小文，你还嫌我不够惨？说你吧，上次你说和女朋友闹矛盾，现在呢？"

"别提了，冷战一年了。"

"那你要主动发个信息啊，难怪这一年你怪怪的。冷战赢了又怎么着？不过是彼此消耗，亏你还玩《王者荣耀》，冷战是东皇太一的大招，同归于尽，看谁血厚……我和我妈其实就是这样，没什么好处。"

"那……"

"发啊！"

阿香掏出手机给女朋友发了一条短信。

信息刚发过去，马上就有了回复，阿香哭了。

他发的是："你在干吗？"

对方回的是："坐月子。"

11

王有谊把罚款交了，理应交第二笔材料费，但拖了好几天。

王真行不提，阿香也不提，但他们都知道王有谊拖着没交，眼看一周限期就要到了。

"真行，你妈没交材料费。"

"我知道，你问她了？"

"她说下周前一定交。"

"离期限还有两天。"

王真行也不知道自己强调这个是什么意思，是告诉自己如果妈妈真违约就不干了，还是告诉阿香再给妈妈两天时间。

"不过你放心，你妈有钱。"

"有钱？我妈没钱。"

"别忘了，你妈当年是我们这儿最早有小巴车的司机，生意好得不得了，所有人都说你妈一天就能挣好几百块，二十年前，好几百块啊！"

"瞎扯，我怎么不知道。如果我妈真挣那么多钱，我至于现在这么苦？"

"没准你妈瞒着你，想培养你自力更生呢，突然有一天，你发现自己继承了亿万家产。不过话说回来，你妈当时小巴车生意那么好，怎么突然就不开了？"

"我妈挺苦的。"

"嗯。"

"你知道她被人欺负吗？"

"那会儿很多大人不是总说你妈坏话吗？我知道，但我不信。"

"嗯，一开始我也不信。"

初一冬天的一个晚上，王真行放学回到旅馆正准备做作业，王有谊刚把木炭火生好，还没彻底燃起来，她看王真行坐在椅子上打了个寒战，就让他陪自己去个地方，有空调的地方。出门前她又特意说:"要走一段路,你可以带你的随身听。"

王真行欢快地跟着王有谊,到了才知道,王有谊是要跟一个小巴车大胡子胖司机谈搭伙的事。大胡子胖司机负责开车,妈妈负责卖票。他坐在车厢里,妈妈和大胡子分别坐在副驾驶座和驾驶座,压低着声音在聊天。他隐约听到大胡子对妈妈说:"你的建议很好啊,其实我也有一个建议。你看,你单身,我也单身,除了工作上搭个伙,其实生活上也行,我可以好好照顾你。"刚听到这儿,妈妈就回过头对王真行说:"你听会儿歌,我跟这个叔叔聊一会儿。"看王真行戴上耳机,摁了播放键,才把头扭过去继续聊。王真行眼睛看着窗外,手摁着音量键把音量调到最小,假装听歌,其实是在听妈妈和大胡子的对话。

大胡子说:"你啥也不会,不就是卖个票,也不是什么稀罕事。"

王有谊一点都不恼,笑得很欢乐:"我还是懂很多的,你可别小看我。"

大胡子满不在乎:"那我可是听说你和友谊旅馆的老板不也挺默契的吗?这么些年了,人家还有个生病的老婆。你跟着我,从那儿搬出来,不也挺好的。"

王有谊一听笑得更厉害了:"哈哈哈哈,胡子哥你说笑了,我一个单亲妈妈,天天照顾这个死孩子,一把屎一把尿的,人家顾老板哪瞧得上我。老顾是个好人,做大生意的,给我和王真行提供了个地方住。你这么说我不要紧,你不是拉低了顾老板嘛。"

"那我合适,你不高攀我。你考虑考虑,你一个人带孩子那么久,应该也挺无聊的吧,看你这双手,都不像这个年纪的手。"王真行眼角的余光里，大胡子说着就上手想去抓住妈妈的手。王真行想立刻冲过去把那大胡子推开。妈妈左手捂着嘴，右手啪的一下将大胡子的手打到一边："行了，胡子哥，我知道你一个人开那么多年车挺无聊的，我拉扯孩子也不容易，心意我收到了，我想想再回复你。毕竟孩子也大了，又在这儿，我就不方便再说了。"说着，她又瞄了王真行一眼，王真行眼睛依然盯着窗外，像整个人被包裹在了音乐里，没露出一丝破绽。

王有谊从副驾驶座下来，叫王真行一起回家。走的时候，大胡子摸摸王真行的头，对王有谊说："我的车门随时为你敞开。"

王真行强忍着心里的不适。

王有谊用手掸了掸大胡子摸过的王真行的头发，笑了笑牵着他回家了。路上，两人没有说话，快到旅馆了，王真行才突然说："妈，你别去卖票了。"

王有谊在想些什么，正在走神，没听到王真行说的，立刻反问了一句："嗯？什么？"

王真行不想再重复，就推开杂物间的门，木炭已经红火起来了，他便坐在桌前写起了作业。

没过几天，王真行突然听见有汽车开进院子的声音，然后听见妈妈在院子里喊自己。他跑出去一看，妈妈正从一辆不算新的小巴车上下来，很得意地对他说："怎么样，我买的，二手，便宜，以后我自己干，自己卖票自己开车。"

顾老板也走出来端详了一阵小巴车："这车划算。"

"谢谢老顾，等我挣到钱了就把借你的还给你。"王真行这些年还从没见妈妈笑得那么灿烂过。

阿香提到这些,让王真行一下就想起妈妈最难过的一段往事。

"你又想起了什么?"

"你知道我妈后来为什么不开小巴车了吗?"

"嗯……为什么?"

王真行又给自己和阿香倒了一杯酒。

"我妈白天开小巴车沿途接人进景区,按人头拿提成。游客从景区出来,我妈就免费送他们去旅店,没找好住处的,就推荐友谊旅馆,每个客人顾老板给我妈六块的提成。每天晚上,我妈开着小巴车去市内跑黑车,哪里公交车少就去哪里,哪里等公交车的人多就去哪里。我跟我妈跑过几次,她一两句话就能把在公交车站等车的人弄上自己的车。有零钱的乘客自己投币,没零钱的我妈就说下次再给,老人不收钱,还会叫年轻乘客给老人让个座位。她从不往车厢里不停塞人,坐满了人就走。夏天和冬天空调都开足,久了街上等车的人都认识我妈了,有时宁愿多等一会儿都想等到她的车。

"可惜,没多久这事就被其他黑车司机知道了,他们轮流把车堵在我妈的小巴车前面不让她起步,也会在她开得稳当时突然别一下,其中也包括那个大胡子。我几次想跟对方拼命,我妈拦着我,说忍一忍就没事了。我想就算打不过,总要发泄吧,不让对方看低,难不成对方会打死我?我妈后来不让我跟了,可她也没尿,每天正常出车,很晚回来,坐在杂物间外屋里数钱,如果我醒着,她就会拿一块两块零花钱给我。我没见过妈妈心情不好的样子,好像每天都在发生什么了不得的事情。

"直到有一天,大家听说景区即将出台一个禁令,为了方便管理，不再允许私人大巴车载客进景区，游客只能在规定时间规定路线乘坐规定的大巴车。一石激起千层浪，几十辆靠景区吃饭的小巴车司机都疯了，毕竟一个家庭的全部生活来源就靠这一辆车了，所有人都急得不行，私下联合起来准备抵制反对，我妈也急了好几天。等景区禁令正式公布，大家才发现，除了景区自有的大巴车，还增设了十辆私人小巴车，用以灵活载客，景区统一发牌，统一管理，而这十辆私人小巴车每月按时交管理费。再看细则，需要私人小巴车司机提交申请，审核材料，只有十张牌照。就在所有小巴车司机都忙着办各种手续提交材料的时候，第一张牌照已经下来了，属于我妈。

"后来大家才知道，我妈听到这个消息后，主动找了景区领导汇报意见，认为景区统一管理肯定是正确的，也能提高游客的整体感受，但大巴车有限，小巴车司机那么多年知道哪里有散客，也熟悉各种路线。大家都是为景区服务，不如就征集一些私人小巴车统一管理，上缴管理费，吸纳社会力量，事半功倍。领导班子一讨论，觉得这个办法好，就批了十辆试点运行，我妈当仁不让拿了第一张牌照。"

阿香听到这儿，嘴里发出了啧啧声："真厉害！"

"是挺厉害的，但真正厉害的应该是后来……我妈这么做一下就捅穿了马蜂窝，说什么的都有，说她和景区领导关系暧昧，说她心机太重，说她分裂小巴车司机的团结，也有人说她聪明活泛，难怪做生意有钱赚。除了申请到牌照的九辆小巴车的司机，我妈彻底得罪了其他人。这些小巴车无法继续在景区运营，也就纷纷流落到市区、市郊转身成了黑小巴。

"接下来这事我也是后来听别人说的。有一天，几个妇女提着几个竹篮子上了我妈的车,我妈特意问里面是什么,那些人说是鸡蛋,我妈就让她们不要把鸡蛋放在地上,容易碎。几个妇女也很感激。车开了没多久,突然从右边后视镜蹿出一辆车,我妈赶紧左转方向盘,但对方依然擦到了小巴车的右侧,整个小巴车险些失去平衡,幸亏我妈一脚踩住刹车。乘客被吓得不行,我妈赶紧确认有没有人摔倒,再回头看那辆蹿出来的车时,它早已扬长而去。我妈大概知道是怎么回事,也只能藏在心里。她回过头跟大家道歉,那几个妇女揭开篮子里的盖布,说鸡蛋全碎了,五六个篮子,每个篮子里有五六十个鸡蛋,几乎都裂了,还有的蛋黄、蛋清碎在了篮子里。我妈这才知道她们也是来找碴儿的。那几个妇女质疑我妈的开车技术,说这三百个土鸡蛋是特意买给家里病人的,每一个都很贵,让我妈赔钱。其他乘客围上来,看到几篮子碎鸡蛋也觉得很可惜,但也有疑惑,就算刚才有个刹车,也不至于所有鸡蛋都碎了吧?几个妇女不依不饶,我妈只好把车靠边停住,跟其他乘客道歉,让大家下车,退了车票,然后跟几位妇女说她肯定不赔,但可以一起去派出所,警察怎么说就怎么做,赔钱也好,坐牢也好,都奉陪。

"那几个妇女一看我妈来硬的,嚷着说没时间,要赶回家看病人。然后,一个妇女直接把篮子里的破鸡蛋掏出来扔在车厢里,边扔边骂,其他妇女也纷纷照做。我妈拦住一个也拦不住其他人,只能看着整个车厢地上、座位上、驾驶室、玻璃上、窗帘上,黄黄白白一大片……她本想抓住其中一两个,但追了两步停住了,看着几个妇女远去的方向,她擦了一把眼泪,坐回驾驶座把车开走了。

"后来我帮她洗了三天车,我们把所有椅套拆下来洗干净,晾干后再装回去，可车厢里仍残留着浓浓的鸡蛋腥味，根本没法载人。顾老板建议说，他爱人病情恶化，自己每天都要去医院，旅馆刚好缺人照料，反正小巴车也没法开了，不如帮他照料下旅馆，每月发工资。我妈坚决不收钱，觉得这些年一直被老板一家照顾着，但老板硬要给。我在旁边看着，心里当时特别不是滋味。

"自那之后，我妈就在友谊旅馆工作，小巴车停在院子里一直散味。原本她计划是做两三个月等老板娘出院，可老板娘的急性白血病越来越严重，顾老板也越来越憔悴，我妈就没再提什么，再之后，我妈就没碰过小巴车了。"

12

期限的最后一天，王有谊把五十万元材料费交了，一副若无其事的样子，似乎之前那些事都没有发生过，看见王真行正在办公室，就说要商量旅馆前游泳池的事。

王真行又是一脑门汗："妈，咱们之前说好的，定完就定完了，不要再搞什么幺蛾子。现在进度一半都没有，弄不完我真的就不管了。"

"我在想那个游泳池又要挖，又要做什么防水净化，有点浪费时间，主要是做完之后都快冬天了，也用不上，要不这个游泳池我们先不挖？"

"你是不是没钱了？"

"之前游泳池预算是三十万元，那个水管罚了二十万元，我琢磨着如果不建游泳池，还能再省出十万元做别的，不是也挺好的？"

"你是不是没钱了？现在花了九十万元，还需要一百一十万元。"

王有谊把王真行办公室的门关上，坐下来，也没含糊："我前几天去贷款了，人家说我岁数太大，贷不着……"

"我是绝对不会帮你贷款的，你别打我主意，建这个旅馆不是我的人生目标，我也不希望我的人生计划被这个旅馆打乱，如果你没钱就别干了！趁早停工，你之前不是说美住连锁想要收这个旅馆吗？赶紧联系他们。"王真行被气得不行，遇见这样的妈妈他真的很崩溃，人生就没有一天是安静的，永远都在闹事，在折腾，在动荡。

"别急别急，我不让你贷，这是我自己的事，我不会连累你的。我是听说政府有那种创业贷款，免息的，我觉得我们挺符合这个资质的，但是需要你陪我一起去，你说一下我们旅馆的设计理念，记得带上你学校里获奖的那些证书。"说着，王有谊就把地址发给了王真行。

"明天上午十点，这里啊，记得带好材料，必须一举拿下。"

王真行去也不是，不去也不是。昨晚和阿香聊起妈妈，阿香说她就是那种天无绝人之路的性格。

"所谓人有逆天之时，天无绝人之路，说的就是你妈了。"

"但为啥我妈一直要逆天呢？她是哪吒吗？"王真行十分困惑。

"你没听过另一句吗？天无绝人之路，水有无尽之流。你妈不是逆天，你妈比我们胆子都大。人家退堂鼓打了一百遍，她上来就是擂战鼓，不然能有你的今天吗？"

想着自己小时候妈妈遇见的那些事,他是同情的,他也知道妈妈是爱他的。但发生的其他事却让他无法理解,甚至今天想起来也不能原谅。也是因为那件事,他彻底和妈妈渐行渐远。这些年来,他一直想问妈妈关于那件事的所有,但他问不出口,他觉得妈妈也想对自己说,但也说不出口,也许是时机还没到。人生中确实有这样的事实存在,时机对了,一切都迎刃而解;时机不对,一切就是火上浇油。

王真行整晚失眠,闹钟响起的时候,他从床上爬起来想了想,把材料都准备齐全,出门和妈妈会合。

创业基金的工作人员只是简单看了一下王真行的装修设计,点评了一句"确实得花不少钱",然后问王有谊:"阿姨,这个旅馆未来是您负责经营,我看您的资料,以前从未经营过旅馆,只是有过几个月的打工经历?"

"是的,但是……"

"那我再问问您,现在的入住率是百分之二十,改造后预计全年入住率百分之六十,现在的房间平均一百二十元一晚,二十四间房缩减成了十二间,平均五百元一间,相当于您的客人全部要换一批新客人。整个的装修设计费二百万,按您说的毛利率是百分之四十,那您想过多久才能赢利?"

"对,我算了,我写在上面了,四年半左右赢利。"

"但民宿这个行业淘汰率很高,基本上五年左右翻新重建,而您要四年半才赢利,这个看起来就有问题,而且您这个数字只是个推测吧?"

"我有信心把我们的入住率和毛利率再提高。"王有谊很有自信的样子。

工作人员继续翻着王有谊的计划书:"那我再问问您,您有公众号、微博、头条号、抖音、快手之类的社交媒体吗?"

"噢,我每天都刷抖音的,我自己有个号。"

工作人员笑了笑,摇摇头:"不是的,阿姨,我是问您有什么具体的新媒体运营计划吗?因为咱们这儿不像厦门、杭州,旅游是刚需,您啊需要用别的方法去吸引更多新客人才行。"

"新媒体运营我知道,我会拍照,会发照片,会去更新那些东西。"王有谊有些着急。

工作人员无奈地看了王真行一眼,王真行很清楚工作人员的意思。

"阿姨,我觉得这件事情您还没有想清楚,您把这件事情想得太简单了。"

"我没有,我想得很清楚,它也不简单,你们就帮帮我,我肯定能把钱还上。"

"阿姨,这不是钱的问题。"

"对了,你看看,这是我儿子之前获过的设计奖项,一等奖学金,他这个设计肯定能得奖,肯定会让很多年轻人喜欢的,就会成为你们喜欢的网红旅馆。"王有谊从自己的手提袋里翻出王真行的获奖证书。王真行一愣,自己并没有给妈妈这些,她从哪里弄来的?

"阿姨,这也不是设计师的问题……"工作人员很为难。

看着有些语无伦次的妈妈,王真行心里很难过。妈妈似乎从来就没有狼狈过,哪怕被人欺负,她都很体面。这个工作人员年龄可能比自己还小两岁,也是按规章制度办事,并没有恶意,但妈妈完全回答不了对方的问题,虽然嘴上不认输,但眼神里流露出来的却是知道自己被社会淘汰的恐慌。

"妈,我们走吧,不好意思。"王真行率先站起来。

王有谊表情也很尴尬,迅速地把东西收好放进手提袋里,跟工作人员硬挤出一个谢意。出了门,王有谊看王真行沉默不语,反而过来安慰他,大力地拍拍他的肩:"哎呀,没事,你妈有的是办法,不会有问题的,这点小事。"

她突然想起什么,就从包里拿出一个七彩小药瓶,又从随身的包里掏出一个保温杯,吃了几颗药。

"你吃的是什么?"王真行问。

"这天天到处跑,老胳膊老腿受不了,朋友给我推荐的,说吃了能参加奥运会。"王有谊盯着那个七彩小药瓶,好像真的能发挥神奇效用一样。

"都跟你说了多少次,不要买那些奇奇怪怪的老年保健品,都没用,全是安慰剂的成分,就是骗钱的。"

"行行行,你先回公司吧。我去趟旅馆,有几个朋友下午要去看看。"

13

王真行在建设方案里把游泳池去掉了,改成能承办小型活动的绿地,还能增加盈利,同时去掉了几个性价比不高的设计。他拿着修改方案去旅馆找妈妈,工人说妈妈正在四楼和连锁酒店的人谈事。

连锁酒店?王真行脑子里有几个问号:为什么她要和连锁

酒店的人谈事？难道她接受了自己昨天的建议？没钱了准备转手？他把自己改好的方案放进包里，走了上去。和他想的一样，王有谊约了美住连锁的人谈接盘的事。除了能把现在已有的花费还给王有谊，每个月还有保底分红，如果客流量大，还能分到更多。

美住连锁的经理在劝王有谊："去年我们就跟顾老板说了，这是最好的方法，我们一个那么大的全国连锁，还有自己的销售系统，绝对要比单独小旅馆运营得容易。你们也不要那么操心，坐着收钱就行了。没想到顾老板把旅馆给你了，说你想自己试试看。我觉得王姐你今天约我们来就是对的，最省事。"

"那我有一个要求，202房间你能给我保留原样吗？"王有谊突然问。

不仅美住的经理愣了一下，门外的王真行也愣了。他确实记得之前妈妈的委托里有这么一条，他本来想问的，但事情一多也就没当回事。202一直锁着，那到底是个什么房间？

"这个要求有点怪，我可以和总公司确认，但你们的房间不能拆，因为二十四间是我们接盘的底线，给你留那一间不动也行，还有二十三间吧。"美住的经理自言自语，也是说给王有谊听。

"那个，你刚才说房间不能拆吗？"王有谊问。

"对，不仅不能拆，装修都是我们接手。一个是我们要保证房间数量，另一个是我们要保证我们整个品牌装修风格的统一。"

王有谊之前都觉得还不错，但一听这句立马就说："那不行，不可以，如果你们要接手这家旅馆，就必须按现在设计师的设计，不能改。"

"王姐，你这就是为难我，别的要求我都觉得没问题，装修这个肯定不行。"

"那算了，你们走吧，我不谈了，这个设计师的设计我是一定要用的，这是我的底线。"王有谊说变脸就变脸。

"要不，你再想想，我们过几天联系你？而且你那个挖爆水管赔的钱，我们也能从保险里帮你理赔，算是我们的工程失误，怎样？"

"你们走吧，也不用联系我了。"

走之前，美住经理困惑地问了一句："王姐，为什么你非要用这个设计？这个旅馆是我们管，也给你留了202，你这？"

"这个设计师是我儿子，就这么简单。"

王真行正准备转身下楼，听到这句话，他顿时愣住了，各种情绪涌上心头，然后加紧脚步离开了旅馆。刚好阿香在市场上看中了一批一折的木材，让王真行过去确认是否可以用，如果可以就立刻交定金，这块也能省十几万元了。王真行赶到后很快确认完毕，阿香觉得捡到了大便宜很高兴，但王真行心事重重，阿香就问："又怎么了？"

王真行犹豫了半天，对阿香说："你不是认识银行的人吗？我想贷笔款。"

14

此刻，坐在银行以自己名义为妈妈贷款的王真行，不知道自己这么做是对是错。

　　最初，他只看到了妈妈的折腾，渐渐看到了妈妈的认真，回想起童年的那些往事，似乎妈妈决定做一件事就不会轻易放弃。小时候自己没能力，无法在妈妈需要自己的时候帮她，现在自己有能力了，还能在关键时刻帮到妈妈，难道不应该这么做吗？

　　王真行以自己的名义贷了五十万元，压缩压缩，应该也能把友谊旅馆改造得八九不离十，再加上妈妈想点办法，友谊旅馆一定能得到新生。在他的想象里，当他把贷款合约给妈妈的时候，妈妈会开心、会感动，也会不好意思，这些都是他能想到的。但当他真的把合约放到妈妈面前时，竟然好像一下子掉进了冰窟窿，不，比掉进冰窟窿更可怕，那种感觉简直就是揭开王真行的头盖骨，倾下了一桶雪水来。

　　王有谊看着那份合约，瞪大了眼睛，无所谓的样子："你干吗？我不用你管。我已经有钱了，你赶紧跟银行说一下，不用了，让他们把流程撤回来吧。你肯定觉得自己特别了不起吧？"每一个字都像新东方烹饪学校师傅手中的刀，将王真行的心嗒嗒嗒嗒剁成了小碎丁。尤其是最后一句话，简直是把小碎丁一股脑儿地倒进了红油锅里爆炒了起来。

　　"你如果有钱就不必贷款了，也不必申请创业基金了，你何必硬撑呢？"王真行觉得妈妈一定又在假装。

　　"我没骗你，你看。"王有谊掏出手机来，给他看短信。短信上很明白写着王有谊收到了五十二万元的转账。

　　"你钱哪儿来的？可别去借什么高利贷。"

　　"你把你妈当什么人了？我只是有一笔大额定期存款舍不得

取,现在提前取出来,损失了一些利息而已。"

王真行更疑惑了,他从来没有算过妈妈的钱,为什么妈妈会有那么多存款?

"你怎么存到那么多钱的?"王真行太困惑了。

"你工作这几年,不是每个月给我寄五千元吗,我也存了好几十万元啊。"

"我说别的!"王真行好心被扔了,又委屈又生气又着急,整个人失去了平日的严肃与冷静。

"行了,行了,我现在出去见个朋友,你别瞎想了,赶紧去盯一下最后的拆墙,下周就要开始重建了。哦,对,最近穿精神点,天天见不同的人。"王有谊抛下一句没头没脑的话就潇洒地走了。

王真行从客厅的镜子里看了一眼自己,二十七岁的自己仿佛三十七岁了,头发凌乱,眼睛里布满了血丝,衬衣还是从洗衣筐里挑了一件看起来干净的……偷树进派出所,开挖掘机挖爆水管,申请基金被打脸,任何一件事都能击垮一个人吧,可王有谊就像吃药一样,喝口水就能直接咽下去,完全不顾忌王真行的感受和心理承受能力。

啊——王真行在空无一人的房子里大喊。

他真的要疯了!

这些日子,过往的时光,所有的事情一件一件在脑子里翻,突然,王真行似乎想到了什么。友谊旅馆,合约,顾老板,以前他给妈妈钱……难不成这一切都和顾老板有关?因为他管不了了,所以就交给我妈管?而妈妈为了顾老板,那么大岁数了,还要帮他打理旅馆?为什么 202 要保留?那个房间有什么秘密？又有什么意义？

王真行停下来冷静了一会儿，推开妈妈卧室的门，打开她床头柜的抽屉，里面果然有一串钥匙，每一把钥匙上面都贴着写着房号的胶布，有"杂物间"，有"202"……钥匙旁边还有一张对折的纸条。王真行不想看，他怕看到让自己心碎的东西，怕自己立刻会放弃这个项目。他又很想看，他想知道为什么，他满脑子都是疑惑。呼了一口气，王真行打开了纸条。

"有谊：这些年委屈你了，旅馆交给你，我也放心。房租我就不收了，我相信你一定会尽你的全力爱护它、保护它，就像我对它的感情一样。202你可以留着，可以不变，它代表着我们的青春岁月、最好的时光。总有一天，真行会明白你的付出、你的隐忍，还有你为了保护他一直隐藏的秘密。你辛苦了。最后谢谢你，在我最黑暗的日子给了一束光，你是我认识的最好的人。顾长海。"纸条最底下又留了一行小字："这是我在美国洛杉矶的号码，有急事可以找我。"

放下纸条，王真行的身体在抖。

原来故事的原因在这里，原来自己当年的误会并不是误会。

王真行拿着钥匙出了门，他要去友谊旅馆，去202拆穿所有的一切。

纸条上的一字一句都让他恍然大悟，顾老板，不，关于顾长海的种种回忆本已被王真行埋在了过去，根本不想，也不敢提起。那么多年过去了，他终于还是要被迫去面对。因为顾长海，王真行和妈妈搬离了友谊旅馆。也是因为他，王真行选择了去外地读高中，彻底离开这个小城，离开了妈妈的羽翼。

15

某天晚上,王真行写完作业,王有谊迟迟没回,他就躺在旅馆的天台上等妈妈回家。

没一会儿,就听见了院子里的动静,妈妈从顾老板的车上下来,顾老板扶着她。王有谊似乎在跟顾老板说些什么,然后顾老板搂住妈妈,接着又从身上掏出纸巾帮妈妈擦眼泪。王真行很用力咳嗽了一声,顾老板立刻将妈妈扶稳,进了旅馆。

王真行一阵风似的冲回杂物间,过了十几分钟,有人在外面敲门,顾老板的声音响起来:"真行,睡了吗?你妈今晚喝多了,我把她送回来了。"王真行面无表情地把门打开。王有谊带着一身酒气,笑着对顾老板说:"我没醉,你别瞎说,今晚我挺开心的,我那一大口白酒是不是把他们都吓着了?还敢欺负我?"

王真行看见妈妈喝多的样子就很烦,一句话不说把妈妈扶进杂物间,连谢谢都没说,砰地把门关了。又过了一会儿,杂物间的门被轻轻敲了两下,还是顾老板的声音:"真行,我做了两碗面,你拿进去吧,你妈今晚吐了,吃一点面比较好。"

王真行没有搭话,过了一会儿,顾老板也没了动静。

王真行打开门,两碗面放在门口的凳子上,他回头看了看妈妈,已经睡着了,又把门关上了,没有碰那两碗面。

第二天一早,王真行上学的时候,那两碗面不知道被谁收走了。

没过几天,初二升初三重点班的名单放榜,王真行的名字在重点班最后一个。有同学就在榜单底下说,那个王真行最后一名进了重点班，都是他妈跟教导主任喝酒喝来的，听说他妈一口就干了一大杯白酒，吓得教导主任怕出人命，赶紧答应他妈让王真行进重点班。其他的同学又挖苦又羡慕地说："如果我有个妈也能这么喝酒就好了，我也能进重点班。"

王真行本想躲开，但想到那晚妈妈喝醉了酒，想到妈妈在顾老板身上哭，气一下就蹿了上来，一把将那个同学推开："你说什么呢！谁的重点班是妈妈喝酒喝来的？我是考上的！你看到分数没有？我是考上的！"那个男同学一下就被推倒在地，被王真行吓得不行，哇哇直哭："重点班只招四十个人，你看你的分数就是最后，而且你是四十一名。"王真行仔细看了分数，人家说得没错，王真行考了283分，全班最后四名都是283分，只是他排第41名。

王有谊知道这事后气得不行，她从小就教育王真行做任何事情之前都想想后果，不能动手，不能冲动，不能打架，以和为贵。王真行反问："我的重点班是你喝酒喝来的吗？如果是这样的话，我宁愿不去也不要被人瞧不起。"

王有谊更气了："如果你认为靠我喝酒能帮你喝出重点班，王真行你就太瞧不起自己了。你读书用功吗？你写作业认真吗？你的283分是你考出来的吗？重点班的分数线就是283分，你要相信你自己的能力，你如果那么容易就被人打败，你就不是我儿子。"

重点班的事就这么不了了之，但让王真行和妈妈关系彻底破裂的事情却开始萌芽了。

下午第一节课上课前，王真行还没到，又有人在座位上说到王真行的妈妈，说她一直单身，跟很多人的关系不清不楚，听大人说他妈是友谊旅馆顾老板的小三,现在顾老板的老婆白血病晚期还没走,他妈就每天等着上位。阿香听到了,很不高兴,直接揍了那人一顿,让他闭嘴。啥都不知道的王真行到了教室就被叫去办公室,老师们围成一圈把事情的来龙去脉了解了一遍,王真行就站在那儿听同学和老师说着妈妈的传言,他觉得这些人都很魔幻,他们了解自己的妈妈吗?他们知道妈妈是个什么人吗?想着想着,王真行突然冲了出去,从教室里取了书包就跑回友谊旅馆,这学他不想上了。

天上下着小雨,王真行哭了一路,他也不知道自己在哭什么,越哭越觉得难过。他不是一个喜欢哭的人,每次因为没有爸爸,王真行都会被欺负到哭,但妈妈告诉他:"男孩不能哭,越哭越被人觉得好欺负。老天也会欺负喜欢哭的人。"所以他总把眼泪憋回去,不想在任何人面前流。雨越下越大,王真行浑身湿透了,进院子之前,他擦了擦眼泪,觉得应该看不出来了。他跑进旅馆的时候,妈妈正坐在一层的水池边洗衣服。王有谊一看他全身湿透地回来了,连忙站起来拿毛巾给他擦,她问王真行:"怎么了?"

王真行不想说,然后目光一瞥就看到了妈妈洗衣盆里的东西。他走过去拿起来,有几条男人的内裤,都不是自己的,那肯定是顾老板的。王真行顿感天旋地转,别人说得都没错,妈妈就是在给别人的男人洗内裤。王有谊看王真行都快崩溃了,也有些尴尬,就解释:"顾老板老婆现在晚期,随时可能走,所以顾老板每天都在医院陪着,他所有的衣服都没有时间洗。我在前台后面的休息间搞卫生的时候看见他放了一脸盆脏衣服,我想着就顺手帮他洗了。"

王真行什么都不想听,直接冲到二楼住的杂物间,随便拿了几件衣服塞进书包就从旅馆冲了出去。王有谊在后面拼命追他,让他站住。王真行不管不顾地在前面跑,突然听到啪的一声,王有谊摔在了地上。王真行站住了,回过头看妈妈。

王有谊哭了,但没有哭出声音,眼泪混着雨水不停地流下来。

王真行也哭了,一直在喘着粗气,忍住不发出声音。

王有谊爬起来,走向王真行,声音都在颤抖:"王真行,你想干吗?你要离家出走吗?你能去哪儿?"王真行也在颤抖:"你管我去哪儿?我就是不想再住在这里了!你知道住在这里,外面的人都是怎么说的吗?"

"你不用说,你也不用听,我上次不是跟你说过了吗?如果你那么容易就被人影响,你怎么做自己的事?"王有谊在吼。

"好,我不说,我也不听,那我问你,我爸是谁?叫什么名字?长什么样?多高多重?因为什么死的?他的墓在哪里?这些问题我从来没有问过你,你也从来没有告诉过我,你知道为什么吗?因为我小时候问你爸爸呢,你就说他死了。我一问,你就说他死了。他是怎么死的?生病吗?出事吗?还是怎么死的?你知道我有多想知道这些吗?别人都有爸爸,知道爸爸什么样子,只有我,我都描绘不出爸爸的样子。我爸爸是高的还是矮的,是喜欢笑还是很严肃?我真的很想问你,可是每次想起你说他的样子,想起你一个人带着我已经够苦了,我就忍住不问了……"

王有谊呆呆地看着王真行,似乎想说些什么。

王真行又哭着说:"我多希望爸爸是个飞行员,能带我去天上。我做梦梦到爸爸是个海军,突然有一天回来告诉我他可以带我去坐潜艇。可是呢？什么都没有，我连知道爸爸是谁的权利和资格都没有。"

王有谊开口了："我对不起你，我没有告诉过你是因为我也不知道你爸爸是谁。那时候我还年轻，但因为怀了你，我就想自己把你养大。"

"原来你真的和别人说的一样。他们说你勾引人，说你不检点，说顾老板的老婆都还没有死，你就等着上位，说我们之所以住在友谊旅馆，顾老板一直不收钱，就是因为你是他的小三！"

啪！王有谊狠狠地甩了王真行一个耳光，两个人都蒙了。

王有谊从来没有打过王真行，捏都没用力捏过，但这一记响亮的耳光似乎把她所有的愤怒都打出来了。王真行的脸立刻通红，他呆呆地看着打了自己一耳光的王有谊。两个人就这么在大雨中面对面站着，好像两个雕塑，连呼吸都不被允许。

那天后，两个人便很少再说话。很快，妈妈跟顾老板辞职，说王真行马上要中考了，她想带他住一个更大的房子，这些年谢谢他的照顾。告别的时候，王真行也没有跟顾老板说再见，顾老板大概也知道是什么原因吧。

很快，王真行就参加了中考，用尽全力，报考了省会的学校，得以实现了自己人生的盛大逃离——从此他再也不必面对这样的妈妈、这样的环境了，他得到了第二次人生。

16

王真行打开了202的房门。

里面的陈列与其他房间没什么不同，两扇木窗对着山，一张床整得很干净，一张带着年岁感的书桌上有各种渍印，白墙偏黄，天花板被新刷了几道，似乎是为了掩盖漏水的痕迹，但在王真行看来，整个房间都在隐藏妈妈和顾老板不堪的秘密。

　　顾老板纸条里的每一个字都扎着他的心。

　　原来这是他和妈妈背着自己见面的地方，原来妈妈要翻新旅馆并非为了挣钱，让自己设计也是幌子，她只是为了顾老板，为了他们的青春、他们的回忆。自己在帮妈妈做一件很龌龊的事，在帮她的龌龊岁月刷上粉，让它不再被人提起……他越想越悲愤，走到一层，找了把锤子，折身回到202，关上门，环顾四周，目光落到床上，各种想象喷薄而出，他抡起锤子，重重地砸了下去。没想到，床上放的是一张棕榈床垫，锤子重重砸上去，不但一点事都没有，反而将锤子弹了回来，差点脱手。他踉跄了两步，很尴尬。他更气了，用更大力气再次砸下去，反弹的力道当然也就更猛。他变得很可笑，明明可以砸床头，砸床腿，但他偏不，他觉得面前这张床就是在挑衅他，他必须用自己的力量摧毁它。锤子不行，那就把它扔掉，他穿着鞋直接跳上床，不停地跳，用脚跺，嘴里发出恶狠狠的声音。

　　而就在他刚刚用力跳起来准备把床踩塌的时候，门开了。

　　小文站在门口看着自己，一脸不可思议。

　　王真行呆住了，不知应该做什么才好。五年了，再一次相见，自己居然这么狼狈。他掉落在床垫上，一直晃了五六七八秒，像蹦床比赛的运动员。

　　"噗！"小文笑了起来，她从没见过王真行这个样子。初中时的王真行自卑，不敢大声说话；大学时的王真行沉默，做事克制冷静，都跟眼前这个人完全不同。

"你怎么回来了？"王真行有太多问题想问，但能问出口的只有这句。

"你不是给我的旧手机发信息说你换号了，知道我会回来，就说你在重建友谊旅馆，希望我来提些意见？"

"我……给你旧手机发短信？"王真行一脸错愕，他根本不知道这事，但很快就意识到是谁发的短信。王有谊中午出门前跟他说过"最近穿精神点"之类的话，她有小文的号码，当然也可以给小文发信息。

他想象过一百种跟小文再见面的场景，带她看自己获奖的作品，在外滩请她吃一顿好的，一起去参观设计展，又或者他们都有了各自的另一半，点点头，握个手，发乎情，止乎礼，但无论如何绝对不是现在这种。他从床上缓缓下来，苦笑着摇摇头——自己的人生、事业、爱情、亲情似乎都被王有谊一股脑儿地放进了粉碎机，只差全部丢进下水道冲走了。

"你走吧。"

"你没话跟我说？"

"我现在这样还有什么好说的。"

"那就说说你现在。"

"现在？别羞辱我了。五年前我说了，你开你的飞机，我开我的拖拉机，现在你也看到了，我的拖拉机坏了，你也不用来关心我了。"

"王真行，你真的很令我失望，怎么过去五年了，你还是那么……"小文想说又忍住。

"我怎么？还是那么敏感、自卑、妄自菲薄？"王真行冷笑一声。

"你就不像个男的!"

王真行彻底不想再隐瞒自己的情绪了:"周小文,初一时你帮我把盖在脑袋上的衣服拿掉,我很感谢你,你让我觉得不再孤独。初三毕业,我去长沙读高中,只有你来火车站送我,那时我就决定和你考同一所大学同一个专业,我做到了。那时所有的一切都是平等的,一个人努力就能靠近另一个人,所以大学我也努力。毕业时你要出国深造,问我要不要一起,我能吗?就算我拿到全额奖学金,生活费呢?我妈呢?我能不管她吗?那时我就知道我们本就不是一个世界的人。现在你回来了,高学历,好背景,好工作,上海户口,还有获奖作品,我呢?被困在这个城市,被我妈骗来修破旅馆,在这破房间里跳来跳去。你不需要再来关心我了,你每一个关心对我来说都是负担,是羞辱,真的。"

"好,这是你说的!你可别后悔!"小文说完,便转身离开。

脚步声渐渐消失了,王真行又恶狠狠地踢了木床一脚。

17

阿香不知道该怎么安慰王真行。

两人一杯接一杯,喝得烂醉。

王真行决定回家收拾行李,把电脑什么的都带上,明天就回上海,友谊旅馆和自己不再有任何关系。虽然他很后悔下午对小文说的那番话，但那是实话，不说不代表不这么想，说了也好，早晚要说的。

外面下起雨，10月的湘南已有凉意。

王真行又干了一杯。

自己所有的悲伤似乎都和雨有关，他分不清到底是自己的悲伤衬托了雨的意义，还是雨在配合他的悲伤。他没有叫车，在雨里走回了家。王有谊如往常一样还没回，他很快把行李收拾好，看了眼卧室书架上陈列的几个圣斗士，想了想，把射手座放进了盒子，他再也不想回来了。房间很安静，只有石英钟秒针走动的声音以及窗外的雨声。上一次逃离是仓促的，这一次做好了准备。他站起来，最后看了看每间屋内的摆设，就当是做个最后的告别。

王有谊买的这套房子有三间卧室，一间她住，一间王真行住，还有一间说是到时给孙子孙女住，她真是想多了。王真行打开给孩子住的房间，里面堆满了箱子，他随意打开一个，原来是从前住在友谊旅馆时的杂物，有他小学和初中的试卷，有他小时候的衣服，有玩具枪……他又打开另一个纸箱，全是被单、被套、被芯，泛黄了也没扔掉。他摇摇头准备合上，但发现被芯里似乎裹着一个黑盒子，不知道是什么。他把被芯从纸箱里取出来，是一个黑鞋盒，沉甸甸的。打开鞋盒，里面全是纸，有剪下的报纸，有手写的信，报纸是关于正当防卫和防卫过当误判改判刑期一类的新闻，手写信则是写给法院和公安局的。王真行没耐心仔细看信里的内容，直接把盒子里所有的东西掏了出来，最底下是一个大信封，落款是衡南县监狱。打开信封，里面是一份离婚协议书，王真行浑身起满了鸡皮疙瘩，重重咽了一口唾沫。信上面写着：

男方：刘成梁，生于1963年5月25日，现在衡南县监狱服刑，因过失杀人罪判处无期徒刑……

女方：王有谊，生于1966年10月17日，现居湘南白石庄白石桥3号……

离婚原因：双方育有一儿名刘真行，由于男方被判无期徒刑，故申请离婚，经组织沟通认可，双方予以离婚……

落款：1992年4月2日

王真行重重地坐在了地上。

刘成梁、过失杀人、无期徒刑、防卫过当、给法院的信……他现在就像一盘磁带，A面已经放完，这份离婚协议书正是B面的第一曲。

18

深夜十二点，洛杉矶应该是早上九点。

王真行拨通了顾老板的电话。

"你终于来找我了。"顾老板有些惊讶，但不无感慨地说。

两人的对话直接又简单，跨越一万公里，白天黑夜，真相终于有了雏形。

多年前的某一天，刘成梁带着怀孕的王有谊去旅行，归途中在车上遇见两名劫匪，为了保护妻子和同车乘客，刘成梁拿出一把水果刀与劫匪起了冲突,他很快制伏了劫匪,但劫匪一直咒骂,并且威胁他从派出所出来就要报复。刘成梁恼怒之下失手砍到两名劫匪的动脉,以致他们失血过多死亡。虽然所有乘客都能为他做证,但凶器不是劫匪的,加上防卫过当造成两人死亡,所以王真行的爸爸被判了无期徒刑。得知被判无期徒刑后,刘成梁不再见王有谊,只是给她回了一封信,希望可以离婚,让她带着孩子去另一个城市生活,不要再活在阴影中。王有谊带着刚出生的王真行到了湘南,因为这里是刘成梁带她度蜜月的地方,友谊旅馆就是他们当时的住所……

　　顾老板说到这儿,笑了起来:"你知道你妈为什么那么在意202房间吗?因为啊,你就是在这个房间被怀上的。"

　　他的叙述很平淡,王真行这边却手捂着电话,眼泪早已模糊了双眼。

　　"你妈是个很厉害的人,本来什么都不会,但为了养活你,就去干导游,脑子灵,嘴也甜,总能挣到钱。可她毕竟是单身妈妈,总有人说闲话打主意,再加上她老带客人来友谊旅馆,一开始我还纳闷,后来才意识到她每次带客人来,都能怀念起和你爸爸在一起的日子。后来我就索性让她带你住了过来,刚好杂物间闲置也没什么用。旅馆生意一直平淡,也从未住满过,所以我都尽量让202一直空着。你也知道,现在经济发展得快,这种老旅馆被冲击得厉害,刚好有连锁酒店要收购,价格也不错,我都打算转手了,你妈知道后非要接手。我考虑再三才决定让你妈妈去经营,就像她说的,这个旅馆不仅是她和你爸的美好回忆,也是我和爱人的心血,如果给了连锁酒店,所有的东西都要换掉,但你妈说如果她来接手,一定要保留很多老物件，让我随时回来都能看到曾经的样子。我爱人离世前那段时间，如果不是你妈帮我照看旅馆，无论是旅馆还是我，肯定都垮了。我爱人走之前跟我说了三句话，其中一句就是感谢你妈妈……"顾老板说到这里也哽咽了，"你妈很神奇，哪怕到了前段时间，都一直给我带客人。我说别带了，不开了，她连回扣都不要，就想着要让我经营下去。我想你妈这么一个人，只要愿意去做一件事，没有做不成的吧！"

王真行已经哭得不成样子，他一点都不想掩饰自己的难过，对妈妈那么多年的误解，妈妈都一个人扛过来了。

"为什么她不告诉我爸爸的存在？"

"我也问过她这个问题，可能是考虑到你爸坐牢的原因，没有合适的时机，但我想总有一天她会告诉你，你妈是一个能把所有事扛下来的人。"

挂了电话，时针指向凌晨一点，王有谊还没有回来。王真行把收拾好的行李放回房间，沉默了许久，可能这就是老天对他的报应，但他又很感激老天，能在还没有完全失去一切的时候，告诉他要珍惜。

他拿出手机，给妈妈打电话，刚一接通，那边就接了，但不是王有谊，而是一阵杂乱的声音："她儿子打电话来了……我接了接了……你好，这里是市中心医院急救中心，王有谊女士两小时前被人送到我们医院，她昏迷了，她的手机有密码，所以我们也联系不到你，你赶紧过来吧。"

王真行赶到医院，妈妈还在昏迷中。医生告诉他，王有谊是肝癌晚期。王真行迷茫地愣住了，他什么都不知道……医院让他等妈妈醒来好好陪她，她的时间不多了。

19

王有谊一直昏迷到第二天下午才醒来。王真行趴在她脚边睡着了。她稍微一动弹,王真行立刻醒了。

"妈,你醒了?"那个笑虽然是挤出来的,但也是发自内心的。

"我怎么进医院了?"王有谊想了想然后"噢"了一声。

"真行,旅馆我们别做了。妈妈对不起你,你不是和阿香买了一批木材吗,昨天傍晚到了,我就让他们放到一楼。谁知晚上下大雨,一楼都没窗户,我就赶回去搬,没想到年纪大了就躺这儿了。木材泡了一晚上也不能用了。你看我,真是老了,干什么都不行,老给你添乱。你帮我从包里拿一下名片,我约一下那个美住连锁的人。你也别为我继续受罪了,回上海吧。"王真行让妈妈一直说着,没有打断,等妈妈说完才说:"妈,没事,都有办法,就像你说的,这些都是小事。"

"怎么我昏迷之后,你像变了一个人?是不是医生把事情都告诉你了?"王有谊很纳闷。

"你不是说你吃的药都是老年保健品吗?"

"是保健品啊,他们说吃这个药就可以延长时间。"

"但……医生说你现在的身体已经很差了。"王真行特别难过。

"我觉得这个药还是管用的,如果不吃这个药,可能半年前我就躺医院了。"王有谊笑起来。

"我……给顾老板打电话了……"

"噢……他都告诉你了?"

"嗯。"

"他都告诉你什么了？"

"你怎么还瞒着我？顾老板什么都说了，我也知道爸爸是谁了。但你为什么从不告诉我，还让我一直误解你？"王真行不是抱怨，此刻他是心疼妈妈一个人扛了太多。

"嗐，你还怪我，其实我早就想跟你说了，我一个女人要隐瞒那么多事真的很累的，但你没给我机会啊！"王有谊双手一摊，那个劲又上来了。

"你还记得我唯一一次打你的时候吧？就是有天下雨，我和你，像演电视剧一样，你要离家出走，我追你，然后我摔了一跤，摔得我肝都要出来了。我估计我的肝病就是那时落下的病根，都是你。"

"妈……"王真行很无奈，这时候了，王有谊还在开玩笑。

"那天你问我你爸是谁，我都想好了要告诉你，但是你呢，立刻又说什么总幻想你爸是飞行员，是海军，一会儿上天，一会儿下海。我之前不是开小巴车送你同学出了事故吗？大家都在背后说你是杀人犯的儿子，我就不敢告诉你了，因为你真的是杀人犯的儿子。"王有谊忍不住笑起来，笑着笑着，眼眶就红了，她仰起头看着天花板，也很委屈。

"那……你和爸爸就再也没有联系了吗？"

"当时是他不和我联系的，我为什么要和他联系？我带着你过得好，就够了。他坐他的牢，和我一点关系都没有。"

"那你为什么会收集那么多防卫过当误判的新闻，你还一直在给法院写信求情。"

"你怎么还有小偷小摸的习惯？王真行，你可真行！"王有谊不说话了。

两个人在病房里都没说话,气氛很诡异。明明查出来了肝癌晚期,但妈妈的态度却让王真行没那么难过,妈妈真的是一个很有本事的人啊!

"妈。"

"嗯?"

"对不起。"

"那么多事,你说的是哪件事?"

"每一件……"

"你想得美!小文去找你了吗?我给她发的短信。"

"我知道了,她找了。"

"你一定惹她生气了吧?"

"你怎么知道?"

"她给我回信息了。喏,我念给你听。"王有谊挣扎着把床头的手机拿过来,翻开信息,一字一句地念,"阿姨,我知道这是您发的信息,但我还是去找他了。他太敏感,又要面子,这么多年一点进步都没有,如果他有您一半的样子,我都会开心的。"

原来女人和女人之间的交流是那么直接和透明,明明这是一条骂自己的短信,但王真行听完却觉得没那么难受。

"来,你给她回个信息吧,别再让你周围真正对你好的人失望了。"妈妈把手机递给他。

王真行一字一句编辑起来:"你好,小文,我真的是王真行,此刻我陪妈妈在医院。她生病了,给我看了你给她发的短信。对不起,是我错了。如果你还愿意见我,请回任何字;如果你不想见我了,就当没看见吧。"

小文很快回了短信,只有一个字:"滚。"

王有谊笑了。

20

后面的故事就如所有人猜想的那样。

王真行把小文追了回来,她也帮着王真行一起改建友谊旅馆。

木材全泡废了,阿香就开着车在全市施工队找多余的木材。材质不同没事,纹理不同没事,颜色不同也没事,因为王真行和小文打算用不同木板贴满友谊旅馆的不同房间,代表百味人生。

王真行很认真地修复了202房间,尤其是那张被自己又踢又踹的床。

开业那天,王真行用轮椅推着王有谊办理了第一位客人的入住手续。

一周之后,王有谊过世。

十五岁那年,王真行坐火车离开,妈妈在月台上和他挥手再见,拍着窗户让他照顾好自己。他别过头看都没看,假装没听到,那时他并不知道自己选择这样的逃离意味着什么。他不清楚,而命运也袖手旁观。十二年后再回到妈妈身边,他才知道自己当初的选择并不是胜利大逃亡,而是自由落体般的失去。好在,和妈妈最后相处的几个月里,他终于了解了妈妈。

他把友谊旅馆的视频和照片传给了顾老板，同时告诉他妈妈的情况。顾老板沉默了很久很久，对王真行说："你能帮我一个忙吗？你帮我把友谊旅馆改成你妈妈的名字，有谊旅馆好吗？"

再后来，这个故事被越来越多的人知道，有谊旅馆也获得了民宿设计大奖。上海总公司主动要王真行回去任职，王真行考虑再三拒绝了，他希望自己能带着妈妈的愿望好好经营这家民宿。

又过了大半年，王真行正在一层准备修补墙上的细缝，突然，一个六十岁左右的老人从门口走了进来，看着王真行的背影，很拘谨地问："请问，这里是友谊旅馆吗？"

王真行一转身，愣住了。

两人就这么互相望着对方。

王真行点点头："是的，我等你很久了，跟我来吧。"

他从抽屉里取出钥匙，带着他上了二楼，打开了202的房门。

看着屋内的一切，老人哭了出来。

说到这儿，友谊旅馆的故事结束了。

王真行说："后来，我从妈妈的遗物里找到了她的日记本，每一天都有，花的钱，挣的钱，她的心情，发生的事，都记录了下来。我一篇一篇阅读，才真正了解了妈妈的人生。"

他轻轻地跟我说着，似乎故事才刚刚开始。

我说："你刚才说的这些，不仅是段人生，也像是一首歌。我们往往经历很多事后才能明白妈妈对我们的爱。"

所以，回来之后，我一直在写这个故事，写完初稿，一直在情绪里打转。我把初稿给了炅翰——电视剧《我在未来等你》中有九首歌都是他完成的，我说："你看看这个故事，是否有感触？"因为合作过，他很明白我的意思，没过几天就发来一首 demo，说："你听听，这是这个故事给我的感受。"我听着他的曲，用了一周时间，写好了配得上这个曲也配得上这个故事的歌词。

　　这首歌就叫《友谊旅馆》，是写给妈妈的歌。

　　你也听听吧。

《友谊旅馆》主题曲　演唱：杨炅翰
作词：刘同　作曲：杨炅翰

附 录

一个人的心情

有个想法存在心里很久了,每次收到微信消息难以回复时,都想很有力地回复过去。

自己打的文字是不够的,表情包也要看质量。如果这时手边有一本书,书上有我想要的心情,那么就可以拍一张照片秒回给对方,光是想想就觉得爽极了。

所以,这一次我特意向出版社多要了四页纸,附在书末,印上我日常里想要回复的话,希望它们也能让你的日常变得有趣一点点。

你也可以将这几页"心情"拍成一段有趣的原创拆书视频,发到抖音上,带上话题#一个人就一个人,如果点赞数过万的话,请在新浪微博上私信"左右青春官微",我们会寄给你一份神秘礼物。

希望这几页纸能给你带来一些快乐。

不想再聊了

哦好嗯嗯嗯行好好好 OK 嗯嗯好好可以没问题哦好嗯嗯嗯行好好 OK 嗯嗯好好

想暂时放空自己

你好我现在有事一会儿也不会和你联系你好我现在有

只是想敷衍一下

哈哈哈哈哈哈哈哈哈哈哈哈哈哈哈哈哈
哈哈哈哈哈哈哈哈哈哈哈哈哈哈哈哈哈
哈哈哈哈哈哈哈哈哈哈哈哈哈哈哈哈哈
哈哈哈哈哈哈哈哈哈哈哈哈哈哈哈哈哈
哈哈哈哈哈哈哈哈哈哈哈哈哈哈哈哈哈
哈哈哈哈哈哈哈哈哈哈哈哈哈哈哈哈哈
哈哈哈哈哈哈哈哈哈哈哈哈哈哈哈哈哈
哈哈哈哈哈哈哈哈哈哈哈哈哈哈哈哈哈
哈哈哈哈哈哈哈哈哈哈哈哈哈哈哈哈哈
哈哈哈哈哈哈哈哈哈哈哈哈哈哈哈哈哈
哈哈哈哈哈哈哈哈哈哈哈哈哈哈哈哈哈
哈哈哈哈哈哈哈哈哈哈哈哈哈哈哈哈哈
哈哈哈哈哈哈哈哈哈哈哈哈哈哈哈哈哈
哈哈哈哈哈哈哈哈哈哈哈哈哈哈哈哈哈
哈哈哈哈哈哈哈哈哈哈哈哈哈哈哈哈哈
哈哈哈哈哈哈哈哈哈哈哈哈哈哈哈哈哈
哈哈哈哈哈哈哈哈哈哈哈哈哈哈哈哈哈

找不到更好的方式夸你了

你是真的真的真的很不错你真是人美心善哦呦厉害了厉害了实在佩服发送爱的呵护给你我的小心心啾啵啵啵给你盖小红花为你比心给劲儿你是真的行你是真的真的真的很不错你真是人美心善哦呦厉害了厉害了实在佩服发送爱的呵护给你我的小心心啾啵啵啵给你盖小红花为你比心给劲儿你是真的行你是真的真的真的很不错你真是人美心善哦呦厉害了厉害了实在佩服发送爱的呵护给你我的小心心啾啵啵啵给你盖小红花为你比心给劲儿你是真的行你是真的真的真的很不错你真是人美心善哦呦厉害了厉害了实在佩服发送爱的呵护给你我的小心心啾啵啵啵给你盖小红花为你比心给劲儿你是真的行你是真的真的真的很不错你真是人美心善哦呦厉害了厉害了实在佩服发送爱的呵护给你我的小心心啾啵啵啵给你盖小红花为你比心给劲儿你是真的行你是真的真的真的很不错你真是人美心善哦呦厉害了厉害了实在佩服发送爱的呵护给你我的小心心啾啵啵啵给你盖小红花为你比心给劲儿你是真的行你是真的真的真的很不错你真是人美心善哦呦厉害了厉害了

随书均有一封信,写给读完全书的你。由于人工手装难免会有遗漏,如果你的书中没有信,请及时联系我们补寄。在此期间,可以扫描二维码,我读信给你听。——刘同